ANJALI BANERJEE

Die Traumsucherin

Buch

Ein Jahr nach dem Tod ihres Ehemanns Josh ist Lily immer noch nicht darüber hinweg, ihre große Liebe verloren zu haben. Auf der Suche nach Ruhe und Frieden flüchtet sie aus der Großstadt Seattle und gelangt auf ihrer Fahrt zu der malerischen Insel Fairport. Als sie ein hübsches kleines Haus entdeckt, das zum Verkauf steht, vereinbart sie einem Impuls folgend einen Termin mit der Maklerin und beschließt, sich auf Fairport niederzulassen und ihren Traum von einer eigenen Boutique zu erfüllen. Gleich am ersten Abend läuft ihr eine zutrauliche weiße Katze zu. Nach der Eröffnung bleibt der große Ansturm auf Lilys Geschäft aus, doch mit der Zeit lockt Kitty immer mehr Menschen in den Laden, indem das Tier scheinbar zufällig die perfekten Kleidungsstücke für die jeweiligen Kunden auswählt. Durch Kitty tritt auch ein neuer Mann in Lilys Leben, denn als die Katze krank wird, begegnet Lily dem Tierarzt Ben Cole. Doch als die beiden sich gerade näherkommen, scheint das Schicksal dazwischenzufunken – und Lily beginnt sich zu fragen, ob sie ihr Herz wirklich schon wieder für die Liebe öffnen kann …

Autorin

Anjali Banerjee wurde in Kalkutta geboren und wuchs in Kanada und Kalifornien auf. Sie studierte an der University of California in Berkeley und lebt heute mit ihrem Mann und fünf verrückten Katzen in der Nähe von Seattle, wo sie als Autorin und Journalistin arbeitet.

Anjali Banerjee

Die Traumsucherin

Aus dem Amerikanischen
von Karin Dufner

blanvalet

Die Originalausgabe erschien 2012
unter dem Titel *Enchanting Lily*
bei Berkley Books, New York

MIX
Papier aus verantwortungsvollen Quellen
FSC® C014496
FSC
www.fsc.org

Verlagsgruppe Random House FSC® N001967
Das FSC®-zertifizierte Papier *Holmen Book Cream*
für dieses Buch liefert Holmen Paper, Hallstavik, Schweden.

1. Auflage
Deutsche Erstausgabe Juli 2014
bei Blanvalet, einem Unternehmen der
Verlagsgruppe Random House GmbH, München

Umschlaggestaltung: www.buerosued.de
Umschagmotiv: © Getty Images/Radius Images
Redaktion: Katharina Meschkowski
Herstellung: sam
Satz: Buch-Werkstatt GmbH, Bad Aibling
Druck und Bindung: GGP Media GmbH, Pößneck
Printed in Germany
ISBN: 978-3-442-38254-5

www.blanvalet.de

In Gedenken an Andrei I. Bazdyrev und Byron Sacre

Die Vergangenheit huscht durch die Gegenwart wie eine streunende Katze und lässt die Pfotenabdrücke der Erinnerungen in einem wilden Durcheinander zurück.
– Charles Le Lint, *The Onion Girl*

Kapitel 1

Kitty

An diesem Morgen gehe ich auf dem üblichen Weg zum Fairport Inn, um dort zu frühstücken, und genieße dabei die wundervollen Gerüche von Herbstlaub, Meerwasser und leckerem Wildlachs. Unsere dunstumwaberte Insel fängt allmählich an, sich zu regen. Altmodische Läden öffnen ihre Türen. Die Inhaber stellen ihre handgemalten Schilder hinaus auf den Gehweg. Meisen und Junkos flattern in den umliegenden Bäumen herum. Wie immer nehme ich die Abkürzung durch den überwucherten Garten eines gelben Häuschens, das leer stehende mit dem Schild davor. Nur, dass ich diesmal innehalte und genauer hinschaue.

Ich spüre, dass bald jemand mit der Fähre aus Seattle eintreffen wird, eine Frau, die mich braucht. Sie wird auf dieser Insel ihre eigene Insel suchen, eine kleine Festung der Einsamkeit, umgeben vom Garten wie von einem Burggraben. Da es nicht mehr lange dauern wird, verstecke ich mich im Garten, um auf sie zu warten.

Auf der Suche nach einem Traum ist Lily in San Francisco losgefahren. Und je weiter sie kam, desto mehr Möglichkeiten taten sich vor ihr auf. Allmählich gelang es ihr, sich eine Zukunft jenseits des niederschmetternden Verlustes auszumalen, und dennoch spürte sie weiterhin, wie ihr Mann Josh neben ihr saß – eine schwache Erinnerung an das Leben, das sie gerade hinter sich gelasssen hatte. Wäre er dabei gewesen, er hätte jede Abweichung von der Route, jede Rast und jeden Hotelaufenthalt vorausgeplant. Sie stellte sich vor, wie er, den Kopf über eine zerknitterte Landkarte gebeugt, dafür gesorgt hätte, dass sie nicht vom richtigen Weg abkamen.

Jetzt aber konnte sie tun, was sie wollte. Sie konnte sich verfahren. Sie konnte, je nach Lust und Laune, in einen Feldweg einbiegen. Sie konnte sich in Luft auflösen, ohne dass es auch nur einem Menschen aufgefallen wäre. Doch obwohl sie diese neue Freiheit genoss, fühlte sie sich entwurzelt und anonym. Wen würde es interessieren, wenn sie über eine Klippe stürzte? Ihre Leiche könnte wochenlang verwesend in einer Schlucht liegen, bevor jemand sie fände. Und der Pick-up würde verrosten und irgendwann in seine Bestandteile zerfallen.

Sie fragte sich, ob sie vielleicht unsichtbar geworden war, eine junge Witwe, allein und ohne soziales Netz, das sie auffing, und die nun in eine ungewisse Zukunft aufbrach. Weiter als Seattle war sie noch nie im Norden gewesen, und damals waren sie und Josh geflogen. Der

Pilot hatte sie auf den Crater Lake, den Mount Saint Helen's und den Mount Rainier hingewiesen, die aus einer Höhe von zehntausend Metern allesamt winzig und leicht zu überwinden zu sein schienen.

Diesmal jedoch blieb Lily am Boden. Die Landschaft glitt in Lebensgröße und farbig an ihr vorbei. Lily sauste durch die ebenen Agrarflächen im Herzen Kaliforniens und machte dann halt, um im kühlen Schatten der Redwood-Bäume des Nationalparkes unweit der Grenze zu Oregon eine Wanderung zu unternehmen. Das Wissen, dass dieser uralte Wald schon seit Millionen von Jahren mehr oder weniger unverändert dort stand und vermutlich auch noch lang nach ihrem Tod da sein würde, tröstete sie. Die Natur hatte etwas Gewaltiges und Undurchschaubares an sich, eine geheimnisvolle Wahrheit, deren Größe ihre Trauer in die richtige Perspektive rückte.

Auf der Fahrt über die steilen Bergstraßen im südlichen Oregon dachte sie daran, wie sehr Josh die atemberaubende Aussicht auf den Mount Shasta geliebt hätte: die in üppige Täler hinunterführenden Abhänge und die dicht an dicht stehenden Kiefern. Frei von den Fesseln der sichtbaren Welt konnte er ihr jetzt in Restaurants, Parks, Raststätten und Motelzimmer folgen. Er war überall und nirgendwo zugleich.

In einem Hotel in Ashland, spät in der Nacht, wachte sie von seinem Atem an ihrer Wange auf. Doch als sie sich umdrehte, berührte sie nur das Kissen, und der vertraute Schmerz setzte sich in ihrer Brust fest. Wie konnte sie all das jetzt allein tun? Ein Erlebnis war ihr stets unwirklich erschienen, wenn sie es nicht mit Josh teilte. War ihr eigenes Leben körperlos geworden? Sie glaubte, das Gefühl für das eigene Ich zu verlieren und sich in einen Nebelschwaden zu verwandeln, der über den Erdboden waberte.

Wo wollte sie überhaupt hin? Wo würde die Reise schließlich zu Ende sein? Sie war auf der Suche nach dem wervollsten aller Ziele, dem idyllischen Ort, über den sie und Josh sich so oft ausgetauscht hatten. Wenn sie das richtige Städtchen sah, würde sie es erkennen, und sie war sicher, dass ihr Toyota Tacoma sie wohlbehalten dorthin tragen würde – mit ihrem Anhänger, in dem sie ihre wertvollste Habe untergebracht hatte, die Dinge, von denen sie sich bei der Haushaltsauflösung nicht hatte trennen können. Joshs beste Kostümentwürfe und all die antiken Schätze, die sie im Laufe der Jahre gesammelt hatte. Pullover von Chanel, Kleider von Halston, Taschen von Escada und mit Strasssteinen besetzter Schmuck.

Ihr Pick-up mit dem Anhänger brachte sie den ganzen Weg bis nach Seattle und dann auf die Fähre nach Shelter Island mitten im Pudget Sound. Eigentlich hatte sie damit gerechnet, weiter durch die Wildnis fahren und noch ein Boot und später ein weiteres nehmen zu müssen. Doch als sie die Rampe hinunter in das altmodische Städtchen Fairport, die Hauptstadt der Insel, fuhr, geschah etwas Seltsames. Die Zeit schien sich zu verlangsamen. Ein silbriger Dunst stieg aus dem Meer auf und lichtete sich allmählich, bis er schließlich die gusseisernen Laternenpfähle entlang der Uferstraße, die riesigen alten Pappeln und das Moos in den Ritzen der rot gepflasterten Gehwege freigab. Rosensträucher und Lavendelbüsche wiegten sich in der leichten Herbstbrise. Schräg stehende Sonnenstrahlen verliehen den Reihen winziger Läden, jeder in einem antiken Backsteingebäude oder einem umgebauten Holzhäuschen untergebracht, etwas Unwirkliches.

Sie fuhr an einer Augenarztpraxis, einem Fahrradladen, dem Restaurant Le Pichet und Jasmines Buchladen vorbei, einem ockerfarben und weiß gestrichenen viktorianischen Haus, das auf einer Anhöhe stand.

Josh hätte seine Freude an diesen Inselbewohnern mit dem Charme einer vergangenen Welt gehabt, die, gemütlich einherschlendernd, die frische Morgenluft genossen. Eine Frau in einem engen blauen Jogginganzug führte ihren Golden Retriever aus. Der Hund blieb an jedem Laternenpfahl stehen. Ein weißhaariges Paar ging spazieren, beide schauten immer wieder in die Schaufenster und tranken dabei aus Kaffeebechern. Koffein, das war genau das, was auch Lily jetzt brauchte.

Sie parkte in der Harborside Road und holte sich einen Mokka im Java Hut, einem einladenden Café, dessen Wände von Aquarellen mit Meerszenen und Bergen geziert wurden. Einheimische in Flanellhemden und Jeans und mit Strickmützen auf den Köpfen saßen plaudernd an den kleinen Tischen, und der Duft von Kaffee und Gebäck lag in der Luft. Lily stellte sich vor, wie es sein mochte, am Fenster zu sitzen und stundenlang einfach nur zu lesen.

Der Barista, ein attraktiver Jugendlicher mit blauschwarzem Haar, kräftigen Muskeln, die sein T-Shirt spannten, und einem eintätowierten Anker am Hals, lächelte ihr freundlich zu und legte eine in Schokolade gehüllte Espressobohne auf den Deckel ihres Bechers.

»Die Zauberbohne«, verkündete er, als er ihr den Pappbecher reichte.

Die Schokolade fing auf dem Deckel zu schmelzen an. »Was geschieht mit ihr?«, fragte sie. »Wächst eine Bohnenranke daraus?«

»Wenn Sie die Bohne essen, wird alles möglich. Ihre kühnsten Träume gehen in Erfüllung.« Er gab ihr einige Vierteldollarmünzen Wechselgeld zurück, die sie in das Glas mit dem Trinkgeld warf.

»Ich weiß nicht, ob ich überhaupt kühne Träume habe.« Ob Josh vielleicht lebendig und wohlbehalten vor ihr stehen würde, wenn sie die Bohne aß?

»Ach, kommen Sie, die hat doch jeder. Essen Sie die Bohne und wünschen Sie sich etwas.«

»Eine ziemlich große Aufgabe für so eine kleine Bohne, finden Sie nicht? Vielleicht sogar einen großartigen und eigentlich unerfüllbaren Wunsch wahr machen zu müssen?«

Er legte sich ein Geschirrtuch über die Schulter. »Hey, alles ist möglich. Sie sind nicht von hier, stimmt's?«

»Das sieht man mir offenbar an.« Sie spürte, wie sie errötete, und strich unwillkürlich ihr Haar glatt, obwohl sie die Mutter des Jungen hätte sein können. Wie wirkte sie auf ihn? Vermutlich ungepflegt und als ob sie eine Schraube locker hätte. Eine knapp vierzigjährige Frau mit Krähenfüßen und einer wilden, grau melierten

Lockenmähne. Volle Lippen, verschmierte Wimperntusche. Nicht sehr elegant in ihren Reiseklamotten – zerknitterter Pulli, ausgewaschene Jeans und Turnschuhe. Niemand hätte ihr zugetraut, dass sich in ihrem Anhänger Design-Klassiker von Sue Wong und Valentino verbargen.

Er neigte den Kopf zur Seite. »Sie sehen einfach aus, als wären Sie nicht von hier. Viel Spaß noch!« Er wandte sich dem nächsten Gast, einem dunkelhaarigen Mann in Regenjacke, zu. Eine Welle von Geräuschen schlug über ihr zusammen – Gelächter, Stimmengewirr, das Klicken einer Laptop-Tastatur.

Sie hastete hinaus zum Pick-up und setzte sich ans Steuer, ohne den Motor anzulassen. Stattdessen blickte sie in den Rückspiegel, um herauszufinden, was sie verraten hatte. An ihrem Gesicht konnte sie keine offensichtlichen Anzeichen erkennen. Vielleicht lag es ja daran, dass hier alle einander kannten und sie eben eine Fremde war.

Sie verspeiste die knusprige, bittere Kaffeebohne und leckte sich die süße geschmolzene Schokolade von den Fingern. Obwohl sie sich ein wenig albern vorkam, wartete sie einen Moment ab, dass der Zauber zu wirken begann. Aber nichts geschah. Also startete sie den Wagen und fuhr auf die leere Straße. Was für eine Erholung, dachte sie, nicht ständig auf den Verkehr achten zu müssen.

Fast hatte sie das Ende der Harborside Road erreicht, als sie es sah – ein viktorianisches Häuschen, gelb wie geschlagene Butter, mit weißen Fensterläden, einer blauen Veranda, einem gemauerten Schornstein und einem rissigen Weg, der durch einen verwilderten Garten führte. *Zu verkaufen, als Wohn- oder Geschäftshaus,* stand auf dem Schild der Immobilienfirma Fairport Realty.

Als sie am Straßenrand hielt, schlug ihr Herz schneller. Das war es, das Häuschen, das sie sich immer vorgestellt hatte. Sie malte sich antike schwarze Kleider auf einem runden Kleiderständer aus. Schmuck in einer Vitrine. Seidene Schals auf einem alten Tisch. Aber vielleicht hatte ja hier schon irgendjemand versucht, einen Laden zu eröffnen, und war daran gescheitert? Deshalb die leeren Räume und der vernachlässigte Garten. Sie glaubte, eine weiße Katze im Gras gesehen zu haben, doch als sie parkte und ausstieg, war die Katze fort.

Sie schlich durch den Garten und spähte in die Fenster. Im Erdgeschoss gab es zwei Zimmer, die nach vorne hinausgingen, spartanisch eingerichtet mit einem antiken roten Lehnsessel und einem derben Eichentisch. Die Wände waren cremefarben gestrichen, hatten hellblaue Kanten und waren mit aufgemalten Efeuranken verziert. Blau! Joshs Lieblingsfarbe. Ein breiter Flur führte nach hinten in eine schmale Küche. Die Böden bestanden aus dunklem, poliertem Parkett.

Sie umrundete das Haus, um einen Blick in die Küche zu werfen. Die Vorbesitzer hatten eine Frühstücksecke aus Fichtenholz und Edelstahlgeräte zurückgelassen. Josh hatte Edelstahl geliebt. Sie würde sofort einziehen können und eine Sitzgelegenheit haben, während sie darauf wartete, dass die jetzt noch eingelagerten Möbel geliefert würden.

Viel zu früh für solche Gedanken, warnte ihre praktische Seite. *Eins nach dem anderen.* Hinter dem Haus schlängelte sich ein Kiespfad zwischen von Unkraut überwucherten Blumenbeeten hindurch zu einem baufälligen Schuppen. Ein einsamer majestätischer Ahorn stand mittem im Garten. Das abgefallene gelbe Laub bildete einen Ring um seinen Stamm. Auf beiden Seiten des Grundstücks sorgten hohe Buchsbaumhecken für einen Sichtschutz zwischen dem Haus und den Läden nebenan. Rechts, in einem alten Backsteingebäude, verkaufte die Island Creamery hausgemachtes Eis in Waffeltüten. Links, in einem grauen viktorianischen Haus, stellte der Apothecary Shop ein Sammelsurium von Souvenirs in einem Schaufenster mit Buntglasscheibe aus. Gegenüber schaukelte das Schild eines kleinen Modegeschäfts im Wind: »Das Allerneuste«.

Vielleicht war es ja keine gute Idee, gleich auf der anderen Straßenseite eine zweite Boutique aufzumachen? Aber wie sollte sie denn dem Charme dieses kleinen gelben Häuschens widerstehen? Sie war sicher, dass es unter dem Dach zwei Zimmer mit schräger Decke und vielleicht einem Bad dazwischen gab. Dann konnte sie oben schlafen und unten Kleider verkaufen.

Doch schon im nächsten Moment wurde sie von Angst ergriffen. Schließlich war sie nichts weiter als eine alleinstehende Frau in einer fremden Stadt auf einer abgelegenen Insel, mit einem begrenzten Budget und einem Anhänger, gefüllt mit den staubigen Überresten eines vergangenen Lebens. Was bildete sie sich eigentlich ein? *Okay, beruhige dich, ganz langsam durchatmen, ein und aus, durch die Nase.*

Wie viel wollte der Eigentümer wohl für das Haus haben? Was würde es kosten, einen Laden einzurichten? Sie brauchte Möbel, einen Computer, einen Kredit. Was, wenn sie Pleite machte? *Eins nach dem anderen.*

Ein Rotkehlchen flatterte, einen Wurm im Schnabel, im Garten auf, und über ihr im Himmel schwebte ein Weißkopfseeadler mit majestätisch ausgebreiteten Schwingen. Lily spürte Josh ganz dicht neben sich. Er sagte nichts und gab ihr auch keinerlei Zeichen. Trotzdem griff sie zum Mobiltelefon und wählte die Nummer von Fairport Realty. Was sollte sie sagen? *Hallo, ich bin eine obdachlose junge Witwe und suche ein Zuhause. Ach, und übrigens, kann ich noch heute Abend einziehen?*

Eine frische Frauenstimme meldete sich. »Fairport Realty, Paige am Apparat. Wie kann ich Ihnen behilflich sein?«

»Paige Williams? Ihr Name steht auf dem Schild vor einem Haus in der Harborside Road. Dem, das zu verkaufen ist.«

»Ach, Sie meinen das Knusperhäuschen!«

»Ich weiß nicht … es ist jedenfalls gelb. Mein Name ist Lily Byrne. Ich bin gerade hier angekommen und würde gern …«

»Sind Sie jetzt am Haus? Wenn ja, komme ich gleich vorbei. Es ist nur eine Straße weiter. In unserer kleinen Stadt kann man alles gut zu Fuß erreichen.«

Sie musste an ein Lied von Paul Simon denken. *In my little town … and after it rains there's a rainbow and all of the colors are black.*

»Äh, ja, ich bin dort. Ich warte.«

»Ich bin sofort bei Ihnen.«

Lily beendete das Telefonat und fing an, auf und ab zu gehen. Plötzlich fielen ihr kleine Mängel am Haus auf – ein bisschen abblätternder Putz hier, eine kahle Stelle dort, ein Haarriss im Fundament. Und keine Garage. Sie würde eine Plane spannen oder einen Carport bauen müssen. Schließlich hatte Josh große Stücke auf seinen Pick-up gehalten und hätte es nicht gern gesehen, wenn sein geliebtes Baby ungeschützt den Elementen ausgesetzt würde. In der Stadt hatte ein Tiefgaragenplatz zu ihrer Eigentumswohnung gehört.

Doch selbst ohne Garage gefiel ihr das Häuschen, abgesehen davon, dass es verglichen mit der Wohnung beinahe ein Palast war. Wer, außer den Superreichen, konnte sich denn in San Francisco ein großes Haus leisten? Josh und ihr hatte die Enge nichts ausgemacht. Es hatte ihnen gefallen, einander ständig auf die Pelle zu rücken. Ihre Flitterwochen hatten die ganze Ehe lang angehalten. Sie hatten sich gebärdet wie ein verliebtes Brautpaar und einander ständig in die Augen gesehen. Joshuas Augen waren graugrün mit haselnussbraunen Pünktchen, wach und intelligent.

Ich wünschte, ich könnte dir dieses Häuschen zeigen, die Aussicht, wie sich die Sonne auf den Wellen in Lichtflecken fängt. Er hätte seine Freude an dieser kleinen Stadt direkt am Meer gehabt, die sich in die Waldlandschaft schmiegte. Sie dachte bereits so, als wohnte sie hier, und dabei war sie noch nicht einmal drinnen im Haus gewesen.

Manchmal weiß man es einfach, hatte Josh einmal gesagt,

als er spontan einen teuren Mantel gekauft hatte. *Man tut es, ohne groß darüber nachzudenken.*

Allerdings war ein Haus etwas anderes als ein Mantel. Oder? Wieder erkundete sie den Garten, und diesmal bemerkte sie noch weitere Einzelheiten – einen leeren Nistkasten für Eichhörnchen, befestigt an der Wand des alten Schuppens. Ein zerbrochenes Vogelbad aus Keramik, das in einem früheren Hochbeet lag. Hier und da lagen verblichene Gärtnereischildchen herum, einige hingen noch an den Pflanzen. »Salvia Hot Lips, aus ökologischem Anbau«, hieß es an einem Busch mit grellroten Blüten. Auf der Rückseite des Schildes stand »Salvia microphylla. Beeindruckende rote und weiße Blüten, den ganzen Sommer über«. Entgegen allen Widrigkeiten blühte die Pflanze sogar noch jetzt im Herbst.

»Sind Sie Lily?«, fragte eine fröhliche Stimme hinter ihr.

Als Lily sich umdrehte, sah sie eine Frau mit frischer Gesichtsfarbe auf sich zukommen. Sie trug einen braunen Pulli mit einem geblümten Kleid darunter, dazu Leggings und Stiefel. Außerdem hatte sie federnde blonde Locken und ein strahlendes, sonniges Lächeln. »Ja, ich bin Lily. Sie haben mich erschreckt. Bestimmt sind Sie Paige?«

»Tut mir leid, ich habe die schlechte Angewohnheit, mich an andere heranzuschleichen.«

»Danke, dass Sie so kurzfristig kommen konnten.«

»Ich musste ja nur um die Ecke, eine Weltreise also. Die Besitzer versuchen nun schon seit einer Weile, das Haus loszuwerden. Vielleicht hätte ich das besser nicht gesagt, aber was soll's? Die Wirtschaftslage. Wer kann so einem niedlichen kleinen Häuschen widerstehen?« Ihre baumelnden goldenen Ohrringe funkelten in der Sonne. Doch in ihren leuchtend blauen Augen war ein Anflug von Schmerz zu erahnen.

»Es ist wunderschön«, erwiderte Lily nickend. »Ich habe gesehen, dass es viele Möglichkeiten in sich birgt. Etwas daran hat mich angezogen.«

»Muss an unserer geheimnisvollen Insel liegen.« Paige schüttelte Lily die Hand. Ihre Finger waren kräftig, und sie trug mehrere Ringe. Ein Ehering war nicht dabei. War sie geschieden, verlobt oder alleinstehend?

»Das habe ich auch schon gehört. Der Barista im Java Hut hat mir eine magische Kaffeebohne geschenkt«, erwiderte Lily lachend.

»Oh, ja, diese Kaffeebohnen machen einen leichtsinnig.«

»Diese da offenbar schon!« War das Paiges Ernst? Glaubten alle auf dieser geheimnisvollen Insel an die magischen Kaffeebohnen?

»Kommen Sie rein«, sagte Paige und steuerte auf die Vortreppe zu. Als sie einen Schlüsselring aus der Handtasche holte und aufschloss, zitterten ihre Finger ein wenig. Drinnen war es ungewöhnlich warm, es roch nach Möbelpolitur und Farbe. Der Holzboden knarzte unter den Füßen der beiden Frauen. Ein Haus, das Geräusche machte. Ein Haus, das lebte.

Auf dem Weg durch die Zimmer redete Paige ohne Punkt und Komma. »Ein Rentnerehepaar hat eine Weile versucht, hier einen Süßwarenladen zu betreiben, daher der Name Knusperhäuschen. Davor war es eine Parfümerie, Sie wissen schon, alle möglichen teuren Kosmetika, Parfüms, Duftsprays und Lotionen und so. Leider hat keines der Geschäfte überlebt.«

»Vielleicht hat das Haus ja nur auf den richtigen Käufer gewartet.«

»Wahrscheinlich haben Sie recht.« Paige nestelte am Riemen ihrer überdimensionalen Umhängetasche herum. »Einen Menschen, der das Flair der Stadt zu würdigen weiß. Apropos Stadt, ich gehöre dem Vorstand des Vereins zur Förderung der Stadterneuerung an. Unser Ziel ist es, das Wirtschaftswachstum mithilfe unseres einzigartigen Erbes anzukurbeln. Hoppla, jetzt klinge ich schon wie ein Werbespot. Aber hier mischt jeder bei verschiedenen Dingen gleichzeitig mit. Das kann auch Schwierigkeiten geben. Manchmal spiele ich schon mit dem Gedanken, meine Sachen zu packen und zu verschwinden, aber ich liebe die Insel zu sehr. Also bleibe ich.«

»Das kann ich Ihnen nicht verdenken.« Lily warf einen Blick in die modernisierte Gästetoilette. »Das Haus ist reizend.«

»Ich glaube, es wurde gegen 1904 gebaut. Wir haben viele denkmalgeschützte Häuser hier. Die Fairport Art Gallery zum Beispiel war zu Zeiten des Goldrausches am Klondike das erste Mühlengrundstück, und Le Pichet gehörte einem Bestattungsunternehmer. Als er hierherzog, stellte er fest, dass die Leute kerngesund waren und seine Dienste nicht brauchten. Es ist einfach niemand gestorben. Also hat er eine Möbelschreinerei aufgemacht. Später ging das Gebäude durch verschiedene Hände und wurde schließlich ein Restaurant.

Lily nickte höflich. Sie stellte sich vor, wie sie sich hier in Ruhe und Frieden einrichtete. Kein Stimmengewirr, kein Stadtlärm, keine Störungen, keine Erinnerungen. Nur ein kleines Haus. Sie berührte die frisch gestrichene Kante des geschwungenen Türbogens, der vom Wohnzimmer ins Esszimmer führte. In beiden Räumen war Platz für einige Kleiderständer. Und in dem Zimmer rechts vom Eingang konnte sie Schuhe, Krawatten und Hüte unterbringen.

»Möchten Sie sich die obere Etage ansehen?«, fragte Paige. Aber Lily ging bereits in Richtung Treppe. Paige folgte ihr eilig.

Die beiden Zimmer waren hübscher, als Lily es sich vorgestellt hatte. Sie hatten schräge Decken, große Fenster und frisch gestrichene weiße Wände mit blauen Kanten. Dazwischen befand sich ein helles Badezimmer, in dessen Mitte eine neue Wanne mit Löwentatzen stand. Eine Badewanne! Hier würde sie in aller Ruhe ausgedehnte Schaumbäder nehmen können.

»Fantastisch«, sagte sie. »Genau das, was ich gesucht habe.« Was redete sie da? Was, wenn die Wasserleitungen undicht waren? Oder wenn der Hausschwamm im Dachstuhl steckte?

Offenbar hatte Paige ihre Gedanken gelesen. »Sicher werden die Besitzer Ihnen gerne alle Fragen beantworten und mögliche Bedenken mit Ihnen besprechen«, meinte sie.

»Das wäre prima.« Lily setzte sich auf das schmale

Bett. Eine steinharte, unnachgiebige Matratze, doch für den Moment würde es genügen. Sie konnte ja auch ihren Schlafsack auf dem Boden ausbreiten. Denn um das Doppelbett im anderen Zimmer würde sie einen Bogen machen. Zu viel Platz. »Wohnen die Besitzer in der Nähe? Ich würde gern mit ihnen reden.«

»Mit ihr.« Paige lächelte. »Wir können gleich hingehen. Würden Sie mit Ihrer ganzen Familie einziehen?«

»Ich habe keine Familie. Nur mich selbst. Sonst gibt es da niemanden.«

Eine Pause. »Ich verstehe. Okay, schon in Ordnung. Vermutlich sogar besser …«

»Können wir gleich los? Ist die Besitzerin da?« Worauf ließ sie sich da ein? Sie malte sich bereits einen Bettüberwurf aus, der zu den Wänden passte. Eine Pflanze auf dem Fensterbrett, Lavendelseife am Waschbeckenrand. Vielleicht wirkte die magische Kaffeebohne ja doch.

Kapitel 2

Lily

Ich sollte Sie vor der Besitzerin warnen«, sagte Paige auf dem Weg durch die Stadt. Lily freute sich über die Gelegenheit, sich die Beine zu vertreten und die saubere, salzhaltige Inselluft zu atmen.

»Oh?«, erwiderte sie. »Ist sie exzentrisch?«

»Nicht unbedingt sie selbst, aber ihr Buchladen. Schließlich haben Sie ja schon mit der magischen Kaffeebohne Bekanntschaft gemacht. Jasmines Buchladen ist auch ein wenig ungewöhnlich. Anders als normale Buchläden eben.«

»Also hat die Besitzerin eine Buchhandlung. Wie interessant.« Lily hatte keine Vorstellung davon, wie ein »normaler« Buchladen aussah. Ihrer Erfahrung nach hatte jeder eine ganz besondere Atmosphäre – altmodisch und von seltenen Bänden überquellend, die geräumige Filiale einer Kette oder einfach nur dunkel und muffig.

»Jasmine hat einen seltsamen sechsten Sinn, was Bücher angeht«, fuhr Paige fort, während sie auf dem gepflasterten Bürgersteig weiterging und hie und da einem Passanten zunickte, den sie offenbar kannte. »Sie hat mir einmal ein Buch über die Geschichte der Insel gegeben. Auf diese Weise habe ich angefangen, mich für den Denkmalschutz zu interessieren und bin dem Verein für Stadterneuerung beigetreten. So bin ich auch dahintergekommen, dass mein Mann mich betrügt.«

»Oh, nein! Wegen des Buches?«

»Ohne das Buch wäre ich nie Mitglied des Vereins geworden und hätte es nicht erfahren.«

Ein bisschen an den Haaren herbeigezogen, dachte Lily, aber durchaus möglich. »Haben Sie ihn in flagranti erwischt?«

»Nicht ganz, aber beinahe. John hat mir gesagt, er ginge am Donnerstagabend immer zum Singen. Der Seemannschor trifft sich in dem Gebäude gleich neben dem Museum, wo der Verein zur Stadterneuerung seine Versammlungen abhält. Irgendwann hatte er dann dienstags und donnerstags Probe, und ich fand das doch ein bisschen viel Gesang. Aber als ich ihn einmal abholen wollte, war er nicht da. Er war schon seit einer Weile nicht mehr zu den Proben gekommen. Ich habe einem der Jungs so lange zugesetzt, bis er mir alles verraten hat.«

»Das tut mir leid für Sie. Wie lange waren Sie denn verheiratet?«

»Sieben Jahre. Die Scheidung war nicht allein seine Schuld. Ich habe … einige Fehler gemacht. Oh, da sind wir schon.« Sie wies auf das in gebranntem Umbra und Weiß gestrichene viktorianische Haus auf der Anhöhe, das einen Blick aufs Wasser bot.

Lily hatte das Gefühl, dass das Haus sie – nicht ohne Wohlwollen – beobachtete. Silbriges Licht spiegelte sich in den großen Panoramafenstern, und ein Schild im Garten trug in leuchtenden goldenen Buchstaben die Aufschrift »Jasmines Buchladen«.

»Es wirkt verwunschen«, meinte sie.

»Verstehen sie jetzt?« Paige ging den Gartenweg entlang zur Eingangstür. »Geheimnisvoll, was?«

»Als würde es aus einer anderen Epoche stammen.«

Paige öffnete die Tür und schob Lily in die Vorhalle. »Das hier war zur Blütezeit der Holzindustrie der Dienstboteneingang. Der Vordereingang zeigt aufs Wasser. Damals trafen alle wichtigen Besucher auf dem Seeweg ein.«

»Eine Welt ohne Autos kann man sich gar nicht mehr vorstellen.« Lily malte sich aus, wie hölzerne Segelboote in den Hafen glitten und Pferdekutschen über das Kopfsteinpflaster rumpelten.

»Wenn Sie mich fragen, waren es vermutlich bessere Zeiten.«

»Mag sein.« Im Inneren des Buchladens fiel das weiche Licht von Tiffanylampen auf Perserteppiche. Hier und da hingen Porträts berühmter Schriftsteller an den Wänden – Shakespeare, Virginia Woolf, Mark Twain und andere. Aus den angrenzenden Räumen wehten gedämpfte Stimmen herüber, und die Gerüche eines alten Hauses – Staub, Eichenholz und Papier – mischten sich mit dem frischen Zitrusduft eines Duftpotpourris.

Auf der linken Seite stand eine gut einen Meter hohe Statue, die den elefantenköpfigen Hindugott Ganesh darstellte. Lily hatte verschiedene Versionen von ihm in indischen Restaurants und Läden in San Francisco gesehen. Sein lächelndes Gesicht, der dicke Bauch und die großen Füße schienen nicht ganz in diese alte viktorianische Villa zu passen – ein Hauch von Indien an der nordwestlichen Pazifikküste.

»Sie müssen seine Füße berühren!«, flüsterte Paige. »Um dem Gott des Neuanfangs Ehre zu erweisen.«

Lily bückte sich und berührte die pummeligen Messingfüße der Statue. »Soll ich dazu ein Gebet sprechen oder so?«

»Wie Sie wollen. Aber sagen Sie es mir nicht, sonst bringt es Unglück.«

Sie schloss die Augen und bat den Elefantengott, ihr zu helfen, einen Weg in die Zukunft zu finden. Sie wagte nicht, ihn um Josh zu bitten, so sehr sie sich auch nach ihm sehnte. Doch sie hatte einmal eine Geschichte über eine Frau gelesen, die ihren Mann zurückgewünscht hatte. Aber er war völlig verstümmelt wiedergekehrt, so, wie er gestorben war. Es blieb nicht folgenlos, wenn man sich das Unmögliche wünschte. Deshalb schluckte sie ihre Sehnsucht hinunter. Im nächsten Moment kam eine zarte Frau aus dem Wohnzimmer. Sie war der Inbegriff von Schönheit, trug Bluejeans und einen kirschroten Pulli und hatte gewelltes schwarzes Haar, das ihr bis über die Schultern fiel. Ihre Wangen leuchteten vor Glück. An ihrem Ringfinger funkelte ein gravierter goldener Ehering, und Lily spürte zu ihrem Schrecken, wie es ihr einen neidischen Stich versetzte. Sie konnte sich nicht erinnern, wann sie sich zuletzt so glücklich gefühlt hatte. Nun, sie wusste zwar noch, wann es gewesen war, aber seitdem war eine Lebenszeit verstrichen.

»Das ging aber wirklich schnell«, sagte die Frau und schüttelte Lily die Hand. »Paige hat angerufen und Sie angekündigt.«

Lily nickte nur, denn es hatte ihr die Sprache verschlagen.

»Ich bin Jasmine. Kommen Sie in den Salon.« Sie führte Paige und Lily in ein großes Wohnzimmer mit einem hohen Panoramafenster, wo die Bücherregale vom Boden bis zur Decke reichten.

»Lily interessiert sich für das Knusperhäuschen«, verkündete Paige und ließ sich auf einem dick gepolsterten antiken Sofa nieder. Dann schlug sie die Beine übereinander und schwang einen gestiefelten Fuß hin und her.

Jasmine wies auf einen verschnörkelten Lehnsessel im Louis-XV-Stil. »Warum nehmen Sie nicht dort drüben Platz?«

Lily hatte den Sessel bereits gemustert. Als sie sich setzte, war er weicher als erwartet. »Ich hätte mir die Heizung und die Elektrik anschauen sollen, doch diese Dinge hat immer mein Mann …«

»Ich verstehe, kein Problem«, erwiderte Jasmine. »Wir haben gerade erst sämtliche Elektroleitungen erneuern lassen, falls Sie das beruhigt.«

Ja, es beruhigte sie tatsächlich ein wenig. »Und wie viel wollen Sie für das Haus?«

Jasmine nannte einen Preis, der zwar vernünftig klang, Lilys Budget aber stark belasten würde. Außerdem würde sie noch einen Kredit für die Geschäftsgründung aufnehmen müssen.

»Ich verstehe.« Sie verschränkte die Finger auf dem Schoß, wobei ihr nicht nur ihr nackter Ringfinger auffiel, sondern auch, dass ihre Nägel abgekaut waren. Seit wann hatte sie mit dem Nägelkauen angefangen? »Ich muss es mir noch überlegen.«

Jasmine nickte. »Ich hole uns Tee und die Unterlagen. Möchten Sie sich das Haus vielleicht noch einmal anschauen?«

»Danke, gern.« Lily berechnete die voraussichtlichen Kosten und wie viel Geld dann am Schluss noch übrig blieb. Außerdem würde sie eine Weile im Hotel wohnen müssen.

Jasmine glitt aus dem Zimmer – es schien, als berührten ihre Füße kaum den Boden.

»Das Haus gehörte ihrer Tante«, erklärte Paige mit gesenkter Stimme. »Doch die hat geheiratet und ist nach Indien zurückgekehrt.«

»Woher kommt Jasmine?«

»Sie hat in L.A. bei irgendeinem Großkonzern gearbeitet, doch die Insel hat sie in ihren Bann geschlagen. Genauso, wie es jetzt bei Ihnen geschieht.«

»Die Stadt ist wirklich reizend«, antwortete Lily höflich. Aus den Nachbarzimmern hörte sie die leisen Stimmen von Kunden, das Umblättern von Seiten und Schritte. Ein Mann kam herein – muskulös, breitschultrig, kräftig gebaut und gut aussehend. Als er bemerkte, dass Lily und Paige die Köpfe zusammensteckten, sagte er »Oh, Verzeihung«, und verschwand wieder hinaus auf den Flur.

Kurz darauf kehrte Jasmine mit einem silbernen Tablett zurück, auf dem Tee und Kekse platziert waren, und legte einen braunen Umschlag auf den Couchtisch.

Paige knabberte an einem Keks und trank einen Schluck, während Lily eine Tasse Tee entgegennahm, der nach Pfirsich und Zitrone schmeckte. Als sie sich in ihrem Sessel zurücklehnte, kam eine ziemlich rundliche, flauschige graue Katze hereingetappst und stieß ein grauenhaft schrilles Miau aus.

»Oh, Mary, ich sehe schon, du bist am Verhungern«, sagte Jasmine und stellte einen Teller mit Kekskrümeln auf den Boden. »Wo ist Monet?«

»Wie viele Katzen haben Sie denn?«, fragte Lily.

»Nur zwei. Monet ist etwa halb so groß wie sie.« Jasmine hob Mary auf und rückte die riesige Katze auf ihrem Schoß zurecht. »Sie frisst gerne, während er sich lieber herumtreibt.«

»Ha!«, meinte Paige. »Die Geschichte meines Lebens.«

»Ich glaube, ich habe vor dem Haus eine weiße Katze gesehen«, sagte Lily.

Paige und Jasmine sahen sie verständnislos an und schüttelten die Köpfe. Hatte sie sich die Katze vielleicht nur eingebildet?

Mary miaute wieder, sprang von Jasmines Schoß und trottete aus dem Zimmer.

Jasmine stand auf und glitt zu einem Bücherregal hinüber, dem sie einen schmalen Hardcover-Band entnahm. Sie reichte Lily das Buch. »Hier ist ein kleines Willkommensgeschenk. Oder ein Bestechungsversuch, wenn Sie wollen.«

»Zugeknöpft«, las Lily. *»Gedichte über Kleider.«*

»Der Titel ist mir ins Auge gestochen.«

Paige warf Lily einen wissenden Blick zu.

»Danke«, sagte Lily. »Sehr großzügig. Natürlich bezahle ich …«

»Kommt überhaupt nicht infrage«, entgegnete Jasmine mit einer abwehrenden Handbewegung.

Lily griff nach dem Pappordner. »Darf ich mir den für eine Weile ausleihen?«

»Na klar. Lassen Sie sich ruhig Zeit.«

Doch noch ehe Lily die Maklerin beauftragte, vorübergehend in ein Hotel zog, die Grundbucheintragung für das Häuschen änderte, einen Geschäftskredit aufnahm und sich die nötigen Genehmigungen besorgte, ja, schon lange zuvor, wusste sie, dass sie bleiben würde. Zumindest für eine Weile.

Kapitel 3

Lily

Was tat sie eigentlich hier – in ihrem Schlafsack auf einem schmalen Bett in einem knarzenden Hexenhäuschen irgendwo in der Provinz? Kein Verkehrslärm, keine Stimmen, kein Wind. Sie konnte nicht einmal das Surren des Kühlschranks hören. Draußen beleuchtete der Vollmond den Ahorn im Garten. Seine Äste malten ein Muster aus Licht und Schatten an die Schlafzimmerwände. Seltsamerweise fühlte sie sich wie eine Landstreicherin, die unerlaubt in einem fremden Haus übernachtete und jeden Moment damit rechnete, dass die wahren Besitzer nach Hause kämen und sie schlafend im falschen Bett anträfen wie Goldlöckchen.

Immerhin hatte sie Strom, auch wenn das Telefon noch nicht angeschlossen war. Ihr Mobiltelefon hatte mal Empfang und mal nicht. Meistens eher nicht. Außerdem hatte sie Küchenschränke und Kühlschrank mit Grundlebensmitteln aus dem Bio-Supermarkt bestückt, wo die Kassiererin sie freundlich, aber neugierig angelächelt hatte. Anschließend war sie durchs Haus gestreift, hatte Wandschränke und Einbauschränke geöffnet und alles noch einmal erkundet. Immer wieder hatte sie sich gesagt, dass das Häuschen jetzt ihr gehörte. Eine Erkenntnis, die sie gleichzeitig in Hochstimmung versetzte und ängstigte. Sie konnte die Decke in jeder beliebigen Farbe streichen. Sie konnte Wände einreißen, solange dabei das Dach nicht einstürzte. Aber was, wenn das geschah? Was sollte sie dann tun? Was, wenn der Boiler den Geist aufgab oder rostiges Wasser aus den Hähnen tropfte? Was, wenn es im Haus spukte? In diesem Fall konnte sie sich ja mit den Gespenstern anfreunden und mit ihnen Tee trinken. Sie konnte das ganze Wohnzimmer mit Fotos von Geistern tapezieren. Das Wissen, dass sie jetzt absolut frei war, löste Ruhe und Gelassenheit in ihr aus. Und dennoch war da wieder dieses bohrende Gefühl von Einsamkeit.

Also hatte sie noch einen Spaziergang vom Ortskern bis hinauf in die verschlafenen, von viktorianischen Häusern gesäumten Wohnstraßen unternommen, hauptsächlich um sich nicht völlig von der Welt abzuschotten. Hin und wieder war sie an jemandem vorbeigekommen, der im Garten arbeitete, und sie hatten einander zugewinkt. Sie war erleichtert. Jemand hatte sie wahrgenommen. Sie war also nicht unsichtbar. Doch niemand störte sie, und sie hielt ihre Mitmenschen lieber auf Abstand. Angenehm müde war sie nach Hause zurückgekehrt und hatte die letzte halbe Stunde damit verbracht, in dem Gedichtband zu lesen. Es war das erste Mal, dass sie das Buch aufschlug.

Sie war bei einer Seite angelangt, die schimmerte, beinahe als bestünde die Tinte aus zermahlenem Silber. Das Gedicht hieß »Ode an die Kleider« und war von Pablo Neruda. Er schrieb davon, dass man mit seiner Kleidung eins werden könne, und Lily stellte fest, dass ihr bequemer Baumwollpyjama mit den aufgedruckten kleinen Leuchttürmen tatsächlich eins mit ihr geworden war. Er hatte sie durch ihre glücklichen Nächte mit Josh begleitet. Und dann durch die von Trauer erfüllten und schlaflosen Nächte nach seinem Tod. Anschließend durch die ruhelosen Nächte, in denen sie sich durch den undurchdringlichen Dschungel der Bürokratie gekämpft hatte – sein Testament, die Trauerfeier, die Haushaltsauflösung. Doch bisher hatte sie die tröstende Wirkung dieses Pyjamas gar nicht zu schätzen gewusst.

Lily klappte das Buch zu. Gerade hatte sie es auf den Nachttisch gelegt und das Licht ausgemacht, als sie ein Scharren hörte, so als liefe eine Maus zwischen den Wänden umher. Lily fuhr in der Dunkelheit hoch. Das Herz klopfte ihr bis zum Halse. Natürlich musste dieses friedliche Zuhause auch einen Haken haben. Mäusebefall. Sie lauschte mit angehaltenem Atem. Doch das Kratzen hatte aufgehört.

Aufatmend legte sie sich wieder hin und betrachtete mit weit aufgerissenen Augen die wogenden Schatten an der Decke. Das Kratzen fing wieder an, allerdings ein Stück weiter entfernt. Es klang nach einem Tier, das entweder hinein- oder hinauswollte. Was, wenn ein Waschbär oder ein Eichhörnchen in dem windschiefen Schuppen eingesperrt war?

Nein, das Scharren kam aus dem Erdgeschoss. Lily stand auf, zog Morgenmantel und Pantoffeln an, stieg die breite Holztreppe hinunter und machte Licht, wobei sie einige Kartons umrunden musste. Josh war ungewöhnlichen Geräuschen immer auf den Grund gegangen. Er hatte den Baseballschläger genommen, den er stets neben dem Nachttisch stehen hatte, obwohl er sich nichts aus Baseball machte. Hatte er sich wirklich zugetraut, jemanden mit diesem Ding zu schlagen? Und das, ohne auch nur eine Ahnung von Gewalttätigkeit in sich zu tragen?

Lily spürte, wie die Verantwortung des Alleinseins schwer auf ihr lastete. Ratten, Mäuse, Bienen in den Wänden. Nun lag es nur an ihr, sich mit den Widrigkeiten des Lebens auseinanderzusetzen.

Das Kratzen kam von der Vordertür, genauer gesagt, von der Veranda. Sie spähte durch den Spion, konnte aber nichts sehen. Als sie es durch das vordere Panoramafenster versuchte, hatte sie die Veranda von dort aus nicht im Blick. Was, wenn sie die Tür öffnete und plötzlich vor einem tollwütigen und angriffslustigen Waschbären stand? Im nächsten Moment hörte sie das Miau – ein klagendes, durchdringendes und unverkennbares Geräusch. Eine Katze.

Das arme Ding, ganz allein da draußen, war Lilys erster Gedanke. War es eine Streunerin? Verwildert? Oder einfach nur eine Katze aus der Nachbarschaft? Wurde sie von einem Raubtier verfolgt? Vielleicht von einem Hund oder einem Kojoten? Im Garten schien alles ruhig zu sein. Dennoch wusste sie, dass es leichtsinnig gewesen wäre, die Tür zu öffnen. Da draußen konnte alles Mögliche lauern.

»Geh nach Hause!«, rief sie. »Es ist mitten in der Nacht.« Doch das Kratzen wurde nur lauter und beharrlicher. Wieder ein Miau. Vielleicht hatte die Katze ja Hunger.

Als Lily leise von innen an die Tür klopfte, hörte das Kratzen auf. Durch das Fenster sah sie, wie eine weiße Katze den Gartenweg entlanglief und im Gebüsch verschwand. Welcher verantwortungslose Mensch ließ denn seine Katze nachts allein herumlaufen? Oder waren Katzen nachtaktiv? Sie jagten doch gern in der Dunkelheit, oder? Aber warum kratzte diese Katze an ihrer Tür? Was wäre, wenn sie glaubte, dass das hier ihr Zuhause war?

Lily konnte die Vorstellung nicht ertragen, wieder zu Bett zu gehen, wohl wissend, dass das arme Geschöpf, vemutlich mit leerem Magen, im Gebüsch kauerte. Um ihr Gewissen zu beruhigen, kramte sie eine Thunfischdose aus dem Küchenschrank und kippte den Inhalt auf einen Teller. Dann schlich sie in die kalte Nacht hinaus. Noch nie hatte sie gesehen, dass so viele Sterne am Himmel funkelten, und es wurden immer mehr, je länger sie hinsah. Eine Unmenge von Sternen. In der Stadt war es still bis auf das sanfte Rauschen des nahen Meeres, ein rhythmisches Schlaflied. Der Geruch nach Algen und Meersalz war ungewöhnlich stark. Vielleicht war ja gerade Ebbe, sodass eine Unmenge von Treibgut im Sand herumlag. Lily hatte plötzlich den verrückten Wunsch, einen Strandspaziergang in Pyjama und Pantoffeln zu unternehmen. Josh hätte so einer Laune niemals nachgegeben. Oder vielleicht doch, aber dann hätte er unterwegs nur genörgelt.

Eigentlich war sie der Katze dankbar, weil sie sie um

diese Uhrzeit aus dem Haus gelockt hatte. Aber wie konnte sie sich denn nach einem langen nächtlichen Spaziergang oder nach Schwimmen bei Dunkelheit ohne Josh sehnen? Ihr fielen die Situationen ein, in denen seine Anwesendheit ihr auf die Nerven gegangen war. Momente, in denen sie lieber allein gewesen wäre. Einmal hatte er unbedingt über eine kurz bevorstehende Theaterpremiere reden wollen, obwohl sie gerade ein ganz besonders spannendes Buch las, und sie hatte sich gewünscht, er möge sie endlich in Ruhe lassen.

Nun jedoch vermisste sie ihn, ein drückender Schmerz, als säße ein Betonklotz in ihrer Magengrube. *Es tut mir leid, dass ich dich je als lästig empfunden habe. Ich würde meine Arme, meine Beine, mein Herz geben, um dich zurückzubekommen. Es tut mir leid, dass ich ohne dich einen Strandspaziergang machen will. Wenn du hier wärst, würde ich es mit dir zusammen tun.*

Die Hand, in der sie den Thunfischteller hielt, fing allmählich an zu frieren. Der Geruch lockte die Katze nicht herbei. War das arme Geschöpf anderswo gastfreundlicher aufgenommen worden? In der Hecke raschelte es, zu leise für eine Katze. Vielleicht ein Vogel oder ein Eichhörnchen. Lily schlich auf Zehenspitzen durchs Gras und stellte den Teller mit dem Thunfisch in der Nähe der Hecke ab. Dort würde die Katze ihn riechen und Lily in Ruhe weiterschlafen lassen. Aber was, wenn die Katze zurückkam? Lily konnte unmöglich ein Haustier bei sich aufnehmen. Sie hatte ja kaum ihr eigenes Leben im Griff. Doch immer eins nach dem anderen. Sie würde schon eine Lösung finden.

Als sie wieder ins Bett ging, bemerkte sie erst oben, dass ihre Pantoffeln nass waren. Außerdem klebten ein paar Grashalme an den Sohlen. Josh hätte geschimpft und die Pantoffeln in die Waschmaschine gesteckt. Aber sie ließ sie einfach auf dem Teppich stehen, ein kleiner Luxus. Wen kümmerte es denn, wenn ein paar Grashalme im Haus herumlagen?

Dann wickelte sie sich in die Decke, lag in der Dunkelheit da, fühlte sich plötzlich sehr klein und allein und überlegte, dass es vielleicht gar nicht so schlecht wäre, wenn die Katze nun neben ihr schlafen würde. Nein, besser nicht, eine Katze hatte Ansprüche. Eine Katze würde alt werden und sterben – oder womöglich sogar sterben, bevor sie alt wurde, so wie Josh. Außerdem hatte Lily keine Zeit für ein Haustier. Sie musste den Computerguru hier vor Ort damit beauftragen, ein System für ihren Laden zu installieren. Sie brauchte eine Ladeneinrichtung. Sie musste ihre Waren arrangieren. Das Haus putzen, Unkraut jäten, Rechnungen schreiben. Die Liste wurde immer länger. Beinahe hoffte sie, dass der Thunfisch am nächsten Morgen noch da sein würde, ein Zeichen dafür, dass die Katze weitergezogen war. Aber natürlich war der Teller leer.

Kapitel 4

Kitty

Da bin ich wieder. Wie könnte ich sie auch allein lassen? Ich bin zurückgekommen, weil ich mir Thunfischnachschub erhoffe und auch wegen ihres traurigen Herzschlags. Etwas stimmt nicht an dem Rhythmus, in dem das Blut durch ihre Adern strömt. Ich habe einen traurigen Herzschlag wie diesen schon einmal gehört, nur nicht auf dieser Insel. Hauptsächlich in der Stadt, wo die Menschen oft allein in winzigen Wohnungen hausen und wo die Fenster so hoch oben liegen, dass ich mir beim Runterfallen den Hals brechen würde. Nicht dass ich unter Höhenangst litte.

Ich trotte zum niedrigen Panoramafenster des kleinen gelben Hauses, in dem die Frau wohnt. Im viel zu langen Gras schwingt ein neues Schild im Wind, ein Hinweis auf einen Laden, nicht auf ein Restaurant. Restaurants kann ich schon aus meterweiter Entfernung riechen. Lachs, Grillhähnchen, vielleicht eine Krabbe oder zwei. Wird es hier etwas Essbares geben? Das kann ich nicht mit Sicherheit feststellen. Dieser Laden riecht muffig und kompliziert.

Ich springe auf einen Stein, um besser hineinspähen zu können. Die beiden vorderen Zimmer sind voller

Kleider. Traumhafte Kratzbäume wären das. Kleider, Schals, Hüte. Große weiße Statuen, gehüllt in bunte, zerkratzbare Kleidungsstücke. Die Geister der Einsamen und Verlorenen haben hier in Staub, Flecken und Stofffalten ein Zuhause gefunden. Eine junge Frau in einem langen Strickkleid verharrt im Raum, schwebt dann zur Decke empor und verblasst.

Ein undeutlicher Schatten huscht über den Boden und dann einen Tisch hinauf, wird größer und nimmt schließlich die kaum auszumachende Gestalt eines Mannes an. Er beobachtet die Frau mit Trauer in seinen leeren Augen. Er kann nicht mit ihnen sehen, nicht wirklich, doch er erspürt die Frau, so wie ich eine Maus erspüre, die sich unter einem Busch versteckt.

Die Frau schaut in seine Richtung, als hätte sie ihn auch bemerkt, starrt aber auf ein Kleid an einer Statue, die hinter ihm steht. Sie greift direkt durch ihn hindurch, und als sie ihn berührt, verschwindet er. Ahnt sie, dass all diese Seelen ihren Laden bevölkern? Vielleicht sollte ich sie warnen, doch ich kann nicht ins Haus, weil ich den Türknauf nicht erreiche. Eine schwabbelige Frau und ein magerer Mann schlendern den Gehweg entlang. Sie stinken nach Gebisshaftcreme und dem Hund, den sie im Auto gelassen haben.

Ich hüpfe vom Stein auf den Plattenweg. Wenn die Frau im Laden nur die Tür aufmachen würde. In Situationen wie dieser hätte ich gerne Daumen. Also bleibe ich stehen und tue so, als würde ich mir die Pfoten lecken, während ich über meine Lage sinniere.

»Oh, schau, George, eine arme kleine Straßenkatze!«

Warum muss die dicke Frau ausgerechnet auf mich zuwatscheln? Sehe ich etwa ungepflegt aus? Ich putze mich nämlich regelmäßig.

»Du müsstest dringend mal gebürstet werden.« Sie streckt die Arme nach mir aus. Seltsame Arme, völlig unbehaart und schwabbelig. Sicher gehört sie zu den Leuten, die mich erst in die Wanne und dann in Puppenkleider stecken würden. Das tue ich mir nicht mehr an. Allerdings ist es auch nicht meine Art, beim kleinsten Anlass die Flucht zu ergreifen. Außerdem sind in der Nähe nirgendwo Büsche, um dahinter in Deckung zu gehen. Und solange die Autos von der Fähre rumpeln, kann ich auch nicht über die Straße laufen.

»Glaubst du, dass er Hunger hat?«, fragt die dicke Frau und pirscht sich an. »Bestimmt friert er hier draußen, so kurz vor dem Winter.«

Ich bin eine Sie, vielen Dank auch. Was würde sie wohl sagen, wenn ich sie mit einem Mann oder, Gott bewahre, einem Hund verwechseln würde?

George schaut auf die Uhr. »Sicher gehört sie jemandem, Ida. Lass uns gehen.«

»Die Augen sind so komisch!«, ruft Ida und beugt sich vor, um mich gründlich zu mustern.

Deine auch, total verschwollen und gerötet.

Ida zeigt auf mein Gesicht. »Ein Auge ist grün, das andere blau!«

Na und? Da Ida offenbar vorhat, mich zu schnappen, flüchte ich mich auf die Veranda und setze mich auf den stacheligen Fußabstreifer. Ich muss so tun, als wohnte ich hier.

George wischt sich mit dem Handrücken über die Nase, eine unmanierliche Menschengeste. »Siehst du. Die Katze ist hier zu Hause.«

Nun bin ich näher am Laden, genau an der Holztür, und rieche den Dunst von Alkohol, Schweiß und Seife, der aus den Kleidern aufsteigt. Ich höre die Phantome seufzen und raunen. Und noch etwas ist hier seltsam: Die Ladenbesitzerin führt da drinnen Selbstgespräche. So wie Leute, die nicht ganz richtig im Kopf sind. Aber ich weiß, dass sie nicht verrückt ist, sondern nur trauert. Fragen Sie mich nicht, woher. Es ist derselbe Sinn, der mir sagt, dass ein Erdbeben im Anzug ist und dass die Geister einfach nicht gehen wollen.

Auch Ida geht nicht. »Vielleicht sucht er auf der Veranda ja nur Schutz. Es regnet gleich.«

George betrachtet erst den sich verdunkelnden Himmel und dann mich. »Bestimmt wohnt er hier. Wir können keine Katze halten. Was wäre dann mit Fifi?«

»Sie wird sich bestimmt an einen kleinen Bruder gewöhnen.«

Ehe ich jemals eine geschwisterliche Beziehung mit einem Hund eingehe, gibt es in Katzenklos Bodenfrost, und die Thunfische lernen fliegen.

»Wir können die Katze nicht mitnehmen«, beharrt George gereizt.

»Das werden wir noch sehen. Moment mal.« Sie watschelt den Gartenweg entlang. Ich könnte mich in den Regen hinausflüchten, aber ich werde so ungern nass. Ich könnte sie auch anfauchen, doch ich werde nur im äußersten Notfall gewalttätig. Manchmal mache ich mir fast selbst Angst, und ich will Ida nicht erschrecken. Also bleibe ich sitzen und lasse mir von ihr den Kopf streicheln. Im nächsten Moment weiche ich zurück, springe von der Veranda und schlüpfe durch einen schmalen Spalt zwischen den Holzlatten.

»Mist! Jetzt komme ich nicht mehr an ihn ran.« Nach kurzem Zögern wendet Ida sich ab. Sie braucht mich sowieso nicht. Schließlich hat sie George und einen stinkenden Hund namens Fifi. Die Frau im Laden hingegen hat niemanden bis auf die Geister, die sie heimsuchen. Und außerdem suche ich einen Unterschlupf wegen des Regens, ein warmes Bett für die Nacht und wenigstens eine anständige Mahlzeit vor dem Schlafengehen.

Kapitel 5

Lily

Die Erinnerung an Josh ließ Lily zusammenfahren: ein nagelneuer Pullover, der sich in einem Karton voller Schätze aus einer Haushaltsauflösung in Seattle verbarg. Josh hatte eine Schwäche für Rollkragenpullover gehabt, und seine Lieblingsfarbe war Türkis gewesen. Wenn sie nur sämtliche Blautöne von diesem Planeten hätte verbannen können, wäre es ihr vielleicht gelungen, ihn endgültig zu vergessen. Doch dann hätte es kaum noch etwas Schönes auf der Welt gegeben – den Abendhimmel über den Cascade Mountains, das Dunkelblau in einem doppelten Regenbogen, das blaugraue Wasser des Puget Sound.

Aber der Pulli musste weg, obwohl er von Ralph Lauren und in hervorragendem Zustand war. Sie konnte den Anblick nicht ertragen. Also faltete sie ihn zusammen und legte ihn ordentlich in einen Karton mit der Aufschrift »Spenden für bedürftige Familien«.

»Warum habe ich diese Kollektion nur ersteigert, ohne sie vorher zu sichten?«, fragte sie die männliche Schaufensterpuppe am Fenster. »Jetzt muss ich sämtliche Kartons aussortieren. Ach, schon gut.«

Wann hatte sie angefangen, mit der Schaufensterpuppe zu sprechen? Sie sah nicht einmal realistisch aus, war nur die Andeutung eines Mannes, breite Schultern, die Umrisse von Augen und Lippen. Und dennoch wurde sie das Gefühl nicht los, dass jemand sie beobachtete. So, als wäre Joshs Wesen in diese Schaufensterpuppe geschlüpft und betrachte sie nun mit glanzlosen Fiberglasaugen. Eigentlich hätte die Vorstellung sie trösten sollen, doch sie empfand sie eher als beunruhigend und gruselig.

Sie drehte die Schaufensterpuppe zum Fenster hin, damit sie auf die Harborside Road hinausschauen konnte. Josh hätte der Morgennebel gefallen, die frische Luft, die vom Pazifik heranwehte. Allerdings wäre er gar nicht froh über die Kunden gewesen, die sich gegenüber bei »Das Allerneuste« die Klinke in die Hand gaben und ihre Boutique mit Nichtachtung straften. Auch für die Geräusche des Hauses, das Knarzen und Ächzen und die seltsamen Seufzer, hätte er nur wenig übrig gehabt.

Sie hatte bereits eine undichte Stelle im Dach reparieren lassen. Der Dachdecker hatte gemeint, dass bald ein neues Dach fällig sein würde. Vielleicht war auch eine neue Heizung nötig. Und dabei wohnte sie erst seit einem Monat hier. In den Räumen war es an manchen Stellen zugig, an anderen wieder zu warm, als sei das Haus ein eigener Planet mit einem Mikroklima und sich selbst erneuernden Ökosystemen innerhalb seiner vier Wände.

Eins nach dem anderen. Vergiss die Hausreparaturen erst einmal. Zuerst musst du Kundschaft anlocken. Sie hatte ein Schild auf einer verschnörkelten Stange aufgestellt, ein

Hinweis darauf, dass es sich um einen Laden für Designerkleidung aus zweiter Hand handelte. Einige Neugierige waren bereits hier gewesen, lächelnde Menschen, die nur bummeln wollten und bereits nagelneue Sachen bei »Das Allerneuste« gekauft hatten. Aber was erwartete sie auch? Sie hatte ja nicht einmal eine Schaufensterdekoration, zumindest jetzt noch nicht. Das Haus hatte sehr lange leer gestanden und wirkte immer noch ein wenig verlassen. Sie brauchte Zeit, um das Schaufenster hübsch zu arrangieren und Blumen im Garten zu pflanzen. Aber würde sich ihre Mühe jemals bezahlt machen?

Während sie die letzten Kleidungsstücke aus dem Karton kramte, wurde sie plötzlich von nackter Angst ergriffen. Was, wenn sie scheiterte? Wenn ihr das Geld ausging? Wenn sich nie ein Kunde blicken ließ? Wenn »Das Allerneuste« ihr sämtliche Kundschaft abzog? Sie musste den umliegenden Läden einen Besuch abstatten. Bis jetzt war sie nur in der »Island Creamery« gewesen. Sie würde sich bei ihren Nachbarn vorstellen.

Doch zuerst mussten diese schmutzigen Hemden mit einem milden, duftneutralen Waschmittel gewaschen werden. Wie konnten die Leute ihre Kleider so misshandeln und Baumwollstoffe in Plastiktüten aufbewahren? Empfindliche Materialien mussten atmen. Und dann noch diese giftigen Mottenkugeln. Mit Eberraute ließen sich Insekten viel besser vertreiben.

Da sie eine Pause von ihren Gedanken über Wäschepflege brauchte, stand sie auf und streckte die vom langen Verharren im Schneidersitz steif gewordenen Glieder. Dann ging sie ins Büro, um sich ihr übliches

Frühstück aus Grapefruit, Toast und Market-Spice-Tee zu genehmigen. Das Büro war eigentlich kein Raum für sich, sondern nur das mit einem Wandschirm vom Laden abgetrennte Esszimmer.

Wie immer las sie dabei die Todesanzeigen im *Island Bugle,* eine morbide Angewohnheit, die sie einfach nicht loswurde. In den Texten wurde oft eines erfolgreichen Lebenswegs gedacht: ein 91-jähriger Erfinder, berühmt geworden durch die Entwicklung des Teleprompters. Ein 94-jähriger chilenischer Schriftsteller, bekannt für seine »lyrischen Gedanken zu Erotik und Sterblichkeit«.

Joshs Todesanzeige hatte wie folgt gelautet: *Joshua Vilmont, seit über zehn Jahren erfolgreicher Inhaber von Vil, wird uns vor allem wegen seiner historischen Kostüme für internationale Bühneninszenierungen und Filmproduktionen in Erinnerung bleiben ...* Sie hatte beim Schreiben geweint. *Wird in Erinnerung bleiben. Wird in Erinnerung bleiben.* Sie hatte sich gefühlt, als begännen ihre Finger beim Tippen zu bluten. Als würde die Wut sie verschlingen. Das Universum hatte sie verraten, indem es sie zum Weiterleben vergattert hatte. Bis jetzt hatte sie immer geglaubt, dass die Götter zwei Menschen, die sich so von Herzen liebten, in Ruhe lassen würden. Josh hätte ihre goldene Hochzeit noch erleben sollen. Er hätte lange genug leben sollen, um mit ihren Enkelkindern zu spielen.

Was suchte sie in diesen schmalen Zeitungsspalten? Leidensgenossen, die ihren Schmerz verstehen konnten? Einmal hatte sie einer anderen jungen Witwe einen Brief geschrieben: *Ich weiß genau, was Sie empfinden – die ausbleibenden Einladungen, die mitleidigen Blicke, das Ge-*

fühl, allmählich unsichtbar zu werden. Sie hatte nie eine Antwort erhalten.

Nur ihre Mutter meldete sich beharrlich – E-Mails, Briefe, Postkarten. Außerdem rief sie oft an, so wie jetzt, obwohl sie eigentlich beim Yoga sein sollte. »Rennen die Kunden dir die Tür ein, Schatz?« Ihre blecherne Stimme klang so weit weg, als riefe sie vom Mond an, nicht aus Kalifornien.

Lily ließ den Blick durch den leeren Laden schweifen. Nun, leer stimmte nicht ganz. Voll mit den besten Stücken von Chanel, Ralph Lauren, Ferragamo. Die Kleider waren hier. Die Leute würden noch kommen. »Hordenweise, Mom. Ich kann den Ansturm kaum bewältigen.« Sie hatte ein etwas schlechtes Gewissen, weil sie log. Doch vielleicht würden die hoffnungsfrohen Worte ja wahr werden, wenn sie sie laut aussprach.

»Du wohnst ziemlich abgelegen.«

Lily hörte zwischen den Zeilen heraus, was ihre Mutter nicht laut aussprach: *Warum bist du einfach verschwunden? Spinnst du? Du kannst doch nicht alles stehen und liegen lassen. Du bist dabei, den Verstand zu verlieren.* Und außerdem: *Wie konntest du mich verlassen? Deine Eltern?*

»Ich muss mein Wasser nicht am Brunnen holen. Ich habe kein Plumpsklo im Garten. Ich habe elektrischen Strom …«

»Du weißt genau, was ich meine. Du bist auf einer Insel.«

»Entschuldige, ich wollte nicht patzig sein. Aber viele Leute leben auf Inseln. Lily umfasste den Telefonhörer fester. War sie im Begriff zu verbittern? Würde sie sich in eine eigenbrötlerische und verbiesterte Witwe verwandeln, wie es dem Klischee entsprach? Eine Exzentrikerin, die allein in einem verrammelten, heruntergekommenen Haus in der Einöde lebte und auch die wohlmeinendsten Menschen mit ihrer abweisenden Art in die Flucht schlug?

»Schatz, Dad und ich machen uns Sorgen …«

Sorgen weshalb? Dass sie von einer Klippe springen könnte? Oder sich im Meer ertränken? »Es geht mir gut. Zerbrecht euch nicht den Kopf über mich.«

»Hoffentlich kommst du auch ein bisschen unter Leute. Kann man in dieser kleinen Stadt überhaupt etwas unternehmen?«

»Bauernmärkte. Schokoladenverkostungen. Suchaktionen nach Mammutfossilien. Aber ich habe sowieso keine Zeit, mich zu amüsieren. Einen Laden zu eröffnen, ist eine Menge Arbeit.«

»Wenn du nie vor die Tür gehst, oh, ich weiß nicht, du könntest vereinsamen. Das passiert vielen Leuten. Manche tun auch extreme Dinge oder fällen Entscheidungen, die sie sonst nie so getroffen hätten.«

Zum Beispiel, dass sie sich auf einer verschlafenen Insel niederließen? Ihre gesamten Ersparnisse in einen Kleiderladen und ein zugiges altes Haus stecken? »Hierherzuziehen war ein Weg, um Abstand zu gewinnen.« Lily blätterte die Zeitung um – die nächste Reihe Todesanzeigen.

»Könntest du nicht mal eine Einkaufsreise nach San Francisco machen?«

»Erst muss ich diesen Laden hier zum Laufen bringen.« Vielleicht hatte sie sich ja etwas Unmögliches vorgenommen. Lily stellte sich vor, wie sich ihre Eltern ins nächste Flugzeug setzten. Und dann würden ihre Mutter, eine Sozialpädagogin, und ihr Vater, Lehrer an der Highschool, sie mit gut gemeinten, aber nutzlosen Ratschlägen dazu überschütten, wie man eine Boutique mit getragener Designerkleidung führte.

»Dad und ich haben gelesen, dass fünfzig Prozent aller Firmen im ersten Jahr und fünfundneunzig Prozent in den ersten fünf Jahren Konkurs anmelden müssen.«

»Danke für euer Vertrauen.« Lily konzentrierte sich auf die letzte Todesanzeige, eine Frau, die mit fünfundzwanzig an Brustkrebs gestorben war. Sie hatte diese Frau bereits um einige Jahre überlebt. Eigentlich sollte sie für die geschenkte Zeit und ihre Gesundheit dankbar sein, aber …

»Du könntest deinen Laden doch in die Stadt verlegen. In San Francisco sind die Leute ganz verrückt nach getragenen Klamotten. In Seattle vermutlich auch.«

»Danke für den Tipp. Ich habe aber gerade erst eröffnet und muss mich in Geduld üben.« Lily klappte die Zeitung zu und faltete sie ordentlich zusammen, um sie später in die Altpapiertonne zu werfen.

»Wenn es nicht klappt, kannst du immer zurück nach Hause kommen«, fuhr ihre Mutter fort. »Wir haben genug Platz.«

Eine fast vierzigjährige Frau, die bei ihren Eltern wohnte? Gut, es gab Schlimmeres. Aber wirklich nur, wenn alle Stricke rissen. »Danke, Mom. Umarm Dad von mir.«

Nachdem sie aufgelegt hatte, atmete sie den Geruch von Stille, Staub und Mottenkugeln ein. Was wären die Alternativen gewesen? Anfangs hatte sie das getan, was von ihr erwartet wurde. Sie war zu einer Selbsthilfegruppe für Witwen gegangen, hatte sich jedoch Lichtjahre entfernt von den anderen Frauen gefühlt, die entweder viel jünger oder viel älter gewesen waren als sie. Sie hingegen befand sich in einem seltsamen Zwischenstadium – nicht mehr jung genug für einen Neuanfang, noch nicht alt genug, um sich mit liebevollen Erinnerungen zu begnügen. Wo also gehörte sie eigentlich hin? Und nun lebte sie in einer verrückten Zwischenwelt, inmitten von alten Kleidern, in einem charmanten, aber reparaturbedürftigen Häuschen auf einer abgelegenen Insel, wo sie bis jetzt nur eine Handvoll Leute kannte.

Als sie gerade in den vorderen Teil des Ladens zurückkehrte, sah sie einen Mann den Gehweg hinaufkommen. Ein kauflustiger Kunde? Nein, es war Harvey Winslinger, ihr Steuerberater, an den sie sich am Tag nach ihrer Ankunft auf der Insel auf Jasmines Empfehlung hin gewandt hatte. Welche Hiobsbotschaft mochte er wohl für sie haben?«

Sie hastete zu dem antiken Wandspiegel, um ihre Frisur zu überprüfen – zerzaust wie immer. Außerdem hatte sie nichts Schickes angezogen und sich auch nicht geschminkt. Nicht dass sie sich für Harvey interessiert hätte, der pummelig und außerdem verheiratet war. Doch ihre Reaktion war typisch für eine zurückgezogen lebende Frau, wenn sich ein Fremder näherte: Verlegenheit. Plötzlich fiel ihr der Staub im Laden auf und auch, wie dunkel und muffig es hier war. Sie betrachtete die Kartonstapel und die Kleiderständer, deren Stangen sich unter Kleidern und Hemden bogen, die Theke und die Kasse, den Stapel Kreditkartenbelege, noch in seiner Plastikhülle, die Regale, die noch richtig aufgestellt werden mussten – und fühlte sich plötzlich überfordert. Wie sollte sie je Ordnung hier hereinbringen?

Als Harvey mit ernster Miene eintrat, glaubte sie, einen kleinen Schatten hinter ihm ins Haus flitzen zu sehen, war sich aber nicht sicher.

Kapitel 6

Kitty

Als ich an dem dicken Mann vorbeischlüpfe, sickern rings um mich die Geister durch Holz und Putz, durch Beton und Glas. Ihre Sehnsucht und Trauer, ihre Hoffnungen und Sorgen schweben in der staubigen Luft. Der frühere Lebensgefährte der Frau ist auch hier, ebenfalls in der Dunkelheit, der körperlose Geist eines Mannes, der nicht loslassen kann.

Ich verstecke mich unter einem Kleiderständer und drücke mich flach auf den Boden. Die Gerüche stürmen mit Macht auf mich ein. Rauch, Schweiß und die Haut toter Menschen, nur notdürftig überdeckt von Waschmittelduft. Mäuse, Insekten, ein Hauch von Moos, Parfüm, Tabak, Tränen. Das Bittere einer Orangenschale.

Ich höre, wie eine Krähe auf dem Dach landet, ihre Krallen scharren an den Dachpfannen. Das leise Rumpeln einer Heizanlage, ein Ächzen in den Wänden und die Erinnerungen der Bäume im Fußboden. Jede Diele war einst Teil einer majestätischen Eiche, deren Vergangenheit im Holz eingeschlossen ist.

Doch die traurige Frau und der dicke Mann nehmen diese vielschichtige Wirklichkeit, dieses Gewimmel aus

Lebenden und Toten, kaum zur Kenntnis. Auch nicht das, was diese Wesen mitbringen.

Von meinem Platz aus habe ich die schwarzen Stiefel des dicken Mannes und die grauen Joggingschuhe der traurigen Frau gut im Blick. Ich bekomme unbändige Lust, ihr die Schnürsenkel aufzumachen, beherrsche mich aber.

»Guten Morgen, Lily«, sagt der Mann mit belegter Stimme, die klingt, als müsste er gleich einen Haarballen auswürgen.

»Was machen Sie denn an einem Samstag hier? Nehmen Sie sich denn am Wochenende nicht frei?« Lily tut, als rücke sie ein Kleid zurecht. Ich merke den Leuten an, wenn sie nur Theater spielen. Viel Herumgefummel ohne jedes Ergebnis. Wenn ich Hände hätte, würde ich sie nicht so sinnlos einsetzen.

»In der momentanen Wirtschaftslage hat ein Steuerberater niemals frei.« Der Mann zieht den Regenmantel aus und hängt ihn an einen Haken neben der Tür. Die Regentropfen, die sich auf den Teppich ergießen, erinnern mich daran, dass ich Durst habe. Ich habe draußen keine interessanten Pfützen gesehen.

»Das tut mir leid«, sagt Lily, obwohl ich an ihrem Tonfall erkenne, dass es ihr überhaupt nicht leid tut. Menschen sind eben so, sie lügen. »Es ist nur … ich habe nicht mit Ihrem Besuch gerechnet.«

»Ich hätte anrufen sollen.« Er schlurft durchs Zimmer, streift dabei ein glitzerndes Kleid und stellt seinen Aktenkoffer auf die Theke. Er geht über den großen Onkel, wie die Menschen das nennen. Fragen Sie mich nicht, warum.

Ich kauere mich zwischen zwei Abendkleider, um Lily und den Mann besser im Auge zu haben. Er holt ein Taschentuch hervor und wischt sich die Stirn ab. »Sie haben noch immer keine Sitzgelegenheiten.« Er schaut sich im Laden um.

»Stühle sorgen dafür, dass die Leute nicht mehr gehen.«

»Ist es nicht das, was Sie wollen?«

»Ich will, dass die Leute kaufen, was sie brauchen, und dann wieder verschwinden. Ich halte nicht viel von Small Talk.«

»Wie Sie meinen.« Der Mann klappt den Aktenkoffer auf und holt einen Ordner heraus. Lily betrachtet das, was er ihr zeigt: Papier mit geheimnisvollen Zeichen darauf. Dabei klopft sie mit dem rechten Fuß auf den Boden. Ich werde nie verstehen, wie Geschriebenes die Stimmung eines Menschen so beeinflussen kann, aber ich mag die glatte Oberfläche von Papier. Man sitzt einfach wunderbar darauf.

»Ich fürchte, Sie brauchen einen zweiten Kredit, um Ihre Kosten zu decken«, sagt der Mann. »Ich hätte ja gerne bessere Nachrichten für Sie …«

»Schon gut.« Ihr Fuß klopft schneller auf den Boden. Ihr trauriger Herzschlag beschleunigt sich. »Ich werde schon mit dem auskommen, was ich habe.«

Der Mann räuspert sich. »Sie müssen sich Mühe geben, Gewinn zu erwirtschaften.« Er nimmt die Brille ab, die angelaufen ist, und poliert sie an seinem Ärmel. Ohne Brille erinnert er mich an eine Schildkröte. Ich habe draußen in der freien Natur schon Schildkröten gesehen, mich aber nie näher an eine herangewagt.

»Es ist noch nicht einmal einen Monat her, dass ich den Laden eröffnet habe.«

»Der Einzelhandel hat es nicht leicht hier …«

»Danke, Harvey, ich weiß Ihre Hilfe zu schätzen. Aber ich bin sicher, dass ich es schaffen werde.«

So heißt er also, Harvey. Ich werde wohl nie begreifen, wozu Menschen einen Namen brauchen. Oder sogar zwei, um genau zu sein.

Harveys Augenbraue zuckt. »Falls es Ihnen weiterhilft, könnte meine Frau ja mal vorbeischauen. Sie würde es all ihren Freundinnen weitererzählen.«

»Das wäre nett von ihr.«

»Doch sie brauchen mehr Kundschaft als nur ihre Freundinnen.«

»Das weiß ich, und ich bin optimistisch.«

Allerdings spüre ich die Angst zwischen ihren Wörtern.

»Optimismus. Das ist in dieser Wirtschaftslage immer gut.« Harvey lässt den Ordner auf der Theke liegen und macht den Aktenkoffer zu. »Rufen Sie mich an, wenn Sie Fragen haben.« Er nimmt den Aktenkoffer und steuert auf die Tür zu. Ich könnte mit ihm hinausgehen, indem ich unbemerkt an seinen Beinen vorbeischlüpfe, aber die traurige Frau und die Geister sorgen dafür, dass ich wie angewurzelt verharre.

Als Harvey in den Regen hinaustritt, setzt er die Kapuze auf.

Lily starrt auf die Tür, mit dem glasigen Blick, den

Menschen entwickeln, wenn sie zu angestrengt nachdenken. Dann schaut sie zur Decke, als bete sie, doch ich habe bereits entdeckt, was sie erst jetzt bemerkt. Eine flatternde Motte! Eigentlich wollte ich mich ja nicht zeigen, aber ich kann nicht anders als durch den Laden zu laufen und auf einen Tisch zu springen, wo ich ein schlichtweg absurd zerbrechliches Objekt hinunterwerfe. Es zerschellt in einem Regenbogen von winzigen Scherben auf dem Boden.

Kapitel 7

Lily

Wie war diese flauschige weiße Katze in den Laden gekommen? War das der Schatten, den sie gesehen hatte, die rasche Bewegung aus dem Augenwinkel? War das dieselbe Katze, die mitten in der Nacht an der Tür gekratzt hatte? Trieb sich das arme Ding schon seit Tagen in der Nähe des Hauses herum?

Als sich das Sonnenlicht im Fell der Katze fing, glaubte sie einen Moment lang, eine Aura wahrzunehmen, einen zarten bunten Regenbogen, der die Katze umgab, als sei sie nicht von dieser Welt. Ein seltsames und flüchtiges Wesen. Ein Auge war blau, das andere grün. Ein Engel in Katzengestalt.

Doch als die Katze in den Schatten schlüpfte, sah Lily nur noch ein Pelztier mit schmutzigen Pfoten, obdachlos und auf der Suche nach einem Zuhause. Vielleicht war die Katze ja bissig, krank oder tollwütig. Und nun lag ihr antikes Teeservice in tausend Scherben auf dem Boden. Ein zerbrochenes Hochzeitsgeschenk von Joshs Mutter. Das Sonnenlicht spiegelte sich in den schartigen Splittern, die auf dem Boden ein wirres Mosaik bildeten. *Was für eine tolle Eröffnung für meine Boutique. Ein Teeservice, ein Vermögen wert und in einem Sekundenbruchteil zer-*

stört. Aber schließlich konnte alles, das man liebte, ohne Vorwarnung und unwiederbringlich vernichtet werden. Das wusste Lily nur allzu gut.

Sie musste die Katze vertreiben. Deshalb öffnete sie die Eingangstür und blockierte sie. Die Inselluft, die hereinströmte, war dichter als sonst und fühlte sich an wie eiskalter Sirup. Lily wedelte mit den Händen in Richtung Katze und versuchte, sie zur Tür zu scheuchen. Doch die Katze weigerte sich. Stattdessen sprang das starrsinnige Tier auf einen antiken Eichentisch und schlug nach einer Motte. Offenbar war die Motte schon die ganze Zeit über im Laden gewesen, wenn Harvey sie nicht auch mit hereingebracht hatte. Nun flatterte sie nach oben und landete auf der Deckenlampe.

Lily hatte keine Zeit für so etwas. Nicht, wenn das Telefon läutete. Nicht, wenn sie das Schaufenster dekorieren musste. Oder eine kleine Auslage auf dem Gehweg aufbauen. Ein paar Kleiderständer mit Kleinen Schwarzen vielleicht? Sie fragte sich, was sie tun sollte. Das Tierheim anrufen? Gab es in dieser kleinen Stadt überhaupt ein Tierheim? Möglicherweise würde die Katze ja einfach verschwinden, wenn sie sie nicht beachtete.

Andererseits aber hatte sie Sehnsucht nach Gesellschaft. Was, wenn sie der Katze erlaubte zu bleiben? Würde sie noch mehr kaputt machen? Während Lily die Scherben der zerbrochenen Teekanne zusammenfegte, räkelte sich das wuschelige Geschöpf und ließ sich auf einem antiken Perserteppich nieder.

»Nein, da nicht.« Lily riss den Tepppich weg und klopfte die Katzenhaare ab. Der Teppich war ein wertvolles Erinnerungsstück. Josh hatte ihn, ein seltenes Exemplar, bei einer Haushaltsauflösung im Norden von Berkeley, Kalifornien, entdeckt. Und nun war das Gewebe mit schlammigen Pfotenabdrücken bedeckt.

Die Katze betrachtete Lily und öffnete das Maul, doch es kam nur ein heiseres Quietschen heraus. Lily hatte keine Ahnung, wie man ein Tier hochhob, ohne gekratzt oder gebissen zu werden. Sie hatte noch nie ein Haustier gehabt. Ihre Eltern hatten ihr Umfeld gern im Griff, und das bedeutete, keine unberechenbaren Lebewesen in ihrem Zuhause zu haben. Insgeheim hatte Lily sich immer ein Haustier gewünscht. Und nun war diese Katze hier und musterte sie aus schimmernden Augen. Doch sie durfte ihr Herz nicht mehr an etwas Lebendiges hängen, das ihr jederzeit wegsterben konnte.

Die Motte hatte sich wieder in Bewegung gesetzt. Ihre winzigen Flügel schwirrten, die Katze nahm die Verfolgung auf. Wie in einem Albtraum rannte Lily hinterher, aber die Katze machte einen riesigen Satz mit ausgefahrenen Krallen und landete auf Lilys antikem Hochzeitskleid, sodass mitten im seidenen Mieder ein Riss entstand.

»Nein, nein! Nicht das Kleid!« Als die Schaufensterpuppe ihr entgegenkippte, konnte sie sie gerade noch auffangen. »Verschwinde, du dämliche Katze!«

»Hallo?«, sagte da die Stimme einer jungen Frau hinter ihr. »Ich habe jemanden schreien hören. Sind Sie etwa überfallen worden? Ich verständige mal die Polizei!«

Kapitel 8

Kitty

Polizei? Nichts wie weg! Den Weg ins Tierheim kenne ich schon zur Genüge. Da will ich nicht mehr hin. Aber ich stecke in dieser schmalen, staubigen Ritze unter einem riesigen Möbelstück fest. Schade, dass ich die Motte nicht erwischt habe.

»Die Polizei brauchen wir nicht«, sagt Lily. »Ich bin nicht überfallen worden. Eine Katze hat mein Hochzeitskleid zerrissen. Ich fasse es nicht. Ein original Versace.«

Von meinem Platz aus kann ich nur die untere Hälfte des Mädchens sehen, das hereingekommen ist. Hautenge Jeans und rote Turnschuhe mit neuen weißen Schnürsenkeln. Sie riecht nach Wassermelonenshampoo und Kaugummi, Papier und Lakritze, Lipgloss und Himbeerparfüm. Außerdem hat sie gerade Eier und Orangensaft gefrühstückt und kommt aus einem Haus, in dem auch Hunde und Katzen leben. Und ein trauriger Vater, der sie auf die Wange geküsst hat, bevor er zur Arbeit gefahren ist. Ihrem Herzschlag ist ein Verlust anzumerken. Doch hinter der Trauer verbirgt sich eine nicht unterzukriegende, strahlende Hoffnung, die Frische der Jugend.

»Sie haben geschrien, als wollte Ihnen jemand ans Leben«, sagt sie jetzt. »Und alles nur, weil irgendeine kleine Katze ein altes Hochzeitskleid zerrissen hat?«

So klein bin ich nun auch wieder nicht. Ich habe schon kleinere gesehen.

»Das Kleid ist nicht alt«, entgegnet Lily, »sondern ein klassisches Designerstück.« Ich höre ein Rascheln und erhasche einen Blick auf ihre grauen Turnschuhe, als sie zur Theke geht. Das Hochzeitskleid rauscht an mir vorbei. Sie hat das Kleid von der Statue genommen.

»Ich dachte, dass nur alter Wein wertvoller wird.« Die roten Turnschuhe des Mädchens folgen denen von Lily.

»Alles Gute aus der Vergangenheit wird wertvoller.«

Das ist es also, was ich hier im Laden rieche, in dem Schweiß und den salzigen Tränen. Die Freuden und Leiden der Vergangenheit, die Menschen niemals abwaschen. Ein tintenschwarzer Schatten, der den bitteren Geruch des Jenseits mit sich trägt, gleitet auf Lily und das Mädchen zu, wie angezogen von ihrer Wärme und Lebendigkeit.

»Es sind trotzdem alte Sachen«, verkündet das Mädchen. »Haben Sie in dem Kleid geheiratet?«

»Vor einiger Zeit.« Lilys Schuhe kommen wieder näher. Sie legt sich auf den Bauch und hält Ausschau nach mir. »Komm raus, Kätzchen.« Ich weiche in Richtung Wand zurück. Aus dieser Position sieht ihre Nase riesengroß aus.

»Sie hat Angst«, stellt das Mädchen fest.

Ich habe niemals Angst, außer vor gewissen Maschinen wie Autos und einem Ding, das sie Staubsauger nennen.

Das Mädchen lässt sich neben Lily nieder. Als sie sich vorbeugt, rutscht ihr die rote Brille herunter, und sie schiebt sie rasch wieder hoch. Nun habe ich zwei haarlose Menschennasen im Blick, die keinen Geruch wahrnehmen können, und wenn es um ihr Leben ginge. Lily und das Mädchen scheinen den tintenschwarzen Geist nicht zu bemerken, der um sie herumhuscht und versucht, Gestalt anzunehmen. Dieses gequälte Wesen treibt sich schon seit einer Weile hier herum. Und hinter seiner ständigen Präsenz schwebt eine formlose Aura von Lilys früherem Gefährten und sehnt sich danach, sie zu berühren.

Dem Mädchen fällt das gewellte rötliche Haar ins Gesicht. Wieder nehme ich einen Hauch von Wassermelonenshampoo wahr. »Und wo ist Ihr Mann? Arbeitet er in der Stadt?«

»Ich habe keinen Mann mehr.« Lily drückt sich so aus, dass sich die wahre Geschichte hinter den Wörtern versteckt – wie Mäuse, die nicht gefunden werden wollen.

»Haben Sie sich getrennt?«

»So ähnlich.«

»Mist.« Das Mädchen schiebt sich eine rote Haarlocke aus den Augen. »Und jetzt wollen Sie einen Laden mit all dem alten Zeug aufmachen. Ich meine, den Antiquitäten.«

»Das versuche ich, aber im Moment habe ich ein Problem. Die Katze. Irgendwelche Vorschläge?«

Das Mädchen setzt sich neben Lily. Die zerrissenen Knie ihrer Jeans zeigen in meine Richtung. »Ich wette, die Katze hat früher mal hier gewohnt. Katzen können

Tausende von Kilometern zurücklegen, wenn sie wieder nach Hause wollen.«

Lily zögert, als sei sie nicht sicher, was sie antworten soll. »Die Vorbesitzerin hat nicht erwähnt … »

»Egal, jedenfalls hat sie bestimmt Hunger. Geben Sie ihr Thunfisch. Der lockt sie bestimmt raus. Garantiert.«

»Woher weißt du, dass es ein Weibchen ist?«

»Nur so eine Vermutung. Ich kann ja nicht ständig ›er oder sie‹ sagen.«

Ich pirsche mich vorwärts. Ein Glück, dass niemand sieht, wie mir das Wasser im Mund zusammenläuft.

Lily steht auf. »Ich glaube, die Katze war schon mal hier. Damals habe ich sie auch mit Thunfisch gefüttert. Vielleicht habe ich ja noch eine Dose in der Küche.«

»Schlafen Sie auch hier?« Das Mädchen schaut sich um, als erwarte sie ein Bett in der Zimmerecke.

»Oben.«

»Das finde ich cool. Sie essen hier, Sie schlafen hier. Dann könnten Sie hier schließlich auch eine Ladenkatze haben.«

Ladenkatze. Das klingt gut – wenn nur die vielen Geister nicht wären. Die gehören nicht alle hierher.

»Es ist ja nicht, dass ich Katzen nicht mag«, erwidert Lily. »Aber ich habe so viel zu tun, und ich bin nicht sicher, ob ich schon bereit bin … Außerdem gehört sie bestimmt jemandem. Was wäre, wenn wir sie ins Tierheim bringen? Gibt es hier in der Nähe eines?«

Mir schwillt der Kamm, und ein leises Grollen ist zu hören. Das bin ich, die da knurrt. Nur über meine Leiche gehe ich ins Tierheim.

»Keine Chance.« Das Mädchen verzieht das Gesicht, als hätte sie versehentlich auf eine Zitrone gebissen. »Miau City ist das einzige Tierheim auf der Insel, und das ist total überfüllt.«

Das erleichtert mich, auch wenn mir meine Artgenossen leidtun, die dort gelandet sind.

»Und was soll ich dann tun?«, fragt Lily.

»Wenn die niemandem in der Nachbarschaft gehört, könnten Sie mit meinem Dad reden. Er ist Tierarzt in der Island Animal Clinic. Ich rufe gleich mal an.«

Tierarzt, Tierklinik – Wörter, die ich gar nicht gerne höre. Ich muss hier weg.

»Kannst du sie nicht mitnehmen?«, erkundigt sich Lily, »ich habe zu tun.«

»Die Kleider laufen nicht davon. Haben die nicht mal Toten gehört?« Als das Mädchen aufsteht, kann ich ihr Gesicht nicht mehr sehen.

Ich spüre, dass Lily bei dem Wort »Tote« zusammenzuckt. »Jennifer Garner hatte bei der Oscar-Verleihung ein getragenes Kleid von Valentino an. Julia Roberts auch. Und Reese Witherspoon kam in einem originalen Kleid von Dior aus den Fünfzigerjahren.«

»Echt scharf. Kennen Sie den Laden gegenüber, ›Das Allerneuste‹? Die führen keine alten Sachen. Da riecht es vollkommen anders.«

»Oh, und wie riecht es da?« Lilys Tonfall ist schneidend.

»Ach, ich weiß nicht, neu eben und nach Blumen. Ihr Laden hier ist eher wie ein Museum. Ein chaotisches Museum.«

»Ist ja toll, ein Museum. Äh, bin gleich zurück.« Lily hastet auf den Flur hinaus. Ich höre, wie sie herumkramt. Dosen klappern in irgendwelchen Schränken. Da keine Küchendünste in der Luft hängen, ernährt sie sich vermutlich von Fertiggerichten.

Während Lily draußen ist, bewegen sich die roten Turnschuhe des Mädchens durch den Laden. Ich höre das Rascheln von Papier und dass Kleider von Bügeln genommen werden. Sie verschwindet in der Umkleidekabine und kehrt in hochhackigen roten Pumps und einer Hose mit grellgrünen Aufschlägen zurück. Als Lily zurückkommt, ringt sie nach Luft. »Was machst du da? Du kannst dich doch nicht einfach verkleiden.«

»Warum nicht? Es macht Spaß. Sie brauchen hier drin ein paar Stühle.« Ich höre ein Klicken, so als würde ein Foto mit einem Mobiltelefon gemacht. »Wie sehe ich aus? Absolut scharf, oder? Sehe ich aus wie jemand von früher?« Die hohen Absätze des Mädchens klappern über den Boden.

»Sei vorsichtig mit dem Hut. Der Schmuckbesatz ist ein Strassstein von Auroa Borealis. Jack McConnel war einer der berühmtesten Hutmacher von New York.«

»Oh, sorry. Ich lege ihn gleich weg. Ich weiß sogar, was ein Strassstein ist – ein nachgemachter Diamant.«

»Ausgezeichnet. Aber pass auf, ich bin noch nicht mit der Schaufensterdeko …«

»Die Schaufensterdeko bei ›Das Allerneuste‹ ist voll gut. Haben Sie die schon gesehen?«

»Das versuche ich zu vermeiden.«

»Ich will Ihnen was zeigen.« Die Schuhe des Mädchens staksen zur Theke. Wieder raschelt Papier. »Sie haben das da eingekringelt. Haushaltsauflösung. Alles muss raus. Möbel, Besteck, Antiquitäten. Wer zu früh kommt, muss warten. Oben in West Harbor.«

»Ich gehe nicht hin. Dazu müsste ich ja den Laden schließen.«

»Hier kommt sowieso niemand rein. Sie brauchen mehr Licht.«

»Ach, brauche ich das?«

»Und eine Facebook-Seite, wenn Sie nicht schon eine haben. Ich könnte die Kleider vorführen und die Fotos posten.«

»Machen die das bei ›Das Allerneuste‹ so?«

»Ich würde es so machen.«

»Wirklich?« Lily öffnet die Thunfischdose und kippt den Inhalt auf einen Teller.

»Und Sie brauchen mehr Spiegel. Sie haben ja nur diesen einen.«

»Reicht dir einer nicht?« Als Lily den Teller auf den Boden stellt, schlinge ich den Thunfisch in wenigen Bissen hinunter, ohne richtig zu schmecken, was ich da esse.

»Das Kätzchen ist rausgekommen. Ich hab's doch gleich gesagt!«, verkündet das Mädchen. »Offenbar hat sie schon seit Tagen nichts mehr gefressen.«

Seit Tagen stimmt nicht ganz. Oder vielleicht doch, aber wen interessiert's?

Kichernd zeigt das Mädchen mit dem Finger auf mich. »Ihre Zunge hängt raus.«

Ich ziehe die Zunge ein. Das hatte ich sowieso vor.

Manchmal braucht eine Zunge eben auch ein bisschen frische Luft.

Lily wirft mir einen Blick zu und fängt dann an, Kleider hin und her zu räumen, während das Mädchen wieder in die Umkleidekabine geht. Diese ständige Umzieherei, damit vergeuden Menschen doch bloß ihre Zeit.

Inzwischen sitze ich auf einem Teppich und tagträume. Lily hastet unterdessen herum und »macht Ordnung«.

Als das Mädchen, wieder normal angezogen, zurückkehrt, steckt sie mich in einen Karton, bevor ich einen Mucks herausbringe. Was ist da gerade passiert? »Oh, Kätzchen, ganz ruhig. Dir passiert nichts. Wie heißt du denn? Sie braucht einen Namen.«

»Es hat ihr sicher schon jemand einen gegeben«, erwidert Lily.

Ich hatte einmal einen Namen, aber den habe ich vergessen. Inzwischen ist das nicht mehr wichtig.

»Sie müssen ihr einen geben. Wir haben alle Namen. Sie doch auch, oder?«

»Lily. Und du?«

»Bish. Das ist keine Abkürzung von irgendwas. Einfach nur Bish. Sie könnten Sie Wattebäuschchen nennen. Oder Schneeflocke. Oder was ist sonst noch weiß? Kopfschuppen?«

»Ich will der Katze keinen Namen geben.«

»Dann also Schneeflocke.«

»Mich erinnert sie eher an Blanche. Das war auch so eine Spinnerin. Ach, vergiss es … »

»Blanche, das gefällt mir!«, verkündet Bish.

»Das ist eine Figur aus *Endstation Sehnsucht.*«

»Endstation was?«

Jemand klebt den Karton zu und bohrt Luftlöcher hinein. Ich sitze in der Falle. Aber ich werde es schaffen. Ich habe schon Schlimmeres durchgemacht. Ich spüre, wie Lilys Sorgen durch die Luft wirbeln, und durch eines der Löcher kann ich sehen, dass sie mit finsterer Miene aus dem Fenster und hinüber zu dem Laden auf der anderen Straßenseite schaut. Zweifel malen sich in ihrem Blick.

Kapitel 9

Lily

Lily trug den Karton mit der Katze über die Straße zu »Das Allerneuste«, einer Bilderbuchboutique, die in einem rechteckigen Backsteingebäude untergebracht war. Kitschige Windspiele hingen an der Regenrinne. In dem großen Schaufenster war die neueste Mode, einschließlich Handtaschen, ordentlich arrangiert. Sie zögerte ein wenig mit dem Eintreten, aber sie hatte es bereits in der »Island Creamery« und im »Apothecary Shop« versucht, wo niemand Anspruch auf die Katze erhoben hatte.

Und nun war sie hier, in einer Boutique der Konkurrenz, die Frische und Licht verströmte. Bish hatte recht. Hier roch alles neu. Die Inhaberin hatte alle Kleidungsstücke ansprechend und gut ausgeleuchtet angeordnet. Lily zählte sechs Kundinnen, die die runden Ständer mit Kleidern aus Seide und Chiffon, Wolle und Rayon durchsahen. Dabei waren die Frauen in den Umkleidekabinen noch nicht mitgerechnet.

Sie musste das Bedürfnis unterdrücken, zurück nach Hause zu stürzen, ihre Sachen zu packen und sich aus dem Staub zu machen. Warum die ganze Mühe? Mit so etwas konnte sie nicht mithalten. Niemals würde es ihr gelingen, den Geruch nach Staub, Rauch und Schweiß aus den alten, zerknitterten Sachen in ihrem Laden herauszuwaschen.

Dann jedoch hielt sie sich vor Augen, dass die Sachen nicht »alt« waren, sondern Klassiker. Jedes Kleidungsstück hatte eine Geschichte zu erzählen.

Aber wie sollte sie die chaotischen Räume in etwas verwandeln, das mit so viel Schönheit konkurrieren konnte? Für die Innenausstattung war immer Josh mit seinem geschulten Blick zuständig gewesen. Lily hatte ausgeflippte Kleidung spontan ausgesucht, sich über die Geschichte jedes Stücks kundig gemacht, Änderungen vorgenommen, die Bücher geführt und dafür gesorgt, dass *Vilmont Designs* schwarze Zahlen schrieb. Jetzt aber hatte sie keine Ahnung, wie sie Kundschaft anlocken sollte.

Hinter der Theke saß eine junge Frau, schlank und in jeglicher Hinsicht kantig, auf einem Hocker. Sie hatte den Kopf über ein Smartphone gebeugt und tippte mit den Daumen darauf herum. Offenbar eine SMS. Das sanfte Rascheln der Stoffe mischte sich mit der Popmusik aus einer verborgenen Stereoanlage. Die Frau schien nichts um sich herum wahrzunehmen, auch nicht ihre Kundschaft.

Die Katze verhielt sich ruhig, während Lily sich zur Theke durchschlängelte, Auslagen auswich und die geschmackvolle Gestaltung sowie die Vitrine mit den französischen Seifen auf sich wirken ließ. Die Frau blickte erst auf, als Lily direkt vor ihr stand. »Kann ich Ihnen helfen?« Ein leicht gereizter Blick malte sich in ihre Augen. Auf ihrem Namensschild stand »Chris«.

»Ich habe mich nur gefragt, ob Sie etwas über diese Katze wissen«, begann Lily mit leiser Stimme und erzählte dann rasch die ganze Geschichte.

Chris zuckte die Achseln und betrachtete mit einem leichten Stirnrunzeln die Schachtel, als hätte Lily eine Ratte in den Laden mitgebracht. »Keine Ahnung. Ich weiß nicht. Ich glaube nicht, dass Florence Katzen hat. Sie würde die Krise kriegen, wenn jemand eine Katze in den Laden bringen würde. Sie ist die Inhaberin, nicht ich.«

Nicht ich. Also konnte diese Florence es sich leisten, mindestens eine Mitarbeiterin zu beschäftigen. Wahrscheinlich hatte sie den Laden schon seit einer Weile. Lily bemerkte sofort, dass die Kleidungsstücke überteuert waren. »Ist sie hier? Ich würde sie gern selbst fragen.«

»Ach, wo denken Sie hin? Flo ist praktisch nie hier.« Als Chris leise auflachte, funkelten ihre silbernen Kreolen und der kleine silberne Nasenring im Licht.

Praktisch nie hier, und trotzdem lief der Laden. Oder? Eine Frau steuerte mit leeren Händen und von Chris geflissentlich übersehen auf die Tür zu. Interessierte es sie denn überhaupt nicht, ob der Laden Umsatz machte?

»Könnten Sie Flo nicht mal anrufen?«, fragte Lily. »Nur sicherheitshalber. Ich möchte die Katze nur ungern ins Tierheim bringen, nur um dann herauszufinden …«

»Sie hat bestimmt keine Katze«, fiel Chris ihr ins Wort. Ihre Miene wurde argwöhnisch und abweisend. »Das müsste ich wissen. Ich arbeite etwa fünf Tage die Woche hier.«

Fünf Tage die Woche? Was machte Flo in dieser Zeit? Besaß sie noch einen anderen Laden? »Könnte die Katze vielleicht jemand anderem hier gehören. Ich bin noch recht neu in der Stadt. Möglicherweise können *Sie* mir ja weiterhelfen.«

»Hier hat niemand so eine Katze.« Chris schickte sich gerade an, sich wieder ihrer SMS zuzuwenden, als eine dickliche Frau mit einer aufgetürmten weißen Dauerwelle erschien und eine rosafarbene geblümte Bluse auf der Theke drapierte. »Die würde ich gerne haben, aber muss sie wirklich in die Reinigung? Es steht drin, dass man sie reinigen muss. Gibt es denn keine Alternative zu der vielen Chemie?«

Chris studierte das Etikett innen am Kragen. »Da steht ›chemisch reinigen‹ drauf.«

»Das habe ich selbst gelesen. Die Bluse ist wirklich wunderschön, aber …«

»Chemisch reinigen. Ich würde die Pflegeanleitung befolgen.«

»Sie können Sie auch mit einem milden Waschmittel mit der Hand waschen«, sagte Lily. »Chemisch reinigen könnte den Stoff strapazieren.«

»Genau das finde ich auch!« Die Frau lächelte Lily an. »Und bei dieser Bluse?«

»Achten Sie darauf, dass der Stoff sich nicht verzieht. Also nehmen Sie kaltes Wasser und wringen Sie sie nicht aus.«

»Woher kennen Sie sich so gut aus?«

Die Katze miaute kläglich, und vom Halten des Kartons taten Lily die Arme weh. »Ich habe ein wenig Erfahrung mit Rayon. Ich habe gerade den Laden gegenüber aufgemacht. ›Das Beste von Gestern‹. Antike Designerkleidung.«

»Rayon ist antik?« Die Frau spähte aus dem Fenster.

»Manchmal ja.«

»Ach, das gibt's ja nicht. Sie sind in das alte Knusperhäuschen eingezogen? Da muss ich mal vorbeischauen.«

Chris verzog finster das Gesicht. »Falls Sie die Bluse waschen und sich nicht an die Pflegeanleitung halten, können Sie sie nicht umtauschen.«

Lily betastete den Stoff. Er sah aus wie Rayon, fühlte sich an wie Rayon, und auf dem Etikett – ja, es war Rayon. Inzwischen konnte sie die Oberflächenstruktur verschiedener Stoffe unterscheiden. »In meinem Laden können Sie eine solche Bluse umtauschen, auch wenn Sie sie gewaschen haben. Ich garantiere Ihnen, dass meine Sachen sowieso alle gewaschen sind, einige davon sogar mehrere Male. Alte Stoffe sind robuster als die heutigen empfindlichen …«

»Wollen Sie die Bluse jetzt oder nicht?«, unterbrach Chris und klopfte auf die Theke.

Die Frau zögerte und kramte dann mit einem Seufzer in ihrer Tasche. »Mir gefallen die aufgedruckten Rosen auf der Vorderseite so gut.« Wieder lächelte sie Lily an. »Danke, meine Liebe, für Ihre Hilfe. Sie sind …?«

»Lily Byrne. Ich würde Ihnen ja eine Visitenkarte geben, aber ich habe noch keine.«

»Schon gut. Ich besuche Sie.«

Chris schürzte die Lippen, als sie die Bluse kassierte. Lily hastete in den kalten Prasselregen hinaus. Jetzt hatte sie gerade der Konkurrenz zu Umsatz verholfen, während die Inhaberin durch Abwesenheit glänzte und es der Verkäuferin offenbar gleichgültig war, ob sie etwas verkaufte. Und ihr Lohn war eine herrenlose, maunzende Katze in einem Karton und ein chaotischer, leerer Laden. Dennoch fühlte sie sich ein wenig zuversichtlicher. Sie hatte einen Vorteil, einen sehr großen sogar: Sie liebte die Kleider in ihrem Laden wirklich. Josh und sie hatten jedes einzelne Stück ausgesucht. Jemanden wie Chris würde sie niemals beschäftigen, selbst wenn sie sich eine Angestellte leisten könnte. Sie würde *immer* in ihrer Boutique anwesend sein, Fragen persönlich beantworten und ihr Wissen über Stoffe und wie man sie behandelte mit anderen teilen – wenn nur endlich Kunden kommen würden.

Kapitel 10

Kitty

Wir sind in einem Auto, und Autos haben nie etwas Gutes zu bedeuten. Das Dröhnen des Motors hallt mir in den Ohren, und vom Gestank der Abgase wird mir schlecht. Ich kann sehen, dass Lily mit glasigem Blick geradeaus starrt. Auch ich schaue manchmal gebannt in eine Richtung – auf Wolken oder Vögel, allerdings niemals auf Scheibenwischer.

»Ich sollte nicht diejenige sein, die dich hinfährt. Das wäre Joshs Aufgabe …«

Der körperlose Geist? Ich wusste gar nicht, dass Geister Auto fahren können. Er ist sowieso nicht hier. Durch ein weiteres Luftloch in der Schachtel erkenne ich, dass Lilys Finger krampfhaft das Lenkrad umfassen. Ich habe mich auch einmal so festgekrallt, als ich auf einem Baum saß. Aber ich war freiwillig dort. Es handelte sich lediglich um eine Sicherheitsmaßnahme.

»Ach, hör schon auf. So schlimm ist es nun auch wieder nicht. Du machst mich psychisch total fertig. Kannst du nicht still sein?«

Offenbar gebe ich Geräusche von mir. Doch wer würde das in meiner Situation nicht tun? Gefangen in einer Schachtel und in einem dröhnenden Foltergerät?

»Einmal hat er eine tote Meise vom Balkon unserer Wohnung aufgesammelt. Sie war gegen die Scheibe geflogen und hatte sich das Genick gebrochen. Warum tun Vögel so was? In ihr Verderben fliegen?«

Wen interessiert das? Ein toter Vogel ist ein toter Vogel. Und außerdem ein Leckerbissen, wenn er noch frisch ist.

»Es war so traurig, das kleine Ding da liegen zu sehen. Als ich die Vogelschutzgesellschaft angerufen habe, hat mir ein freiwilliger Helfer geraten, einfach die Fenster nicht zu putzen, damit sich die Vögel nicht darin spiegeln können. Deshalb sind die Fenster am Haus auch noch schmutzig, doch ich sollte etwas dagegen unternehmen, wenn ich mit ›Das Allerneueste‹ mithalten will. Dort sind die Fenster nämlich sauber und blitzblank.«

Das machen Menschen häufig. Sie führen Selbstgespräche und tun dabei so, als redeten sie mit mir.

»Josh hätte dich sicher behalten wollen, aber er hatte eine Katzenallergie. Er sagte immer: ›Wenn unsere Kinder sich einmal ein Haustier wünschen, versuche ich es mit diesen Anti-Allergie-Spritzen.‹ Hätte er eigentlich lieber eine Tochter oder einen Sohn gehabt? Oder beides? Wir hatten nie Gelegenheit darüber zu sprechen. Nicht dass wir die Möglichkeit gehabt hätten, es uns auszusuchen. Wir hatten ja nicht einmal die Chance, uns voneinander zu verabschieden.«

Also ist ihr Gefährte ganz plötzlich verschwunden. Kein Wunder, dass sie mit sich selbst spricht. Und kein Wunder, dass er noch hier herumspukt. Vielleicht ahnt er noch gar nicht, dass er tot ist.

Nun zieht sie ein lockeres Halsband unter ihrem Hemd hervor – die Menschen nennen so etwas eine »Kette« – und berührt den Ring, der daran hängt. Das goldene Metall funkelt im Licht. Und da ist noch etwas, ein winziges Glasröhrchen. Ich weiß, was drin ist. Menschliche Asche verbreitet einen stumpfen Geruch, ganz anders als Holzasche und kaum wahrzunehmen, vermutlich der Grund, warum ich es bis jetzt nicht bemerkt habe.

Sie schiebt die Kette wieder unter ihr Hemd, und ich spüre, dass wir gleich bei der Klinik sind. Als sie unter einer Kiefer parkt, erschaudere ich. »Was, wenn ich dich einfach mit einem Zettel auf die Veranda stelle? Okay, bleib ruhig, ich habe nur laut gedacht.«

Ich wünschte, sie würde das lassen. Als sie mich, noch immer in der Schachtel, ins Gebäude trägt, werde ich allmählich heiser. Und dann verstumme ich. Wir sind in der Hölle – einem überfüllten Wartezimmer, wo es nach Hund und Desinfektionsmittel stinkt. Ein großer Mann hält einen zitternden, kläffenden Pudel auf dem Schoß. Eine Frau sitzt neben einem riesigen Golden Retriever, dem die Zunge aus dem Mund hängt. Ein zierlicher Mann hat einen Katzentragekorb auf den Knien stehen. Ich rieche einen niedergeschlagenen schwarzen Kater mit einer Beinverletzung.

Lily stellt mich auf die Theke. Durch die jämmerlichen Luftlöcher kann ich einen Blick auf das Mädchen dahinter erhaschen. Sie blickt auf und lächelt. »Sie sind also Lily, und das ist das Kätzchen, das Sie gefunden haben.«

Das Mädchen hat einen leichten Akzent. Ihr Gesicht

ist zwar faltenfrei, aber ihre Augen wirken alt. Ihr zu einem strengen Pferdeschwanz zusammengefasstes Haar ist Strähne für Strähne durchgehend gelb.

»Ihre Ohrringe sind antik«, bemerkt Lily.

Das Mädchen berührt sich am rechten Ohr. »Es sind Begonien. Meine Schwester hat sie für zwei Dollar auf dem Flohmarkt gekauft.«

»Sie sind etwa fünfzig wert.«

»Dann hat sie ja ein gutes Geschäft gemacht.«

»Das hat sie ganz bestimmt.« Lily wirft einen Blick auf die Uhr. »Also kann ich die Katze bei Ihnen lassen?«

»Sie müssen erst mit dem Arzt sprechen.«

»Aber …«

»Bitte füllen Sie das hier aus.« Als das Mädchen aufsteht, um Lily ein Klemmbrett zu reichen, bemerke ich ihren dicken Bauch. Offenbar wird sie bald werfen, auch wenn bei Menschen dabei meistens nur ein Junges rauskommt.

Lily ist blass geworden. In ihre Augen malt sich ein sonderbarer Ausdruck, wie Menschen ihn haben, wenn sie sich entweder etwas wünschen oder eine Entscheidung bereuen. »Ich habe keine Zeit, ein Formular auszufüllen …«

»Tun Sie einfach Ihr Bestes.«

Mit einem Seufzer studiert Lily das Namensschild des Mädchens. »Also gut, Vanya.« Sie wendet sich ab, stellt mich auf einen Stuhl und setzt sich neben mich. Dann starrt sie auf das Blatt Papier auf dem Klemmbrett und zieht die Augenbrauen zusammen. »Ich kenne weder dein Alter noch dein Geschlecht oder deine

Krankengeschichte. Wie soll ich bloß all diese Fragen beantworten?«

Sie kritzelt ein paar geheimnisvolle Zeichen hin, steht auf und gibt das Formular zurück. Nachdem Vanya die Seite in eine Aktenmappe gesteckt hat, geht sie den Flur entlang voran und biegt dann in ein kleines Zimmer. »Dr. Cole ist gleich bei Ihnen. Fühlen Sie sich wie zu Hause.«

Sie geht hinaus und schließt die Tür.

»Wie zu Hause fühlen?«, wiederholt Lily und reibt sich die Arme. »Ich kriege hier drinnen ja kaum Luft.«

Ganz deiner Ansicht. Sie redet ohne Punkt und Komma weiter, während ich ein Auge an das größte Loch halte, um meine Umgebung zu mustern. Wer eine erfolgreiche Schlacht schlagen will, muss den Feind kennen. Gläser mit Wattebäuschen und Sprühdosen sind auf einer schmalen Ablage neben dem Waschbecken aufgereiht. Der Behälter mit Leckerchen dient offenbar dem Zweck, ahnungslose Opfer hinters Licht zu führen. Ein Hund würde bestimmt darauf hereinfallen, aber nicht ich. Und was das Schlimmste ist: An der Wand hängt eine widerliche Abbildung, die eine Katze darstellt, mit abgezogenem Fell, sodass man sie von der Seite sieht, wo beschriftete Pfeile auf die verschiedenen inneren Organe zeigen. Ich zittere am ganzen Leib. Die Gerüche hier gefallen mir gar nicht.

Vom Flur her nähern sich Schritte, und der Arzt kommt herein. Seine Miene ist so düster wie eine Gewitterwolke, und sein dunkles Haar ist zerzaust. Er trägt einen flatternden weißen Kittel über ausgewaschenen

Jeans. Obwohl er sich die Hände gewaschen hat, kann die Seife die Spuren von Blut und Krankheit nicht überdecken. Auch nicht den Schweißgeruch und das Rührei, das es zum Frühstück gegeben hat. Er sieht seiner Tochter Bish überhaupt nicht ähnlich. Sie hat eine zierliche Nase und zarte, sommersprossige Haut und weder seine markanten Züge noch sein kräftiges Kinn geerbt.

Und auch nicht seine tiefe Unzufriedenheit, seinen langsamen verbitterten Herzschlag. Der Verlust, den er erlitten hat, ist anders als der von Lily, nicht voller Wehmut und glücklicher Erinnerungen. Nein, sein Herz ist grüblerisch, zornig und eingeschnürt, und er sieht keinen Ausweg aus der Dunkelheit.

Kapitel 11

Lily

Der Arzt ließ so lange auf sich warten, dass Lily schon befürchtete, alt und grau zu werden und schließlich zu Staub zu zerfallen, bevor er endlich käme. Sie malte sich ihren leeren und dunklen Laden aus, dessen Aushängeschild im Wind schwankte, während sich die Kunden die Nasen an der Scheibe plattdrückten und dann wieder gingen.

Wie viel Umsatz hatte sie wohl in der letzten Stunde verpasst? Vielleicht nur wenig, doch der springende Punkt war, dass sie sich nicht in ihrer Boutique befand, sondern hier. In einer übel riechenden und von Geräuschen erfüllten Tierklinik und überdies in einem Raum von der Größe eines Wandschranks, wo sie Mühe hatte, den muffigen Gestank nach nassem Hund und das gedämpfte Maunzen verängstigter Katzen zu ignorieren.

Endlich kam der Tierarzt, den Kopf über die offene Akte der Katze gebeugt, hereingerauscht. Keine Entschuldigung, ja, er nahm Lilys Gegenwart nicht einmal zur Kenntnis. Als er sie endlich ansah, glaubte sie, ihn schon einmal getroffen zu haben. Ja, richtig, in Jasmines Buchladen, nur dass er da entspannt gewirkt hatte. Jetzt war er kühl und sachlich, trug einen weißen Kittel, und falls er sich an ihre kurze Begegnung erinnerte, ließ er sich das nicht anmerken. Er machte einen geistesabwesenden Eindruck und war offenbar sehr von sich überzeugt.

»Ben Cole«, sagte er mit barscher Stimme, die fast wie ein Bellen klang. Vielleicht verbrachte er ja zu viel Zeit mit Hunden. Als er ihr die Hand hinhielt, fuhr sie zusammen und drückte nur kurz seine Finger. Seine Hand fühlte sich warm, kräftig und feucht an. Bartstoppeln bildeten einen Schatten an seinem Kinn, und seine Augen waren so hellgrau, dass sie beinahe farblos wirkten. Außerdem hatte er einen kleinen Höcker auf der Nase, als hätte ihm jemand vor langer Zeit einen Boxhieb verpasst. Kein Wunder, dachte sie, wenn man bedachte, wie rücksichtslos er mit der Zeit seiner Kundschaft umging.

»Lily Byrne.« Sie zog die Hand weg und wischte sie an ihren Jeans ab. Sein Blick blieb kurz an ihrem Gesicht hängen. Dann beugte er sich vor, um in die Schachtel zu spähen. Die Katze maunzte leise, worauf er sich mit finsterer Miene aufrichtete. »Sie brauchen einen Tragekorb, keinen Karton.«

Nun gab er ihr auch noch gute Ratschläge. »Der Karton genügt völlig. Die Katze gehört mir nicht. Bish sagte, *Sie* würden sie vielleicht nehmen.«

»*Das* hat sie gesagt? Wenn ich jedes Tier aufnehmen würde …«

»Aber ich kann die Katze nicht behalten.«

Er schwieg. Aber wenigstens verlangte er keine weitere Erklärung. Was hätte sie ihm auch antworten sollen?

Dass sie befürchtete, die Katze könnte den Laden verwüsten? Dass sie sich nicht um noch ein zerbrechliches Lebewesen kümmern konnte, weil sie sich selbst schon zerbrechlich genug fühlte.

Der Raum schien kleiner zu werden, und sie fühlte den Puls in ihren Ohren pochen. Die Praxisgeräusche verschwammen zu einem gedämpften Brummen, als der Arzt in die Schachtel griff und die Katze geschickt herausnahm. Lily kam sich ziemlich unfähig vor, während sie zusah, wie er die Katze auf seinen Schoß setzte und sie untersuchte. Als sie ihn schnurrend anzwinkerte, erwiderte er ihren Blick. War das eine Art Katzengeheimcode?

Das ist sein Beruf. Er muss so etwas können, dachte Lily. Im nächsten Moment fragte sie sich, was sie selbst denn konnte. Sie hatte hinter den Kulissen von Joshs Designerladen gearbeitet. Doch das Addieren von Zahlenkolonnen hatte sie nicht auf das Alleinleben, einen eigenen Laden oder die Möglichkeit des Scheiterns vorbereitet. Und nun war da diese Katze, ein winziges Geschöpf, doch für Lily eine gewaltige Irritation. Fühlte sich so Trauer an? War es normal, dass einem auch die kleinste Irritation wie eine gewaltige Störung vorkam?

Was sollte sie zu diesem Tierarzt sagen, falls er je in ihren Laden kommen und etwas zum Anziehen suchen sollte? Würde sie ihm einen Rollkragenpulli von Ralph Lauren oder ein kariertes Flanellhemd empfehlen? Oder würde es ihr einfach nur die Sprache verschlagen?

Während sie ihm dabei zusah, wie er ruhig und gelassen seine Arbeit erledigte, wünschte sie sich, auch etwas von seinem Selbstbewusstsein, seiner Dreistigkeit, ja, sogar von seinem aufgeblasenen Ego zu besitzen.

»Eine Katze mit zwei verschiedenen Augen«, bemerkte er. »Das ist eine Form der kompletten Heterochromie bei Katzen.«

»Heterowas?«

»Ein Pigmentmangel in einem Auge, in diesem Fall das grüne. Manche weiße Katzen sind außerdem taub, aber diese hier hört ausgezeichnet. Sie lebt zwar schon eine Weile draußen, ist aber trotzdem ruhig und ziemlich zutraulich.«

»Ruhig? In meinem Laden war sie das ganz und gar nicht. Sie hat wie wild herumgetobt, um eine Motte zu fangen, und dabei mein Hochzeitskleid beschädigt.« Das mit dem Kleid hätte sie nicht erwähnen sollen, denn sie wollte eigentlich nichts über sich preisgeben. Und jetzt fühlte sie sich, als stünde ihr ihre ganze Lebensgeschichte ins Gesicht geschrieben.

Er betrachtete sie. »Katzen holen uns zurück auf den Boden der Tatsachen und zwingen uns, unsere Prioritäten neu zu überdenken.«

Sie wusste nicht, was sie darauf sagen sollte. Schließlich wusste er nichts weiter über sie, als dass sie ein Bekleidungsgeschäft und ein beschädigtes Hochzeitskleid ihr Eigen nannte. Woher nahm er sich das Recht, ein Urteil über sie zu fällen? »Mit meinen Prioritäten ist alles in Ordnung, vielen Dank auch. Können wir das hier nicht ein bisschen beschleunigen? Ich muss zurück in meinen Laden.«

Er öffnete das Maul der Katze und untersuchte ihre

Zähne. »Sie ist älter, als sie aussieht. Vielleicht neun oder zehn Jahre alt, eine Katzenseniorin.«

»Eine Seniorin, spitze.« Das arme Ding konnte jeden Moment sterben. Und hatten alte Katzen nicht alle möglichen medizinischen Probleme?

»Sie putzt sich gründlich, aber Langhaarkatzen brauchen dabei Hilfe. Sie müssen regelmäßig gebürstet werden.«

»Sagen Sie das ihrem Besitzer.« Lily wusste, dass sie unhöflich war, doch das Verhalten des Arztes ging ihr auf die Nerven. Sie hatte nicht geplant, die Katze von Kopf bis Fuß untersuchen zu lassen. Eigentlich wollte sie gar nicht hier sein. Außerdem hatte sie keine Zeit, ein Tier zu bürsten. Sie schaffte es ja kaum, sich selbst regelmäßig zu kämmen.

Er setzte die Katze auf den Boden, damit sie sich umschauen konnte. »Vielleicht hat sie ja gar keinen Besitzer. Sie könnte eine Streunerin sein.«

»Wie dem auch sei, mir gehört sie jedenfalls nicht. Könnten wir uns nicht aufs Wesentliche beschränken? Wie viel wird das alles kosten? Ich meine, ich habe nicht damit gerechnet …«

»Wir werden unser Bestes tun, um Ihrer angespannten finanziellen Lage entgegenzukommen.«

Sie errötete. *Angespannte finanzielle Lage?* Was bildete sich dieser Kerl eigentlich ein? Am liebsten hätte sie das Glas mit den Leckerchen genommen und es ihm über den Schädel gezogen. »Meine finanzielle Lage ist nicht angespannt«, log sie. »Doch ihr Besitzer wird mir die Kosten ersetzen müssen. Wahrscheinlich suchen sie

sie schon überall. Wenn Sie sie nicht hier behalten können, werde ich sie wohl ins Tierheim bringen müssen.«

Sein Gesichtsausdruck blieb zwar unverändert, doch sie bemerkte ein leichtes Zucken an seinem Unterkiefer. Er notierte sich etwas in der Akte. »Ihre Entscheidung. Aber Sie könnten sie auch vorübergehend aufnehmen und Aushänge machen. Wenn sie vermisst wird und jemand sie sucht, könnte er sie auf diese Weise erkennen.«

»Ich würde ja gern mehr für sie tun, aber ich bin sehr beschäftigt. Ich bezahle dafür, dass sie gebürstet und sauber gemacht wird, und dann bringe ich sie ins Tierheim.«

»Gut. Wie Sie wollen. Ich bin gleich zurück.« Er hob die Katze auf und ging hinaus, ohne sich umzusehen. Die Tür fiel hinter ihm ins Schloss. Ein guter Plan. Nur das Wesentliche und nicht mehr. Und dann war sie die Katze los. Warum also fühlte sie sich so schlecht dabei?

Kapitel 12

Kitty

Auf der Rückfahrt zum Laden haben wir bei Miau City gehalten, wo ich mich in den hintersten Winkel des Tragekorbs gekauert habe, bis Lily mich eilig wieder zum Auto trug. Sie hat es nicht über sich gebracht, mich ins Gefängnis zu stecken. Ich habe die gesamte Fahrt, einschließlich eines Zwischenstopps in der Zoohandlung, gebraucht, um die grausigen Gerüche und Geräusche beim Tierarzt zu vergessen.

Währenddessen haben sich die Geister im Haus zu einer dichten Masse zusammengeballt. Eine junge Frau, die bei einem tragischen Unfall gestorben ist, klammert sich an ein geblümtes Kleid, das ihrer Tochter gehört hat. Woher weiß sie, dass ihr Kind schon seit Langem im Jenseits ist?

Lily erschaudert ein wenig und dreht den Thermostat höher. Dann versucht sie, mich in die Küche zu sperren, doch sie hält mein Jaulen und das Kratzen meiner Krallen an der Tür nicht aus.

»Aber es ist nur vorübergehend«, sagt sie, als sie die Küchentür wieder aufmacht. Ich laufe in den Flur hinaus. Der Geist ihres früheren Gefährten schwebt neben ihrem Schatten her. Manchmal verschmilzt er mit der Dunkelheit, dann gleitet er wieder davon. Ein anderer Geist versteckt sich, einer, der sich schon seit Ewigkeiten hier herumdrückt. Lily bleibt stehen, blickt sich stirnrunzelnd um, reibt sich die Arme und erschaudert wieder.

»Mir ist kalt«, flüstert sie mir zu. »Vielleicht spukt es ja hier. Wäre das nicht wieder mal typisch für mich? Und was mache ich jetzt mit dir?«

Ich sitze auf einem fadenscheinigen Teppich und beobachte sie, während sie telefonisch die Tierheime, eines weiter entfernt als das andere, abklappert, um mich endlich loszuwerden.

»Alle sind voll belegt. Nicht zu fassen. Oh, hör auf mich so anzustarren, als würde ich dich verraten. Wie soll ich etwas erledigt kriegen, wenn ich dich ständig beaufsichtigen muss?«

Ich wende mich ab und trotte zum leeren Schaufenster, wo ich mich niederlasse. Faszinierend, der Trubel auf der anderen Straßenseite. Nach einer Weile schleppt Lily eine Statue in einem weichen orangefarbenen Kleid zum Fenster und stellt sie neben mich auf das breite Sims. Sie platziert ein Paar glitzernde Schuhe und eine Handtasche neben der Statue und drapiert dann eine zweite Plastikfrau, diesmal in einem schimmernden blauen Gewand, auf dem Sims.

»Wer kann schon dieser antiken Seide widerstehen?«, meint sie grinsend. »Ich werde es schaffen, oder, Kätzchen?«

Ich lecke meine Pfote.

Stirnrunzelnd späht sie nach draußen. »Was machen

die denn da drüben? Wie sind die bloß darauf gekommen? Eine Schaufensterpuppe im Wintermantel, die auf der Seite liegt? ›Das Allerneuste‹ eben.« Sie mustert ihre eigene Auslage. »Vielleicht brauche ich ja auch eine Winterszene. Wo kriege ich eine Schaufensterpuppe her, die so auf der Seite liegen kann? Allerdings ist es doch das hier, wovon die Leute träumen, oder? Eine Sommernacht in der Stadt?«

Jemand schlurft den Gehweg hinauf und bleibt stehen, um mich anzuschauen. Oh, nein, es ist Ida. Sie kommt hierher! Ich verstecke mich so schnell wie möglich unter einem Ständer mit schwarzen Kleidern.

»Könnte das eine Kundin sein?«, fragt Lily, und ihr Augenausdruck erhellt sich. »Siehst du? Meine Schaufensterdeko wirkt bereits.«

Oh, Schreck und Graus! Ida, diesmal ohne George, kommt herein. Ein ekelhafter Hundegeruch schlägt mir entgegen.

»Ach, hier wohnt also das Kätzchen!«, ruft Ida aus. »Ich habe es im Fenster gesehen.«

»Eigentlich ist es ein Mädchen«, erwidert Lily. »Sie ist einfach hier aufgekreuzt. Gehört sie Ihnen?«

»Leider nein. Sie ist eine Schönheit. Ich verstehe gar nicht, warum ich noch nie hier war.«

»Ich habe erst vor Kurzem eröffnet«, antwortet Lily und hastet hinter Ida her, die inzwischen durch den Laden bummelt und dieses und jenes anfasst.

»Sie liegen ein bisschen abseits.« Ida schaut zum Laden auf der anderen Straßenseite, wo ein reges Kommen und Gehen herrscht. Dann lächelt sie Lily an. »Doch da ich nun schon einmal hier bin, sehe ich mich einmal um.«

»Bitte gerne.«

Bitte nicht!

»Ich bin in Kauflaune. Was können Sie mir empfehlen?«

Ich muss in meinem Versteck verharren, denn Ida bleibt sicher noch eine Weile.

Kapitel 13

Lily

Verdattert sah Lily sich in ihrem unordentlichen Laden um. Die dickliche Frau war nicht wegen der Schaufensterdekoration hereingekommen, sondern wegen der Katze. Sie strahlte eine tiefe Bedürftigkeit aus, eine Sehnsucht, die lange im Verborgenen geruht hatte. Was würde passieren, wenn sie bei »Das Allerneuste« hereinschneite? Chris würde kurz aufblicken, ihr zunicken und sich dann wieder über ihr Smartphone beugen. Vielleicht würde sie sich ja sogar diese Mühe auch noch sparen, und Ida würde völlig unbeachtet durch den Laden streifen. Doch bei »Das Beste von Gestern« war Lily für sie da, um sie zu beraten. Sie konnte etwas *bewirken*. Aber wie?

»Ich habe ein paar reizende Kleider hier«, sagte sie. Ihre Stimme klang eingerostet. »Das heißt, falls Sie ein Kleid suchen. Tun Sie das?« Was redete sie da für einen Unsinn? Wie gerne hätte sie die Worte zurückgenommen und noch einmal von vorne angefangen.

Die dickliche Frau tippte sich mit einem pummeligen Zeigefinger ans Kinn. Der Goldring daran hatte sich tief eingegraben. »Vielleicht ein Kleid. Ich sollte aus irgendeinem Grund hierherkommen. Das Kätzchen hat mich gerufen. Nicht mit Worten, aber Sie wissen schon.« Sie warf einen Blick auf ihre Jeans, formlos und mit Gummizug an der Taille, und ihre bequemen Schuhe mit Gummisohle. Dazu trug sie eine zeltartige Bluse aus Polyester und darüber eine schlotternde Jacke. Es war, als betrachte sie eine Fremde, einen Körper, den sie nicht als den ihren erkannte.

Was hätte Josh in dieser Situation getan? Was sollte Lily tun? Vielleicht persönlichen Kontakt herstellen. Also schüttelte sie der Frau die kühle, weiche Hand. »Ich heiße Lily. Wenn Sie mir erklären, was Sie suchen, kann ich Ihnen vielleicht helfen.«

»Ich bin Ida«, erwiderte die Frau und zog ihre Hand weg. »Und ich suche, oh, ich weiß auch nicht. Etwas Hübsches und Ausgefallenes.«

Das Kätzchen kam angetrippelt und rieb sich an Idas Beinen. Und in diesem Moment hörte Lily das, was die Frau nicht laut aussprach. *Ich suche Glück. Ich möchte die Zeit anhalten. Ich will nicht noch älter und dicker werden, als ich es ohnehin schon bin. Ich wünschte, mein Mann würde mich wieder so ansehen wie früher. Ich sehne mich nach dem Unmöglichen.*

Inzwischen war die Schaufensterdekoration bei »Das Allerneuste« auf der anderen Straßenseite noch kunstvoller geworden – mit Schnee, Skistöcken und ein paar Flocken auf dem Mantel der Schaufensterpuppe. Über der Tür blinkte ein Neonschild. Ida spähte über die Straße. Ihre Augen leuchteten. »Vielleicht sollte ich einfach …«, begann sie.

»Einfach?« Lily folgte Idas Blick. Eine junge Frau kam,

eine große Einkaufstüte in der Hand, aus dem Laden, schaute kurz hinüber zu den Schaufensterpuppen in Lilys Fenster, sah nach links und rechts und überquerte die Straße in Richtung »Island Creamery«.

Lily musterte die Katze, die in einem länglichen Sonnenfleck neben einem Regal mit Seidenschals saß. Hätte sich die junge Frau mit der Einkaufstüte vielleicht auch in ihren Laden gewagt, wenn die Katze im Fenster sichtbar gewesen wäre? Ob Lily ein Haus näher an der Straße hätte kaufen sollen? Eines, bei dem kein Garten trennend zwischen Gehweg und Veranda lag? Fast war es, als hindere eine unsichtbare Barriere die Menschen daran, an die Tür zu kommen – außer, ja, das war eine Möglichkeit, wenn sie die Katze sahen.

Aber die Katze würde nicht bleiben. Der Laden musste für sich selbst sprechen. Lily würde sich allein etwas für Ida einfallen lassen müssen. *Etwas Hübsches und Ausgefallenes. Greifbares. Hoffnung. Das Unmögliche.*

»Ich habe eine Idee.« Lily holte ein schwarz-gelbes, an der Taille gerafftes Chiffonkleid hervor. »Ich bin nicht sicher, ob es passt, aber ich glaube, dass es ihre Schönheit hervorheben wird.«

Idas Miene erhellte sich. »Schönheit?« Sie schien sich an das Wort zu klammern wie an eine Rettungsweste, die sie über Wasser hielt.

»Ja, äh …« Lily betrachtete die Katze, die gerade ihr Gesicht putzte. Ihr Fell schimmerte durchscheinend und silbrig in der fahlen Herbstsonne. »Die Katze hat es mir gezeigt.«

Idas Augen weiteten sich. Nach einem kurzen Blick

auf die Katze raunte sie Lily zu: »Das Kätzchen spricht mit Ihnen? Ich hab's gewusst.«

»Nun, sie spricht nicht richtig, doch wir verständigen uns durch … Blinzeln. Die Katze blinzelt ein Kleid an …«

»Und dann suchen Sie es aus!«

Lily nickte und kam sich wegen dieser Lüge albern vor. »Das ist ein Sonnenkleid aus Seidenchiffon aus den Fünfzigern. Griechischer Stil mit plissiertem Oberteil. Der Reißverschluss am Rücken wurde vermutlich später eingenäht.«

Ida drehte das Kleid um. »Interessant, das mit dem Reißverschluss. Und die Katze findet, dass es mich schön machen wird?«

»Dass es die Schönheit betont, die sie bereits in sich tragen.« Ja, das klang schon viel besser. »Hier sind alles Einzelstücke, also habe ich keine anderen Größen.«

»Kein Problem.« Ida zwinkerte der Katze zu, als teilten die beiden ein Geheimnis, und stapfte dann zur Umkleidekabine. Als sie endlich herauskam, hatte das Kleid sie auf unerklärliche Weise verwandelt.

»Himmlisch«, sagte Ida und verharrte steif vor dem Spiegel. Sie hatte plötzlich Formen entwickelt, eine kurvige Silhouette, ein erkennbares Dekolleté. Ihre Knöchel waren zu sehen. Sie waren erstaunlich schmal.

Sie zog den Bauch ein und reckte die Brust vor. »An der Taille können Sie doch etwas ändern, oder?«

Das war zwar grundsätzlich möglich, aber in diesem Fall wäre zusätzlicher Stoff nötig gewesen. »Diese Art von Seide findet man heutzutage kaum noch.«

»Können Sie sie nicht bestellen?«

»Das wird schwierig. Die Farbtöne wirken auf jedem Gewebe anders. Die Farben würden wahrscheinlich nicht zusammenpassen.«

Ida stemmte die Hände in die Hüften und atmete tief durch. »Ach, vielleicht kaufe ich das Kleid ja so, wie es ist. Ich nehme ab. Ich mache wieder mal eine Diät, aber diesmal nicht die von Atkins.«

Lily wusste, dass Diäten meistens zwecklos waren. Man musste sein Leben umkrempeln. Trauer wirkte zum Beispiel wahre Wunder, wenn eine Frau schlanker werden wollte. »Das ist Ihre Entscheidung«, sagte sie.

»Lassen Sie mich überlegen.« Während Ida sich wieder umziehen ging, fragte sich Lily, ob sie sich größere Mühe hätte geben sollen, das Kleid passend zu machen. Hätte sie sich erbieten sollen, es zu ändern? Aber wie hätte sie das Stoffproblem gelöst?

Ida blieb so lange in der Kabine, dass Lily sich allmählich Sorgen machte. Endlich öffnete sich knarzend die Tür, und Ida, immer noch in dem Kleid, erschien. Sie war hochrot im Gesicht. »Ich fürchte, ich, äh, komm da nicht mehr raus. Der Reißverschluss hat sich verklemmt.«

»Drehen Sie sich um. Ich probier's mal.« Lily zog am Reißverschluss, doch das Kleid schien mit Idas Körper verwachsen. »Mist, es klappt nicht.«

Idas Kinn zitterte. »Versuchen Sie es noch mal.«

Lily gab sich alle Mühe, aber es war vergeblich. Obwohl die Tür geschlossen war, wehte ein kühler Lufthauch über sie hinweg, dass es ihr die Härchen an den

Armen aufstellte. »Wir finden schon eine Lösung«, meinte sie und trat zurück. »Ob Sie mal versuchen sollten, es über den Kopf zu ziehen?«

»Hab ich schon. Es geht nicht über die Hüften.«

Lily war sicher gewesen, dass das Kleid passen würde. Sie mühte sich noch einige Male mit dem Reißverschluss ab, und Ida versuchte erneut, das Kleid über den Kopf zu ziehen. Es war sinnlos.

»Es gibt nur noch eine Möglichkeit, allerdings ist die ein wenig radikal«, verkündete Lily schließlich. Die Katze richtete sich auf und reckte die Nase in die Luft. Ihre Ohren zuckten, als sie sich umsah. Dann blickte sie nach oben ins Leere.

»Woran haben Sie denn gedacht?«, fragte Ida mit flehendem Blick.

»Bleiben Sie stehen.« Lily ging ins Büro und kramte mit klopfendem Herzen in den Schreibtischschubladen. Mit einer Schneiderschere bewaffnet, kehrte sie in den Laden zurück. »Tut mir leid, aber ich sehe keine Alternative. Ich werde Ihnen das Kleid vom Leib schneiden müssen.«

Kapitel 14

Kitty

»Das war ja ein Geniestreich«, sagt Lily, während wir Ida nachblicken, die den Gartenweg entlang davonhastet. »Die wird nie wiederkommen. Und die ganze Stadt wird erfahren, dass ich ihr das Kleid vom Leib schneiden musste. Dann ist mein Laden in null Komma nichts pleite.« Tränen schimmern in ihren Augen.

Was soll ich ihr sagen? Dass ein trauriger Geist für dieses kleine Fiasko verantwortlich sein könnte? Während Ida summend in der Umkleidekabine stand, ist ein tintenschwarzes Phantom, das sich schon lange hier herumtreibt, unter der Tür durchgeschlüpft und hat sie verhext. Und als sie herauskam, war das Kleid zu eng. Der dunkle Geist ist noch eine Weile geblieben und dann in der Atmosphäre verschwunden.

Nun werden die Geister in der grauen Abenddämmerung unruhig, während Lily den Laden aufräumt. »Ich habe wirklich versucht, Ida so zu beraten, wie sie bei ›Das Allerneuste‹ nie beraten worden wäre. Weißt du, Kätzchen? Jetzt habe ich nur noch Stofffetzen auf dem Schneidertisch. Kein Chiffonkleid mehr. Aber ich gebe nicht auf.

Einverstanden.

Sie trägt Kleiderhaufen hin und her, hängt Kleidungsstücke auf und rückt die Statuen im Fenster zurecht. Ich sitze gemütlich auf einem Haufen Krawatten und lasse die Schichten von Leben und Tod, die durch den Raum wabern, auf mich wirken.

Endlich geht Lily ins Bett, und als es still und dunkel im Haus ist, erwacht meine Welt zum Leben. Meine Beine fangen an zu zucken. Ich renne herum, bis meine Krallen auf dem Parkettboden scharren, schlage nach Staubflocken und springe den Motten nach, die draußen unter der Verandabeleuchtung flattern.

»Kätzchen! Was machst du denn da?« Lily ist wieder aufgestanden und läuft mir nach. Dabei stolpert sie beinahe über die Aufschläge ihres Pyjamas. Ihre Frisur sieht auch interessant aus. »Ich fasse es nicht, dass du mich um diese Uhrzeit weckst.«

Ich poltere die Treppe hinunter und biege in ihr Büro ein, wo ich auf den Schreibtisch springe und einige Papiere runterwerfe.

»Spinnst du? Was ist denn mit dir los?« Sie folgt mir den Flur entlang und in die Küche. Als sie Licht macht, blinzle ich, plötzlich geblendet. Ein dickes Staubknäuel verlangt meine Aufmerksamkeit …

»Kätzchen, nein! Das darfst du nicht fressen.« Lily bückt sich, um mir den Staub aus dem Maul zu ziehen, und wirft den Klumpen in den Müll. Dann setzt sie sich an den Frühstückstisch und schlägt die Hände vors Gesicht.

Irgendwie ist mir komisch. Nein, bloß nicht!

»Musst du dich etwa übergeben? Ach, Kätzchen!«

Ich bin machtlos dagegen. Ich würge zwar immer noch, fühle mich allerdings schon viel besser.

»Das gibt's doch nicht.« Sie klappt ihr Mobiltelefon auf und drückt ein paar Knöpfe. »Dr. Cole. Es tut mir schrecklich leid, dass ich Sie geweckt habe. Ich dachte, es gäbe da einen Notdienst ... Hier ist Lily Byrne. Mit der Katze stimmt etwas nicht. Sie hat sich übergeben. Was soll ich nur tun?«

Ich verstecke mich unter dem Tisch.

Lily hört zu und sagt dann: »Morgen? Aber ich habe Angst, dass sie krank sein könnte. Ich könnte es nicht ertragen, wenn mir noch etwas wegstirbt.«

Ich kann sein Erstaunen beinahe spüren. Auch ich bin ein wenig überrascht. Er antwortet etwas, und Lily erwidert: »Sie kommen her? Ich wohne in der Harborside Road. Es tut mir wirklich leid. Ich weiß. Vielen Dank.«

Sie beendet das Telefonat und bückt sich, um mich zu streicheln. »Bitte kotz nicht mehr.« In ihren Augen sehe ich das Spiegelbild meines Gesichts, das mir entgegenstarrt. Die eleganten Schnurrhaare, die Ohren mit den Puscheln. Und ich sehe auch, dass sie sich schreckliche Sorgen macht. Ich spüre, dass ihre Seele weicher wird. Ihr Gesicht ist ganz nah an meinem. Ich kann nicht anders, als das Kinn zu heben. Und dann streiche ich mit meiner Nase ganz zart über ihre Nase.

Kapitel 15

Lily

Wann hatte Lily zuletzt Besuch gehabt? Noch vor Joshs Tod und nie so spät in der Nacht. Die Zeit reichte kaum aus, einen Morgenmantel anzuziehen, sich die Haare zu bürsten und das Erbrochene aufzuwischen, als sie schon ein Klopfen an der Hintertür hörte. Wie hatte Dr. Cole es so schnell hierher geschafft?

Das Kätzchen lief zur Tür, doch als Lily sie öffnete, ergriff es beim Anblick des Tierarztes sofort die Flucht.

»In der Tierklinik hat sie sich doch auch nicht vor Ihnen gefürchtet«, sagte Lily kopfschüttelnd. »Vielleicht spürt sie, dass etwas anders ist.«

Dr. Cole stand mit ernster Miene und einer schwarzen Arzttasche in der Hand auf der Veranda. In seiner offenen Windjacke, dem blauen Pulli, den Jeans und den Wanderstiefeln sah er beinahe aus wie ein Mensch – so wie damals im Buchladen. Wäre da nicht der finstere Gesichtsausdruck gewesen.

Lily machte ihm Platz. »Haben Sie gleich hergefunden?«

»Bin in Seattle falsch abgebogen und in Portland gelandet, aber irgendwann hab ich's dann gemerkt.«

Fand er das witzig? »Sie müssen ja mit Schallgeschwindigkeit gefahren sein.«

»Lichtgeschwindigkeit!« Mit einem leichten Stirnrunzeln nahm er ihren Morgenmantel und die Pantoffeln zur Kenntnis. Hätte sie etwa ein Abendkleid anziehen sollen?

»Kommen Sie rein. Ich bin Ihnen sehr dankbar dafür, dass Sie mitten in der Nacht Zeit für mich haben.« Sie zog ihren Morgenmantel enger zusammen und hoffte, dass er die Kette nicht gesehen hatte, denn sie wollte nicht erklären, was es mit dem Ring und dem Röhrchen auf sich hatte.

Er wischte sich die Wanderstiefel an der Fußmatte ab, schob sich an Lily vorbei und schloss die Tür hinter sich. Dann spähte er in Richtung Küche. »Wo ist sie hin?«

»Bestimmt versteckt sie sich. Glauben Sie, sie hat etwas Schlechtes gefressen?«

»Dazu muss ich sie mir zuerst anschauen. Sie hätten sie in den Tragekorb setzen können.«

»Ich hatte keine Ahnung, dass sie vor Ihnen davonlaufen würde.« Gab es in dieser Stadt denn keinen anderen Tierarzt? Einen, der eher war wie James Herriot, Autor von *Der Doktor und das liebe Vieh?*

Seine Miene verfinsterte sich noch mehr, und er zog die buschigen Augenbrauen so eng zusammen, dass er beinahe wie ein Neandertaler aussah. »Haben Sie etwas herumliegen lassen? Gummibänder? Schmuck? Knöpfe?«

»Ich lasse keine Sachen herumliegen.«

Dr. Griesgram folgte ihr in die Küche. »Mit Katzen muss man umgehen wie mit Kleinkindern. Sie stecken alles Mögliche in den Mund. Zahnseide, Nähgarn.«

Lily hatte keine Lust auf eine Gardinenpredigt. »Ich habe keine Kinder, und sie hatte keine Gelegenheit, an etwas heranzukommen.«

»Haben Sie ihr etwas anderes zu fressen gegeben als sonst?«

»Nur Katzenfutter.«

»Ich verstehe.« Er schien nicht überzeugt.

»Darf ich Ihnen die Jacke abnehmen?« Warum war sie eigentlich noch höflich zu ihm.

»Ich behalte sie an. Wo kann sie hingelaufen sein?«

»Wahrscheinlich nach oben. Hier entlang.« Sie machte kehrt und ging durch die Küche voraus. Dabei stellte sie sich vor, wie Bish und ihre Mutter zu Hause warteten. Vermutlich ärgerten sie sich über seinen spätnächtlichen Ausflug ins Zentrum von Fairport. Oder waren sie froh, ihn los zu sein?

Er folgte ihr die Treppe hinauf. Seine Stiefel polterten auf den Stufen. Er hätte sie ausziehen sollen, aber Lily hätte es ungehörig gefunden, ihn darauf hinzuweisen.

In ihrem Schlafzimmer ließ er den Blick über das Bett, den antiken Frisiertisch und die Regale mit den nach Höhe angeordneten Büchern schweifen. Es standen auch noch ein paar unausgepackte Kartons herum. In diesem Moment wurde ihr klar, dass ihr Zimmer das Wort »Witwe« regelrecht herausschrie. Angefangen bei der staubigen, unangebrochenen Parfümflasche von Dior auf dem Frisiertisch bis zu dem Baumwoll-BH, der über der Lehne eines antiken Stuhls hing. Wenn sie einem Besucher schon ihren BH vorführte, dachte sie, hätte sie wenigstens einen aus schwarzer Spitze von Victoria's Secret nehmen können. Doch so etwas besaß sie schon längst nicht mehr.

Als Dr. Cole den BH bemerkte, lief er rot an. Lily stürmte hin, schnappte sich das Wäschestück und stopfte es in eine Schublade. Ihre Wangen fingen an zu glühen. »Verzeihung, ich hatte keinen Besuch erwartet.«

»Ich bin es, der hier stört.« Er warf einen Blick auf den Gedichtband auf dem Nachttisch. »Das habe ich als Taschenbuchausgabe.«

»Sie haben einen Gedichtband?« Sie hatte Mühe, sich ihre Überraschung nicht anmerken zu lassen.

»Das Buch habe ich mir schon vor einer ganzen Weile gekauft.«

»Sie lesen Gedichte? Das finde ich großartig.« Vergeblich versuchte sie, ihn sich beim Lesen von Gedichten vorzustellen.

»Wenn ich Zeit zum Lesen habe.«

»Ich habe erst ein paar davon gelesen. Jasmine hat mir das Buch geschenkt.«

Er nickte und zog die Augenbrauen hoch. »Ach, dann kenne ich Sie also aus dem Buchladen.«

»Ich habe Sie dort auch gesehen.«

»Und jetzt sind wir hier.«

»Ja.« Sie wurde sich der durchlässigen Membran zwischen ihrem Leben hier und der Außenwelt bewusst. Wenn Dr. Cole die oberste Kommodenschublade aufgezogen hätte, wäre er auf Joshs Unterhosen, Unterhemden und Socken gestoßen, die noch gefaltet dalagen. Er würde sie für albern und sentimental halten oder vielleicht einfach nur für verrückt. Sie hatte auch ein paar von Joshs Jacken und einige Paar Schuhe aufbewahrt und im Wandschrank untergebracht.

Dr. Coles Blick richtete sich auf einen peitschenden Katzenschwanz, der unter dem Bett hervorlugte. Er stellte seine Tasche auf den Frisiertisch und ging in die Knie, um die Katze zu begutachten. Als er sie herausholte und untersuchen wollte, befreite sie sich zappelnd und versteckte sich wieder unter dem Bett.

Er stand auf und klopfte sich die Jeans ab. »Mit ihr scheint alles in Ordnung zu sein. Ich schlage vor, wir geben ihr Zeit, sich ein wenig zu beruhigen. Dann sehe ich sie mir noch einmal an.«

»Ich bin erleichtert, dass ihr offenbar nichts fehlt.« Lily hatte das Bedürfnis, ihn auf den Flur hinauszuschieben, um ihr Territorium vor ihm zu verteidigen. Sie behielt Josh immer in ihrer Nähe, doch nun drohte Dr. Coles beeindruckende Präsenz, sich dazwischenzuschieben. Er war lebendig und greifbar und atmete, und er war ein Mann, wenn auch ein reichlich unsympathisches Exemplar dieser Spezies. Seine grüblerische Art faszinierte sie, und gleichzeitig hatte sie ein schlechtes Gewissen, weil sie sich überhaupt Gedanken über ihn machte. Es war, als würde sie Josh betrügen.

Dr. Cole trat auf den Flur hinaus, und Lily löschte das Licht. Einen kurzen Moment waren sie beide in eine seltsam vertraute Dunkelheit gehüllt.

»Möchten Sie etwas trinken, während wir warten, bis das Kätzchen aus seinem Versteck kommt?« Was redete sie da? Hatte sie denn überhaupt etwas zu trinken im Haus?

»Eine Tasse Kaffee wäre nicht schlecht.«

Um drei Uhr morgens? »Kaffee, natürlich.« Hatte sie die Kaffeemaschine eigentlich schon ausgepackt?

Er schob sich an ihr vorbei zurück ins Schlafzimmer, um seine Arzttasche zu holen. Dann folgte er ihr hinunter in die Küche und stand an der Anrichte, während sie in den Schränken kramte. Durch seine Anwesenheit wirkte der Raum kleiner und eigenartig kahl. Auf der Anrichte hätten Obst und Gemüse liegen sollen. Oder Zwiebeln in einem Hängekorb. Doch sie hatte in letzter Zeit die Lust am Kochen verloren.

»Was haben Sie damit gemeint?«, fragte er.

»Womit?« Warum konnte sie denn keinen Kaffee finden?

»Damit, dass Sie nicht wollen, dass Ihnen *noch etwas wegstirbt?*«

»Oh.« Sie erstarrte, die Hand auf einer Schachtel mit Teebeuteln. »Mein Mann. Er ist vor einigen Monaten gestorben.«

»Das tut mir leid.«

»Schon in Ordnung.«

»Jetzt verstehe ich, warum Sie wegen der Katze angerufen haben.«

»Vielleicht war das ja albern von mir.«

»Nein, ganz und gar nicht.« Er fragte nicht weiter nach, sodass ein beklommenes Schweigen entstand.

»Und wie geht es Bish?«, erkundigte sie sich, während sie weitersuchte.

»Sie hat erzählt, Sie wollten Sie zu einer Haushaltsauflösung mitnehmen.«

»Oh. Ich fahre aber nicht dahin.«

»Sie ist aber offenbar überzeugt, dass Sie es doch tun werden.«

»Ich bin ziemlich sicher, dass ich das Gegenteil gesagt habe.« Sie konnte keinen Kaffee entdecken. Seit wann war sie so eine Einsiedlerin geworden, dass sie einem Besucher nicht einmal mehr etwas anbieten konnte? »Ich fürchte, ich habe nur Ovomaltine und Earl Grey da. Und Kräutertee.«

»Ovomaltine? Wer trinkt denn heutzutage noch Ovomaltine?«

»Die ist noch übrig von … früher.« Von Josh.

»Quick war besser als Ovomaltine.«

»An Quick erinnere ich mich noch. Erdbeer-Quick mochte ich am liebsten. Der viele Zucker, und dann noch das Bild von dem rosa Kaninchen auf der Packung.«

Er sah aus dem Fenster und betrachtete die Schatten im vom Mondlicht beschienenen Garten. »Das Wort hat inzwischen eine negative Bedeutung. Erdbeer-Quick ist heute eine Bezeichnung für eine bestimmte Art von Crystal-Meth.«

»Woher wissen Sie das denn?«

»Aus dem Internet.«

Es war so seltsam, ihn im Haus zu haben. Jemanden, der so anders war als Josh. Dr. Cole war schwer zu durchschauen, während Josh seine Gefühle offen gezeigt hatte. Außerdem hatte er eine Schwäche für Kleidung gehabt und sich weniger für Computer interessiert.

»Ich würde Ihnen ja ein echtes Quick anbieten, wenn

ich welches dahätte. Aber es gibt nur Ovomaltine oder Tee.«

»Ein Glas Wasser ist auch in Ordnung.« Er stand so reglos da, ganz anders als Josh, dessen Hände immer in Bewegung gewesen waren.

Sie schenkte ihm ein Glas Wasser ein. »Tut mir leid, das mit dem Kaffee.«

»Es geht auch ohne.« Er deutete aus dem Fenster und schaute nach oben. »Das ist ein alter Ahorn.«

»Der stand schon da, als ich das Haus gekauft habe.«

»Meine Frau hat Ahornblätter zwischen Buchseiten gepresst.«

Lily fragte sich, wie seine Frau wohl war. Sicher zierlich und strotzend vor Lebenskraft wie Bish. »Das habe ich früher auch gemacht. Blumen habe ich ebenfalls gepresst.«

Er nickte, kippte das Wasser hinunter und stellte das Glas auf die Anrichte. »Wo ist das Erbrochene?«

»Verzeihung?« Sie starrte ihn verdattert an. »Oh.« Lily holte den Mülleimer unter der Spüle hervor. »Wollen Sie sich das wirklich antun? Es sieht ziemlich fies aus.«

»Ich bin Fieses gewöhnt.« Er öffnete seine Tasche, nahm ein Paar Chirurgenhandschuhe aus Vinyl heraus und fing an, den Müll zu durchsuchen. Nun wusste er wenigstens genau, wovon Lily sich ernährte – Fertiggerichte für die Mikrowelle, vorgemischte Frühstücksflocken, Teebeutel. Der Mülleimer eines Menschen verriet so viel über sein Leben. Oder, dass er eben gar keines hatte.

»Da, in dem Stück Küchenrolle«, sagte sie, wobei sie Mühe hatte, ihren Brechreiz zu unterdrücken.

Als er die Küchenrolle entfaltete, wandte sie den Blick ab. »Wird Ihnen leicht übel?« Sie hörte seiner Stimme an, dass er lächelte.

»Ich untersuche nur selten Katzenkotze.«

»Es ist mein Beruf. Hier, schauen Sie. Nicht so schüchtern.« Er zeigte ihr eine kompakte, wurstförmige Fellmasse, die er aus dem halb verdauten Futter gezogen hatte. »Das ist ein Haarballen.«

»Oh. Wirklich?« Wahrscheinlich würde er noch jahrelang die Geschichte von dem dämlichen Frauenzimmer erzählen, das eine akute Lebensmittelvergiftung nicht von einem Haarballen unterscheiden konnte.

»Es gibt zwei Sorten von Haarballen. Die eine bildet sich in der Kehle der Katze, die andere im Magen oder im Dünndarm.«

Wieder wurde ihr übel. »Ist das gefährlich?«

»Es ist ganz normal, dass sie hin und wieder Fell auswürgt. Allerdings hat man in manchen Katzenmägen schon Haarballen so groß wie ein Baseball gefunden. Aber darüber brauchen Sie sich nicht den Kopf zu zerbrechen. Sie könnten sie regelmäßig bürsten. Das würde etwas nützen.«

»Das haben Sie schon mal gesagt.« Sie lehnte sich an die Anrichte. Ihr war ein wenig schwindelig. »Vor zwei Tagen hätte ich mir nicht träumen lassen, dass ich mitten in der Nacht neben einem Tierarzt stehe und mit ihm einen Haarballen inspiziere. Ich konnte mir ja nicht einmal vorstellen, eine Katze in meinem Laden zu haben.«

Er nickte nachdenklich. »Ja, das Leben schlägt manchmal eigenartige Kapriolen.«

»Ich komme mir ziemlich dumm vor.«

»Ach was, woher sollten Sie das denn vorher wissen?« Er warf den Haarballen wieder in den Müll. »Ich schaue mir das Kätzchen noch mal an, um sicherzugehen, dass alles in Ordnung ist, damit Sie ruhig schlafen können.«

Konnte sie überhaupt noch ruhig schlafen? »Ich bin Ihnen sehr dankbar.«

Er steuerte bereits auf den Flur zu, blieb aber diesmal im vorderen Zimmer stehen und sah sich im Dämmerlicht um. »Verkaufen Sie hier die Kleider?«

Der Laden wirkte in der Dunkelheit seltsam leblos. Wie eine Filmszene, die darauf wartet, beleuchtet zu werden. »Ja, hier verdiene ich meinen Lebensunterhalt.«

»Führen Sie auch Herrenkleidung?«

»Dort hinten an der südlichen Wand.« Sie folgte seinem Blick zu der männlichen Schaufensterpuppe.

»Die Jacke da gefällt mir.«

Ihr Herz schlug schneller, und sie erkannte, dass diese Jacke, entworfen und getragen von Josh, Dr. Cole ziemlich gut passen würde. »Sie ist ein Einzelstück.«

»Ich brauche einen Anzug für eine Tierärztetagung im nächsten Monat. Ich habe keinen einzigen Anzug mehr, der passt, ist das zu fassen?« Er klopfte sich auf den Bauch, der einen ziemlich straffen Eindruck auf sie machte. »Vielleicht finde ich hier ja etwas.«

»Meine Auswahl ist begrenzt, doch es handelt sich ausschließlich um Raritäten.«

»Ob ich die da mal anprobieren könnte?«

»Die an der Schaufensterpuppe?«

»Ja, warum nicht?«

Es versetzte ihr einen seltsamen Stich. Mit der Jacke waren so viele Erinnerungen verknüpft. Josh hatte sie damit überrascht, dass er diese Jacke getragen hatte, als er mit ihr in die Bayside Lounge in San Francisco zum Tanzen gegangen war. Sie fühlte sich, als sei das alles erst gestern gewesen – der Geruch nach Parfüm und Alkohol, sein Arm um ihre Taille, sein nach Pfefferminz duftender Atem an ihrer Wange.

Doch die Jacke würde Dr. Cole passen – und sie könnte etwas verkaufen. Sie focht einen kurzen, lautlosen Kampf mit sich aus. »Ich hätte einen Zettel daran heften sollen«, sagte sie schließlich. »Die Jacke ist nur ein Ausstellungsstück und nicht zu verkaufen. Aber wenn Sie mir Ihre Größe geben, suche ich meine restlichen Bestände durch. Ich finde bestimmt den perfekten Anzug für Sie.«

»Schön – na gut, darauf werde ich bestimmt zurückkommen.«

»Kennen Sie Ihre Größe?«

»Ich kann in meinen Anzügen nachsehen, aber die schlottern alle.«

»In diesem Fall müsste ich Maß nehmen.«

»Dann komme ich eben wieder.«

»Tun Sie das.«

Sie betrachteten einander eine Weile. Dann ging er noch einmal nach oben, um nach der Katze zu sehen, bevor er sich verabschiedete.

Kapitel 16

Lily

Nachdem Dr. Cole fort war, konnte Lily nicht schlafen. Sie dachte über einen Anzug für ihn nach. Welcher war wohl der richtige? Kein braunes Seidensakko. Sie konnte ihn sich nicht vorstellen, wie er, sonnenstudiogebräunt, einen Golfschläger schwang. Auch kein grauer Flanell oder schwarzer Polyester aus den Siebzigern. Nichts aus den Sechzigern, kein Disco-Stil.

Die Katze rollte sich im Bett auf Lilys Füßen zusammen und gab keinen Mucks von sich. Am nächsten Morgen wachte sie zuerst auf, setzte sich auf Lilys Brust und drückte ihr die Pfote an die Wange.

Lily richtete sich blinzelnd auf und versuchte, den Nebel aus ihrem Gehirn zu vertreiben. Sie hatte geträumt, dass sie, angefeuert von Ida, ihr Hochzeitskleid zerschnitt.

Unten ließ sich die Katze auf der Zeitung nieder und warf dabei Lilys Teetasse um, sodass die Todesanzeigen völlig durchnässt waren. Die erste Anzeige für den Laden versteckte sich in der unteren rechten Ecke von Seite sieben. Würde sie da überhaupt jemand bemerken? Vielleicht hätte sie Geld für eine größere Annonce ausgeben sollen. An diesem Vormittag wollte sie überall in der Stadt Flyer mit der Aufschrift »Katze zugelaufen« aufhängen. Sie war gerade dabei, das Blatt am Computer zu gestalten, als Paige Williams in einem bunt geblümten Regenmantel mit ihren Stiefeln hereingerauscht kam. Wie immer hatte sie ein strahlendes Lächeln auf den Lippen.

»Ich habe gehört, dass Sie hier eine Katze haben«, rief sie fröhlich. »Und sogar eine mit verschiedenfarbigen Augen!« Als sie sich den Regenmantel vom Leib riss, kamen ein rosafarbener Kaschmirpulli und ein enger schwarzer Wollrock zum Vorschein.

»Offenbar hat es sich schnell herumgesprochen.« Lily betätigte die Maus, um die Datei zu schließen. »Wie kann ich Ihnen behilflich sein?«

Paige blickte sich um. »Ich brauche ein Kleid für einen Empfang.« Sie machte Anstalten, die Katze hochzuheben, aber diese trottete schnurstracks auf ein Abendkleid in kräftigem Smaragdgrün zu, eine von Joshs besten Kreationen. Paige schaute ihr nach. »Ach, herrje, Ida hatte also recht!«

»Sie haben mit Ida gesprochen?« Spitze, die Frau verbreitete offenbar Gerüchte über ihr Missgeschick.

»Sie war bei mir im Büro und hat erzählt, die Katze habe ihr ein Kleid gezeigt, das ihr vom Leibe hätte geschnitten werden müssen. Aber sie war überzeugt, dass die Katze eine Botschaft für sie hatte. Jetzt macht sie eine Diät mit viel Obst und Getränken.«

»Oh, das tut mir aber leid. Ich wollte nicht …«

»Sie ist immer auf der Suche nach Botschaften aus dem Universum. So ist sie eben, wissen Sie.« Paige eilte zu dem smaragdgrünen Kleid hinüber. »Was glauben Sie, meinen Sie, mir steht das?«

»Das Abendkleid ist ein Einzelstück mit handgenähten Innensäumen.«

»Ich probiere es an. Danke, dass du es mir gezeigt hast, Kätzchen.« Paige ging mit dem Kleid in die Umkleidekabine. Als sie mit dem angezogenen Kleid heraustrat, sah es wunderschön an ihr aus, saß aber noch nicht ganz richtig. Sie drehte sich zur Seite und begutachtete ihr Profil. »Wie ist es nur möglich, dass es zu klein ist?«

Oh, nein, nicht schon wieder!

»Die Größen unterscheiden sich abhängig vom Herstellungsjahr und der Marke. Eine Zweiundvierzig aus den Fünfzigern könnte heute eine Achtunddreißig sein.«

Paige seufzte auf und schien dabei einen lang zurückliegenden glücklichen Moment vor Augen zu haben. »Es erinnert mich so an das Kleid, das ich in den Flitterwochen anhatte. Damals habe ich noch gedacht, dass alles möglich ist.«

»Was meinen Sie damit? Glauben Sie das jetzt denn nicht mehr?«

Paige zuckte die Achseln. »Ach, wissen Sie, inzwischen bin ich älter geworden. Desillusionierter. In meiner Jugend war ich viel idealistischer. Ich habe mir nicht einmal Gedanken darüber gemacht, dass ich jung bin. Darüber denkt man erst nach, wenn man älter wird. Vielleicht habe ich damals ja geglaubt, dass ich für immer jung bleiben würde. Ich habe auch geglaubt, dass die Liebe ewig andauert. Ich habe zwar gesehen, dass rings um mich herum die Beziehungen in die Brüche gingen, hätte jedoch nie damit gerechnet, dass auch mir so etwas passieren könnte. Ich war ja so verliebt. Außerdem dachte ich, ich wäre so gut in meinem Job, dass ich davon reich werden würde. Und jetzt habe ich zwei Jobs, um über die Runden zu kommen. Manchmal muss man sich eben den Grenzen des Möglichen stellen, finden Sie nicht?«

»Ich verstehe Sie. Aber Sie sind doch nicht alt. Sie sind wie eine frische Frühlingsbrise«, widersprach Lily.

Paige lächelte sie dankbar an. »Das war aber nett von Ihnen gesagt.«

»Ich meine das ernst. Ich denke noch immer, dass alles möglich ist. Vielleicht werden die Dinge komplizierter, aber … nur weil Ihr Mann sich wie ein Idiot aufgeführt hat, ist Ihr Leben längst noch nicht zu Ende. Sie haben etwas Besseres verdient. Hinter jeder Ecke könnte ein neues Glück warten.«

»Das gilt aber auch für Sie«, erwiderte Paige. »Glauben Sie nicht? Möchten Sie nicht wieder jemanden kennenlernen? Ihr Mann ist doch schon seit über einem Jahr tot, oder?«

Wie kam es, dass sich das Gespräch plötzlich wieder um Lily drehte? »Stimmt, aber ich weiß nicht … wahrscheinlich bin ich einfach noch nicht so weit. Im Moment bin ich mit dem Laden hier verheiratet. Und den Kleidern. Mein Mann hat das Kleid da für eine Inszenierung der *West Side Story* entworfen.«

»Soll das heißen, es war ein Kostüm? Das macht es ja noch außergewöhnlicher.« Paige warf einen Blick auf das Schaufenster gegenüber. »Nette Sachen haben sie da drüben, aber den Kleidern fehlt einfach das Unverwechselbare.«

»Das finde ich auch, aber erzählen Sie es nicht weiter.« Lily wurde von einem Gefühl der Zufriedenheit durchflutet.

Paige drehte sich vor dem Spiegel um die eigene Achse. Ein sehnsüchtiges Funkeln trat in ihre Augen. Sie betrachtete die Katze, die, das Hinterteil gefährlich nah an einem gefalteten Seidenschal, auf einem Tisch saß. »Ich brauche etwas Besonders, so wie dieses Kleid hier«, flüsterte sie der Katze zu. »Ich gehe nämlich zur Hochzeit meines Ex. Ist das zu fassen? Ich weiß, dass ich auch einen Teil der Schuld an der Scheidung trage. Er war zwar ein Idiot, aber ich habe auch etwas dazu beigetragen. Das muss ich zugeben.«

Lily erstarrte. Es verschlug ihr die Sprache. Was sollte sie zu einem so persönlichen Geständnis sagen? »Seine Hochzeit! Kein Wunder, dass sie nur ungern hingehen.«

Eine einzelne Träne kullerte an Paiges Nase hinunter. »Ich meine, gut, er hat mich betrogen. Ich wollte die Vergangenheit eigentlich ruhen lassen. Aber jetzt, nun, John heiratet, und ich …«

»Sie wollen gut aussehen.«

»Ich weiß nicht, warum ich Ihnen das alles erzähle. Mit der Katze kann man gut reden, finden Sie nicht? Katzen fällen kein Urteil über einen. Sie widersprechen nicht. Sie fangen keinen Streit an. Sie geben einem keinerlei Ratschläge.«

Lily konnte nicht anders, als ihr zuzustimmen. »Ich muss gestehen, dass ich auch mit der Katze rede. Manchmal bemerke ich es nicht einmal.«

»Ich wette, sie kennt viele Geheimnisse. Wenn sie nur sprechen könnte. Aber vielleicht würde sie das selbst gar nicht wollen.«

Die Katze blinzelte ihr zu, und Paige holte tief Luft. »Was sagst du, Kätzchen? Das Kleid passt nicht. Wie jammerschade, aber es ist nun einmal so. Pech gehabt.«

Plötzlich wusste Lily, wie sie das smaragdgrüne Kleid für Page passend machen konnte. Sie konnte entlang der Taille und am Dekolleté Spitze einsetzen. Vielleicht ein schwarzes Dreieick. »Ich könnte es ändern.« Hatte Lily gerade laut gesprochen.

Paiges Miene erhellte sich. »Wirklich? Das könnten Sie?«

»Ich kann ein wenig nähen. Aber zuerst muss ich bei Ihnen Maß nehmen. Ich bin gleich zurück.« Lilys Herz klopfte, als sie hinter den Wandschirm in ihr provisorisches Büro hastete. Was tat sie da? Wo war das Maßband? Hatte sie überhaupt noch eines? Wusste sie überhaupt noch, wie man Maß nahm?

Sie entdeckte ein altes Maßband in der untersten Schreibtischschublade, griff nach Stift und Papier und kehrte in den Laden zurück. Während sie Paiges Taille, die Hüften, den Brustumfang und den Hals abmaß, hatte sie das, was sie in ihrer Ausbildung gelernt hatte, im Ohr wie ein leises Raunen. *Den Brustumfang misst man oberhalb der Brustwarze und unter der Achsel. Aus der Taille zur Seite beugen und an der tiefsten Falte messen.*

»Die Ärmel sind zu eng«, bemerkte Paige.

»Ich kann einen Zwickel, eine Raute aus dunklem Stoff, unter der Achsel einsetzen, dadurch wird der Ärmel weiter.«

»Das ist eine geniale Idee.«

»Niemand wird es merken, auch nicht, wenn Sie die Arme über den Kopf heben.«

»Und die Taille ist so eng, dass ich kaum Luft kriege, wenn ich mich vorbeuge.«

»Ich kann sie erweitern, indem ich ein Stoffdreieck einarbeite.«

Die Katze saß noch immer auf dem Tisch wie eine Sphinx und beobachtete alles aus halb geschlossenen Augen.

»Ich möchte nicht, dass Sie das Kleid meinetwegen ruinieren.«

»Es wäre nicht ruiniert. Aber ich mache Ihnen einen Vorschlag: Sie zahlen erst, nachdem die Arbeit fertig ist. Wenn es Ihnen gefällt, gut. Wenn nicht, müssen Sie es nicht kaufen.«

»Oh, ich weiß gar nicht, was ich sagen soll.«

Als Paige sich zum Gehen anschickte, reichte Lily ihr eine Liste der geplanten Änderungen.

»Was wird das kosten?«, fragte Paige und studierte die Liste.

»Ich bin nicht sicher. Ich habe das noch nie gemacht. Doch wir finden sicher eine Lösung.«

»Ich sollte Ihnen etwas anzahlen.« Als Paige ihr Portenmonnaie aus der Handtasche kramte, fiel es auf den Boden. Einige Visitenkarten und ein kleines Foto verteilten sich auf dem Parkett. Die Katze kam herbeigetrottet und schnupperte an dem Foto.

Paige bückte sich, um alles einzusammeln. Das Foto stellte einen kleinen Jungen dar, der ihr wie aus dem Gesicht geschnitten war, nur dass er dunkles Haar hatte.

»Mein Sohn Johnny«, sagte sie und zeigte Lily das Foto.

»Ich wusste gar nicht, dass Sie einen Sohn haben! Der ist aber niedlich.«

»Er wohnt nicht bei mir. Sein Dad hat das Sorgerecht.« Sie steckte das Foto wieder ein und bedachte Lily mit einem traurigen Blick.

»Der, der jetzt heiratet? Der Idiot?«

»Untreue macht einen offenbar nicht zum schlechten Vater.« Sie lächelte zittrig. »Aber … wie dem auch sei … es war die Idee des kleinen Johnny. Er wollte, dass ich zur Hochzeit komme. Sonst würde ich nicht hingehen. Ich vermisse ihn so sehr. Ich wünschte … ach, schon gut.«

»Dürfen Sie ihn denn nicht sehen?«

»Jedes zweite Wochenende, doch es fühlt sich eher wie jedes zweite Jahr an. Oder jedes zweite Jahrzehnt. Oder alle hundert Jahre.«

»Ich kann mir vorstellen, wie schlimm das sein muss. Oh, Paige …«

»Schon in Ordnung.« Sie nahm ein Taschentuch heraus und tupfte sich die Augenwinkel ab. »Ich bin Ihnen was schuldig.«

»Sie schulden mir gar nichts«, entgegnete Lily, aber Paige steuerte schon auf die Tür zu. Nachdem sie fort war, stellte Lily eine neue Liste auf, das war ihr Rezept gegen Verwirrung. Nähmaschine, Garn, Zickzackschere, Schere, Nahtauftrenner, Schneiderkreide, Stecknadeln, Fingerhüte, Nadeln, Bügeleisen. Warum hatte sie sich nur breitschlagen lassen? Eigentlich gehörte es nicht zu ihrem Plan, Joshs Kreationen zu ändern oder einer Frau ein Kleid vom Leib zu schneiden.

Und dennoch.

Sie fühlte sich merkwürdig energiegeladen und voller Hoffnung, und ihr Verstand schwebte irgendwo über ihrem Körper, als sie anfing, die Änderungen vorzubereiten. Endlich hatte sie etwas zu tun, etwas, worin sie immer sehr gut gewesen war. Sie malte sich das Ergebnis aus. Paige, strahlend schön in ihrem smaragdgrünen Kleid, beeindruckte ihren Mann und rauschte dann, inzwischen unerreichbar für ihn, an ihm vorbei.

Allmählich sah sie auch ihre Schaufensterdekoration in einem neuen Licht. Vielleicht brauchte sie gar keine Schaufensterpuppe, die auf der Seite liegen konnte, oder eine teure Neonreklame. Ihre Kleider erzählten Geschichten. Und was bedeutete das? Dass auch ihr Schaufenster eine Geschichte erzählen konnte. Die Geschichte eines Abends: Zwei Menschen trafen sich in einem Restaurant, tranken zusammen eine Flasche Wein und wagten einen gemeinsamen Neuanfang.

Als sie anfing, das Schaufenster umzuräumen, wurde sie von der männlichen Schaufensterpuppe beobachtet. Allerdings schien diese sich verändert zu haben. Sie wirkte jetzt nicht mehr wie ein Gefäß für Joshs Seele, sondern wie eine unbelebte Statue mit milchigen blicklosen Augen.

Kapitel 17

Kitty

Während Lily schwungvoll im Laden hantiert, kommen die Geister herbei, um ihr dabei zuzuschauen. Eine junge Ballerina, die seit fast zwanzig Jahren tot ist, reißt einen Ballettanzug vom Bügel, hat aber nicht mehr die Kraft, ihn vom Boden aufzuheben. Sie glaubt, dass sie noch einen Körper hat, muskulöse Beine, wie geschaffen für Pirouetten und *pas de chats*, was übersetzt Katzenschritte heißt. Doch von ihr ist nur noch ein Gedanke übrig. Murmelgroß und unsichtbar, springt er von Wand zu Wand, nachdem er sich in einem Paar alter Ballettschuhe in den Laden hereingeschlichen hat.

Ich sitze oben auf dem Regal, putze mich und beobachte das Gewusel. Auf der anderen Straßenseite stellt eine elegante, von Kopf bis Fuß in Seide gehüllte Frau ein Schild auf den Gehweg. Dann arrangieren sie und eine andere Frau Kleiderständer und Blumentöpfe vor dem Laden gegenüber. Lily ist so mit ihrer Arbeit beschäftigt, dass sie es gar nicht bemerkt. Und sie sieht auch den tintenschwarzen Geist nicht, der eine Schaufensterpuppe ein paar Zentimeter über den Boden schiebt.

Nun erkenne ich die Gestalt, an die der Geist sich erinnern will, den greifbaren Körper, den er verloren hat. Es ist der Geist einer großen, schlanken, gebeugten alten Frau. Sie war auch traurig, hatte jedoch alle Hoffnung aufgegeben. Sie hat sich in diesem Häuschen verkrochen, sich zurückgezogen und ihrer großen Liebe nachgetrauert. Sie will nicht, dass Lily oder sonst jemand hier lebt. Sie will nur allein sein.

Kapitel 18

Lily

»Was ist das für ein komisches Ding? Ein Disco-Kostüm für Halloween?«

Bish nahm eine Satinjacke vom Bügel und hielt sie mit Daumen und Zeigefinger hoch wie eine tote Ratte, die am Schwanz baumelt. Die Katze saß zu Bishs Füßen, blickte zu ihr auf und schlug nach dem glänzenden Stoff.

»Eigentlich müsste die Frage lauten, was *das da* für ein komisches Ding ist.« Lily wies auf Bishs blauschwarz geringelte Leggings. Wenigstens kannte das Mädchen das Wort »Disco«. Es bestand also noch Hoffnung.

»Die sind total in.« Bish streckte das rechte Bein aus und reckte die Zehen. Sie trug schwarze Schuhe, und wenn sie ein finsteres Gesicht machte, sah sie ihrem mürrischen Vater ein wenig ähnlich. »Die Leggings hab ich gegenüber gekauft. Letztes Jahr oder so.«

»Hätte ich mir denken können.« Lily versuchte, sich ihre Verbitterung nicht anmerken zu lassen.

»Entschuldige. Ärgert dich das?« Bish schien das offenbar zu hoffen.

»Warum sollte es? Letztes Jahr war ich ja noch nicht einmal hier.«

»Ach ja, da war hier ja noch der Süßwarenladen.

Schade, dass der weg ist. Nein, eigentlich nicht schade, denn ich freue mich, dass du und deine alten Klamotten jetzt hier sind. Aber die australische Lakritze, die es da gab, war echt lecker.«

»Vielleicht sollte ich Lakritze anstelle von getragener Designerkleidung verkaufen.« Warum hatte sie sich bei ihrer Ankunft so auf dieses Häuschen versteift, ohne einen Gedanken an die Boutique gegenüber zu verschwenden? Sie hatte den Garten auf Vordermann gebracht, die Blumenbeete gejätet, die Vogelbäder nachgefüllt und das Futterhäuschen für die Eichhörnchen repariert – so viel, wie man im Herbst eben erledigen konnte. Doch sie hatte die Macht der Gewohnheit nicht in Betracht gezogen. Die Menschen hatten eben Vertrauen zu »Das Allerneuste«. Einige hatten zwar auch mal bei ihr hereingeschaut, aber ihr Laden war noch nicht wirklich bei den Leuten hier angekommen.

Sie wusste, dass es noch eine Weile dauern würde, bis der Erfolg sich einstellte, wurde jedoch allmählich ungeduldig. Wie konnte Bish sich überhaupt für eine Disco-Jacke von ihr interessieren, während die gefühlte Gesamtbevölkerung von Shelter Island, angelockt vom Sommerschlussverkauf-Schild, »Das Allerneuste« stürmte?

»Ich finde noch immer, dass du mehr Spiegel und ein größeres Schild brauchst, so wie das da drüben.« Bish zeigte über die Straße.

»Aber woher wussten die Leute, dass sie herkommen sollten, noch ehe sie das Schild gesehen haben?« Lily war dabei, die Weingläser in ihrer Abendessenszene im

Schaufenster umzustellen. Bemerkte denn niemand die kurvenreiche weibliche Schaufensterpuppe in einem Kleid von Sue Wong, die mit einem Fiberglas-Mann in Armani flirtete?

»Die solltest du der Heilsarmee spenden«, verkündete Bish und hängte die Jacke wieder auf. »Aber wenn du sie doch behalten willst …«

»Das ist ein klassisches Stück«, entgegnete Lily und schaute dabei weiter aus dem Fenster. »Hast du denn nie *Saturday Night Fever* gesehen?«

»Mein Dad mag diesen alten Film. Ihm gefällt es, wie sie da tanzen. Aber er will mich nicht zum Schulball gehen lassen. Dieser Heuchler. Und wenn ich doch gehe, muss ich früh nach Hause kommen. Ich darf auch nicht so ein Kleid anziehen wie alle meine Freundinnen sie tragen. Er behauptet, die wären so klein wie eine Briefmarke. Ich hasse ihn.«

»Hassen ist ein heftiges Wort.« Lily erinnerte sich, dass sie es auch benutzt hatte, als sie noch jung und aufbrausend gewesen war. »Wahrscheinlich will er nur verhindern, dass du zu früh deine Jungfräulichkeit verlierst.«

Bish stützte die Hände in die Hüften. »Woher weißt du, dass ich sie nicht schon verloren habe?«

»Oh, nein. Wirklich?«

»Das geht dich nichts an.« Bish schob die Unterlippe vor, wodurch sie noch kindlicher aussah. »Aber manchmal hasse ich meinen Dad wirklich. Es ist noch viel mehr als … mehr als das doofe Kleid.«

»Was denn?«

»Schon gut. Das kannst du dir gar nicht vorstellen.

Darf ich meine Hausaufgaben hier bei der Katze machen? Du behältst sie also. Cool.«

»Ich behalte sie nicht. Hast du die Flyer nicht gesehen, die ich überall in der Stadt aufgehängt habe?«

»Sie braucht einen besseren Namen. Was ist mit Engelchen oder Quälgeist? MiauMiau? Oder Edwina Scherenpfote?«

»Sehr kreativ. Aber offenbar ist sie mit ›Kätzchen‹ zufrieden.«

»Ist sie nicht. Sie will einen *richtigen* Namen. Was ist mit Katzpernikus?«

»Sie heißt Kätzchen, bis ihre Besitzer sie abholen.«

»Wie du meinst.« Bish ließ sich auf das Sofa fallen, das Lily aus dem Hinterzimmer nach vorne geschleppt hatte.

»Bestimmt hat Florence Flyer oder Postkarten an alle Leute verschickt, auf denen sie den Schlussverkauf ankündigt«, fuhr Lily fort, spähte weiter nach gegenüber und versuchte, das flaue Gefühl im Magen zu ignorieren. Der Himmel hatte aufgeklart. Die Sonne schien, und Dampf stieg von den Dächern und Zäunen auf.

Bish baumelte mit den Beinen. »Die da drüben machen zweimal im Jahr einen Schlussverkauf, und jeder geht hin. Sie wollen die Sommersachen loswerden, um Platz für die Winterware zu schaffen. Je länger der Schlussverkauf dauert, desto billiger werden die Sachen. Vielleicht kommen ein paar der Kunden ja auch hierher.«

»Einige waren schon da, aber nicht viele.« Lily dachte an den zierlichen Mann, der die Katze im Fenster gesehen und sich nach einer Krinoline erkundigt hatte. Angeblich für seine Schwester. Er hatte einen Spitzenunterrock in seiner eigenen Größe gekauft und beim Bezahlen gefragt, wie er ihn am besten waschen sollte. Im nächsten Moment war er hochrot angelaufen und hatte sich hastig verbesssert. *Ich meine, wie soll meine Schwester ihn waschen?* Dann war da noch Maude Walker, eine kugelrunde Frau, die ebenfalls von der Katze angelockt worden war . Sie hatte Lily einen langen Vortrag darüber gehalten, wie man der Katze am besten die Zähne putzte und ihr Fell sauber hielt, und wie man Haarballen verhinderte, indem man die Katze hin und wieder mit einem Löffel Butter fütterte. In den langen Pausen dazwischen hatte Lily die Zimmer umgeräumt, sauber gemacht und das Sofa umgestellt. Außerdem hatte sie hübsche Büsche am Rand des Gartenwegs gepflanzt. Doch nichts schien den Abstand zwischen der Straße und ihrer Veranda überbrücken zu können.

Einige Minuten später kam eine gertenschlanke elegante Frau aus dem Laden gegenüber. Irgendetwas an ihrer selbstbewussten Art, dem fließenden violetten Hosenanzug und dem funkelnden Goldschmuck sagte Lily, dass es sich bei dieser Frau um Florence handelte. Also war sie zu ihrem großen Schlussverkauf persönlich erschienen. Sie sah aus wie eine zarte Göttin von unbestimmbarem Alter, und ihr dunkelrotes Haar war modisch frisiert. Während sie die Kleider an dem Ständer draußen unter der Regenrinne zurechtrückte, winkte sie der Kundschaft lächelnd zu. Nach einem kurzen Blick über die Straße ging sie wieder in ihr Geschäft.

Eine Wolke glitt über die Sonne, sodass der Laden einen Moment im Dunkeln lag. Bish hob die Katze hoch und wiegte sie in den Armen. »Was hast du vor? Du könntest Eintritt verlangen, du weißt schon, wie in einem Museum, und so Geld verdienen.« Sie grinste. Lilys Haut begann zu prickeln.

»Es reicht«, sagte sie. »Steh auf und hilf mir. Jetzt gibt es Krieg.« Sie dachte zwar nur ungern in diesen Kategorien und hielt auch nichts von Konkurrenzkämpfen, aber hie und da eine Kundin und die Änderungen an Paiges Kleid reichten nun einmal nicht, um die Rechnungen zu bezahlen.

»Was kann ich tun?«, fragte Bish leicht besorgt.

Wenig später trug sie mit Lily einen Ständer mit den besten Mänteln, Pullis und Hosen hinaus auf den Gehweg. Die Stufen zur Veranda und der Gartenweg schienen sich eine Ewigkeit hinzuziehen. Als Bish und Lily den Ständer aus Metall schleppten, klapperten die Kleiderbügel und fingen an zu rutschen. Die Kleider wanderten zu Bishs Ende hinüber, weil sie es tiefer hielt als Lily ihres.

»Das ist keine gute Idee«, flüsterte Bish Lily zu.

»Warum nicht?«, entgegnete Lily. »Schau.«

»Aber …«

»Bish, hilf mir einfach. Keine Ratschläge mehr, okay?«

»Wie du meinst.« Bish schüttelte den Kopf, als sie den Ständer auf den Gehweg stellten. Kunden schauten hinüber und fingen an, die Straße zu überqueren.

»Siehst du?«, raunte Lily und lächelte der ersten Kundin zu. »Komm, wir machen weiter.«

Bish half ihr, noch einen runden Ständer mit Kleidern nach draußen zu rollen. Es klappte. Die Leute nahmen

»Das Beste von Gestern« endlich zur Kenntnis, und als sie die Katze im Fenster sahen, kamen sie auch herein. Der Laden war sichtbar geworden und aus dem Nebel aufgetaucht. Die Luft fühlte sich plötzlich anders an. Lily hatte den Abstand zum Gehweg überbrückt, und nun gaben die Menschen ihr endlich eine Chance.

Ein kleiner Junge, höchstens sieben Jahre alt, kam mit seiner Mutter, setzte sich auf den Tepppich und las der Katze aus einem Bilderbuch vor, während seine Mutter sich die Kleider anschaute. Die Katze saß genau vor ihm. Sie hatte die Augen halb geschlossen, als hörte sie zu. Der Luftzug aus dem Heizlüfter zerzauste ihr Fell.

Lily stellte sich vor, wie eine ganze Horde von Kindern sich im Laden versammelte, um der Katze vorzulesen, während ihre Mütter und ein paar Väter ihren gesamten Warenbestand aufkauften. Was wäre, wenn sie Kinderbücher ins Fenster legte? Oder sogar Kinderkleider? So sehr war sie damit beschäftigt, ihren Laden umzuplanen, dass sie gar nicht bemerkte, wie schnell sich der Himmel verdunkelt hatte.

Als Bish, mit angeklatschten Haaren und vom Regen durchweicht, in den Laden gestürmt kam, brauchte Lily einen Moment, um zu verstehen, was passiert war.

»Ein plötzlicher Regenguss!«, keuchte Bish. »Wir müssen die Sachen reinholen. Jetzt. Sofort. Hast du irgendeine Plane da?«

Aber Lily hatte nur ihren Regenmantel, der kaum reichte, um ihre kostbaren Wollpullover abzudecken. Auf der anderen Straßenseite flatterten die Kleider vor »Das Allerneuste« zwar auch im Wind, wurden jedoch vom Dachüberhang vor dem Regen geschützt. Es war Lily schrecklich peinlich, dass sie nicht mit einem so plötzlichen Wetterumschwung gerechnet hatte.

»Verdammter Mist!«, rief sie, während sie zusammen mit Bish die Kleiderständer wieder ins Haus schleppte. Sie konnte sich gut vorstellen, dass Florence sie von der anderen Straßenseite aus beobachtete.

»Ich wollte dich eigentlich noch vorwarnen«, sagte Bish.

»Aber die Sonne hat doch geschienen.«

»Es war nur eine sonnige Pause«, verbesserte sie Bish. »Im Herbst hat man hier nur sonnige Pausen. Du musst dich an das Wetter gewöhnen. Eine Minute Sonnenschein und in der nächsten eine Springflut.«

»Warum hast du den Mund nicht aufgemacht?«

»Ich hab's ja versucht.« Bish grinste. Das Wasser tropfte ihr von der Nase. »Jetzt fahren wir doch zu der Haushaltsauflösung, oder?«

»Eigentlich hatte ich das nicht vor, aber …« Es regnete wie aus Eimern, und im nächsten Moment verwandelten sich die Regentropfen in Hagel. Die Katze blickte mit zuckenden Ohren zur Decke, als die Hagelkörner auf das Dach prasselten.

»Aber *was?* Du musst das Zeug ersetzen. Diese Kleider sind Geschichte. Kaputt.«

»Nicht ganz.« Doch als Lily die nassen Sachen von den Ständern nahm, wurde ihr klar, dass die Wolle und die Seide wohl nicht mehr zu retten waren. Sie glaubte, jemanden hinter sich lachen zu hören. Doch als sie sich umdrehte, war niemand da.

Kapitel 19

Lily

Lily breitete die Wollpullover zum Trocknen aus. Sie waren zwar nicht völlig ruiniert, allerdings verzogen. Wie hatte sie so dumm sein können? Vermutlich hatte die ganze Stadt gewusst, dass das Wetter umkippen könnte. Doch sie war eine Fremde, eine Einwanderin auf einer stürmischen und wetterwendischen Insel.

Doch trotz ihres peinlichen Fehlers hatte der Verkauf auf dem Gehweg »Das Beste von Gestern« bekannt gemacht. Der Kundenstrom nahm zu. Das lag zum Teil an der Katze, deren magische Ausstrahlung einige ungewöhnliche und exzentrische Katzenliebhaber anzog, und zum Teil an Lilys ebenfalls ungewöhnlichem und exzentrischem Warenangebot.

Einigen Kleidern lagen Fotos der ehemaligen Besitzerinnen und vielleicht sogar ihre Lebensgeschichte bei. Ein mit schweren Glasperlen besticktes Seidenkleid war in Paris angefertigt und auf einer Hochzeitsreise in Rom getragen worden. Ein blaues Chiffonkleid hatte eine Weile auf einer Farm verbracht. Und ein rosafarbenes Kleid hatte einer Frau namens Cecilia gehört, die es jeden Sonntag zum Kirchgang angezogen hatte. Ein handgenähtes Hemd mit Applikationen aus importiertem Stoff erzählte eine Geschichte aus dem Deutschland nach dem Zweiten Weltkrieg. Lily teilte dieses ganz besondere Wissen mit ihren Kundinnen, erklärte ihnen den Unterschied zwischen einem Wickelkleid und einem Etuikleid und stellte ein geblümtes Nachmittagskleid in einer sommerlichen Picknickszene im Schaufenster aus. Die Leute lauschten gespannt den Anekdoten wie der von dem berühmten Künstler, der einmal Kleider im Garten vergraben und sie dort hatte verrotten lassen. Nach einer Weile hatte er sie wieder herausgeholt, sie der Modeindustrie als eine radikale neue Kollektion präsentiert und so das berühmte »begrabene Kleid« geschaffen. Ein anderer Designer hatte ein Kleid angefertigt, das von oben bis unten mit LED-Leuchten besetzt war.

Einige Tage nach dem Gehwegverkauf – Lily war beinahe mit den Änderungen an Paiges smaragdgrünem Kleid fertig – erschien Vanya aus der Tierklinik. Sie trug einen gewaltigen Wollmantel und hatte das gelbe Haar streng zurückgebunden. Ihr Bauch schien noch größer geworden zu sein, und ihr Gesicht wirkte verschwollen.

»Die Katze scheint glücklich zu sein«, sagte sie. »Ich bin froh, dass Sie sie noch haben.« Als sie sich bückte, um die Katze zu streicheln, trottete diese naserümpfend davon, als wisse sie genau, woher Vanya gerade kam.

»Nehmen Sie es nicht persönlich«, meinte Lily. »Wahrscheinlich riechen Sie nach Tierklinik.«

»Das ist mein Schicksal. Ich kriege die Praxis einfach

nicht abgewaschen! Einen hübschen Laden haben Sie hier. Es ist schön, mal nach draußen zu kommen. Ich habe ziemlich viele Überstunden geschoben.«

»Geben Sie mir Bescheid, wenn ich Ihnen helfen kann.« Lily hielt Abstand. Sie hatte es noch nie leiden können, wenn Verkäuferinnen ihr auf die Pelle rückten, wollte aber auch nicht desinteressiert wirken.

Vanya probierte weite Kleider und Pullover an und hatte bald einen ziemlichen Haufen in der Umkleidekabine angesammelt. Beim Bummeln durch den Laden wurden ihre Wangen ein wenig rosiger, und ihre Augen fingen an zu leuchten.

Einkaufstherapie, dachte Lily. Kleider anzuprobieren, konnte eine heilsame Wirkung auf die Seele haben. »Wie läuft es denn in der Klinik?«, erkundigte sie sich. »Lässt Dr. Cole Sie zu hart arbeiten?«

»Mein Mann findet, dass ich kündigen sollte. Nur bis, Sie wissen schon.« Vanya tätschelte ihren Bauch. »Aber ich liebe meinen Beruf. Ich muss arbeiten, um mich abzulenken. Außerdem brauche ich das Geld. Mein Mann versteht das nicht, doch Dr. Cole weiß meine Mitarbeit wirklich zu schätzen.«

»Das sollte er auch.« Lily konnte sich nicht vorstellen, dass Dr. Cole sich je dazu herablassen würde, jemanden zu loben.

»Er ist ein guter Arzt.« Vanya nahm ein gefaltetes Stück Papier aus ihrer Handtasche und schob es über die Theke. »Das ist die Rechnung für den Hausbesuch. Beinahe hätte ich vergessen, sie Ihnen zu geben.«

Lily errötete. Wie viel hatte Dr. Cole Vanya erzählt?

Hatte er den Haarballen erwähnt? »Danke. Ich wollte schon nachfragen.«

»Er meinte, ich sollte sie Ihnen mit der Post schicken. Aber da ich sowieso hierher wollte …«

»Nett, dass Sie vorbeigekommen sind.«

»Ich wollte mir Ihren Laden ohnehin anschauen. Es gefällt mir, was Sie daraus gemacht haben. Es ist so heimelig hier.«

»Heimelig, das klingt gut.«

Vanya kramte in ihrer Handtasche und förderte ein mit Perlen besticktes Portemonnaie zutage. »Es tut mir leid, dass er so unfreundlich zu Ihnen war, als Sie die Katze in die Klinik gebracht haben. Hoffentlich war er netter, als er letztens in der Nacht hier war.«

»Schon«, antwortete Lily. »Aber ich hatte ihn geweckt.«

»Seit seine Frau weg ist, hat er sich verändert, aber wer will ihm daraus einen Vorwurf machen? Er hat Altona so sehr geliebt.«

»Ich wusste gar nicht, dass seine Frau ihn verlassen hat.« Eine interessante Information. Lily konzentrierte sich darauf, den Preis jedes Stücks in Vanyas Haufen einzutippen. Und was war Altona nur für ein komischer Name?

»Sie sind überall zusammen hingegangen und waren unzertrennlich.« Traurig schüttelte Vanya den Kopf.

»Also ist er geschieden.« Lily bemühte sich zwar um einen ruhigen Tonfall, vibrierte aber innerlich. Er war in ihrem Haus, in ihrer Küche und in ihrem Schlafzimmer gewesen und hatte ihren BH gesehen. Und die ganze Zeit über war er Single gewesen. Single, zornig und verletzt und von seiner Exfrau verlassen.

Vanya kramte einige nagelneue Zwanzigdollarscheine aus dem Portemonnaie. »Er hat ihr Geschenke ins Büro geschickt. Blumen, Handschuhe, Schmuck.«

»Wie romantisch«, sagte Lily, auch wenn sie sich nicht vorstellen konnte, dass Dr. Cole sich so verhielt und jemandem Geschenke machte. »Es tut mir leid, dass ihre Ehe gescheitert ist.« Und die arme Bish war von ihrer Mutter verlassen worden.

»Es kam ganz plötzlich. Aber wenn ich es mir genauer überlege, ist Altona schon immer gern gereist. Sie war irgendwie … ruhelos. Ich arbeite seit fünf Jahren beim Doc, und sie ist erst letztes Jahr weg. Seitdem ist er nicht mehr der Alte, wie ich schon sagte.« Vanya legte das Geld auf die Theke.

Lily zählte es und öffnete die Kasse. »Natürlich nicht. Wenn man jemanden geliebt hat …«

»Er ist sogar ein bisschen durchgedreht, nachdem sie fort war, doch inzwischen hat er sich wieder einigermaßen beruhigt.«

»Was meinen Sie mit ›ein bisschen durchgedreht‹?« Lily malte sich aus, wie er laut brüllend und mit einer Axt in der Hand durch die Stadt gelaufen war. Hatte sie etwa einen geisteskranken Killer, der nach der Trennung von seiner Frau den Verstand verloren hatte, mitten in der Nacht in ihr Haus gelassen?

»Oh, er ist eben, na, Sie wissen schon. Er hatte ein paar Dates, um es einmal so auszudrücken. Hat sich aber auf nichts Festes eingelassen.« Vanya sah sich im Laden um, als könnten die Kleider sie belauschen, und senkte dann ihre Stimme. »Manche Leute trauern ihr ganzes Leben um jemanden, den sie verloren haben, doch andere machen einfach weiter und verheiraten sich wieder. Dr. Cole gehört eindeutig zu denen, die trauern. Obwohl er versucht hat, anders zu sein. Als mein Großonkel gestorben ist, hat meine Großtante ziemlich bald wieder geheiratet, und zwar im hohen Alter von siebenundsechzig.«

»Siebenundsechzig ist heutzutage nicht mehr alt«, erwiderte Lily und gab Vanya ihr Wechselgeld zurück.

»Ihr zweiter Mann war achtzig. Sie sind zusammen im Himalaya auf Berge gestiegen. Ich liebe meinen Mann zwar, aber wenn er sterben würde, würde ich mir wahrscheinlich auch recht schnell einen anderen suchen.«

»Meinen Sie das ernst?«

»Ich meine ja nur, mein Mann und ich, wir führen keine Bilderbuchehe. Doch Krisen kommen wohl in jeder Ehe vor, oder? Waren Sie je verheiratet? Dann würden Sie es wissen.« Vanya schob sich eine glatte gelbe Haarsträhne hinters Ohr. Wie konnte jemand Haare haben, die so gelb waren, wie das Innere eines Gänseblümchens?

»Ich war verheiratet. Er ist gestorben.« Das Wort »gestorben« hing in der Luft und zerplatzte dann wie eine Seifenblase.

»Oh, Mist, tut mir leid.« Vanyas Augen weiteten sich, und ihr Ausdruck wechselte fließend von Entsetzen und Überraschung zu Mitleid und dann zu sorgsam dosierter Anteilnahme. Lily hatte sich an diese stufenweise Reaktion gewöhnt und verstand, dass sie gerade die unsichtbare Schwelle zwischen normalen Menschen und solchen überschritten hatte, denen das Wort »Witwe« auf die Stirn geschrieben stand.

»Danke«, antwortete sie höflich. »Ich komme zurecht.« Eine Lüge. Erst letzte Nacht hatte sie geträumt, dass Josh unten in der Küche war, vor sich hin summte und Rührei machte. Als sie aufgewacht war, hatte sie bemerkt, dass das Summen das Schnurren der Katze war. Und der Geruch nach Eiern kam von dem Restaurant an der Ecke. Sie hatte das Fenster offen gelassen, denn sie hatte festgestellt, dass es im Erdgeschoss des Hauses zwar an manchen Stellen zog, oben in den Schlafzimmern aber recht heiß werden konnte.

Sie faltete die Sachen zusammen und verstaute sie in einer großen Einkaufstüte aus Papier mit Griffen. Wenn Vanya mit einer Tüte in der Hand den Laden verließ, würden die Kunden bei »Das Allerneuste« vielleicht über die Straße schauen und wissen wollen, was sich hier tat.

»Was für ein Typ sind Sie?«, fragte Vanya und nahm die Tüte.

»Verzeihung?«

»Gehören Sie zu den Leuten, die weitermachen, oder zu denen, die trauern?«

»Gibt es noch eine dritte Möglichkeit? Gut, ich glaube, dass ich eher trauere. Ich habe mich etwa ein halbes Jahr nach dem Tod meines Mannes ein paarmal verabredet, aber es hat nicht geklappt.«

Vanya neigte fragend den Kopf. »Okay, raus mit der Sprache, was ist passiert?«

»Okay, das eine war ein Blind Date, das eine Freundin für mich arrangiert hatte. Der Typ entpuppte sich als Zwangsneurotiker und stand dauernd vom Tisch auf, um sich die Hände zu waschen. Allein während des Abendessens habe ich fünf Mal gezählt, und danach ging es immer so weiter.«

Vanya lachte. »Und war das zweite Date besser?«

»Er war nett, aber er wollte sofort mit mir ins Bett, hielt mich für unglücklich oder so. Doch es war zu früh.«

»Oh, ich verstehe. Aber vielleicht ist Sex gar nicht das schlechteste. Mein Mann und ich, wir …« Wieder tätschelte Vanya ihren Bauch und senkte die Stimme. »Der Arzt sagt, es ist okay.«

Lilys Wangen begannen zu glühnen. Zu viele Informationen. »Äh, das ist …«

»Sex kann heilsam sein. Warum schnappen Sie sich nicht Dr. Cole? Als ich in der Klinik anfing, habe ich total auf ihn gestanden und war mächtig eifersüchtig auf Altona.«

»Das passiert sicher öfter, dass eine Mitarbeiterin für ihren Chef schwärmt.« Lily ordnete die Belege in der Kassenschublade.

»Alle haben ihn angehimmelt, und ich meine, wirklich *alle.* Hatte wahrscheinlich damit zu tun, dass er unerreichbar war. Aber Sie hat er gleich nachts zu Hause besucht, Sie Glückspilz.«

»Das war kein Date!« Wirklich ein Glück, einen mürrischen und verzweifelten Mann im Haus zu haben! »Die Katze hatte einen Haarballen im Magen.«

»Ja, das hat er mir erzählt. Komisch.« Vanya warf einen Blick auf die Katze und zwinkerte ihr zu. »Dass sie Haarballen hat, ist ziemlich typisch. Dann gehe ich mal besser wieder zur Arbeit. Einen schönen Tag euch beiden. Ich komme wieder.«

»Erzählen Sie Ihren Freunden von meinem Laden, aber nicht von dem Haarballen!«, rief Lily Vanya nach, während diese ihren Bauch durch die Tür zwängte. Als sie gerade hinausging, kam ein Mann mit gebeugter Haltung herein und sah sich zögernd um. Lily erkannte ihn als einen der Arbeiter von der Fähre, der auf der Pendelfahrt zwischen der Insel und Seattle die Autos einwinkte. Ohne seine orangefarbene Weste wirkte er irgendwie nackt, so wie ein Baum im Winter. Er war mager und schlaksig, und seine Kleidung war genauso grau wie der Himmel.

Die Katze trottete auf ihn zu und schien zu wissen, dass er nett zu ihr sein und sich bücken würde, um sie liebevoll zu streicheln. Lily fand ihn auf eine mönchische, zurückhaltende Weise attraktiv, doch schon im nächsten Moment erhaschte sie einen Blick auf einen Mann auf der anderen Straßenseite. Es war Josh, der sie anstarrte, unberührt vom Regen und mit traurigen Augen. Sofort erinnerte sie sich an das erste Mal, dass Josh ihre Hand gehalten hatte, und das erste Mal, als sie zusammen an einem Strand nördlich von San Francisco spazieren gegangen waren. Sie hatten einen grauen Wal gesehen, der draußen auf dem Meer eine Wasserfontäne auspustete. Sie dachte an ihren ersten Kuss an diesem Strand bei Sonnenuntergang, ein elektrisch aufgeladener Moment. All das stürmte auf sie ein und verschlug ihr den Atem. *Entschuldige, Josh. Ich werde dir immer treu sein. Alles andere wäre unmöglich.*

Ein vorbeifahrendes Auto versperrte ihr den Blick und löschte Josh aus, als wäre er nie da gewesen.

»Haben Sie einen Anzug für eine Beerdigung da?«, fragte der magere Mann. »Aber einen, der nicht schwarz ist.«

Kapitel 20

Lily

»Einen Moment, Sir, ich bin gleich zurück.«

Obwohl Lily wusste, dass sie vermutlich wirkte, als hätte sie eine Schraube locker, musste sie über die Straße laufen, um nachzusehen, wohin Josh verschwunden war. Als sie in ihren Turnschuhen den Gehweg entlangeilte, spürte sie kalte Regentropfen auf dem Gesicht. Das Gebüsch rauschte im Wind, die Markisen vor den Läden flatterten. Sie hörte das harte Klappern von Metall am Hafen, und der muffige Geruch der Ebbe stieg ihr in die Nase.

An der Stelle, wo sie Josh zuletzt gesehen hatte, blieb sie stehen. Hier, auf dem Gehweg, direkt vor »Das Allerneuste«, hatte sie das Schaufenster ihres eigenen Ladens gut im Blick. Die Schaufensterpuppen wirkten in der sanften Beleuchtung wie Scherenschnitte. Dann hüpfte die Katze ins Fenster. Eine fahle Aura umgab sie.

Lily schaute nach rechts und links. Von Josh keine Spur. Der Regen durchweichte ihren Pulli bis aufs T-Shirt. Sie war überzeugt gewesen, dass er es war. Eine Halluzination und doch so real. Vielleicht war seine Seele tatsächlich hier gewesen. Solche Dinge geschahen.

Sie hastete zurück in ihren warmen Laden. Der Staub

auf der Theke sah ein wenig verändert aus, so als sei jemand mit dem Finger darüber gefahren. Lily erschauderte leicht und wandte sich ihrem neuen Kunden zu.

»Bitte entschuldigen Sie«, sagte sie und wischte sich das Wasser aus dem Gesicht. »Ich musste draußen etwas nachschauen.«

Der Mann nickte, warf einen Blick aus dem Fenster und musterte dann weiter die Kleidungsstücke.

»Es tut mir leid, dass Sie auf eine Beerdigung müssen«, fuhr sie fort. »Es gibt keine Vorschrift, die besagt, dass man Schwarz tragen muss. Ich hatte bei der Trauerfeier für meinen Mann auch nichts Schwarzes an. Er hat einmal gesagt, er wolle, dass die Leute sich bei seiner Beerdigung bunt anziehen und tanzen. Allerdings ahnte er nicht, dass er so bald sterben würde.« Warum hatte sie das alles gerade einem wildfremden Menschen erzählt? Verwirrten Kälte und Regen ihr den Verstand? Würde der Mann nun auf Nimmerwiedersehen die Beine in die Hand nehmen?

Doch seine Miene wurde weicher, und er kam auf sie zu. »Es tut mir leid, dass Sie ihn verloren haben. Und welche Farbe haben Sie getragen?«

»Ich hatte ein dunkeltürkisfarbenes Kleid an, nicht ganz schwarz, aber ziemlich nah dran.« Sie lächelte. Manchmal bringt es einem die Menschen näher, wenn man ein wenig von seinem Schmerz und seinen Verletzungen preisgibt, dachte sie. »Welche Farbe würden Sie denn gerne tragen?«

»Vielleicht hilft die Katze mir ja bei der Entscheidung.« Er steuerte auf die südliche Wand zu und betrachtete das Sakko an der männlichen Schaufensterpuppe. »Vielleicht das da.«

»Das ist nur ein Ausstellungsstück«, sagte sie rasch. »Und Ihnen zu klein.« Seit ihrer nächtlichen Begegnung, die ihr inzwischen wie ein weit entfernter Traum erschien, hatte sie nichts mehr von Dr. Cole gehört. Vielleicht hatte er ja nur behauptet, einen Anzug zu brauchen, um höflich zu sein.

Die Katze wich dem mageren Mann nicht von der Seite, während dieser weitersuchte. Seine langen Finger strichen zielstrebig und zartfühlend zugleich über die Stoffe. Lily blickte immer wieder zur Straße hin, doch Joshs Geist kehrte nicht zurück.

Der Mann plauderte leise mit der Katze. »Einen Anzug hatte ich zuletzt bei meiner Abschlussfeier an …« und » … ich kenne nicht einmal meine Größe …« und » … am besten gehe ich gleich im Adamskostüm …« Die Katze schnurrte ihn an.

Er nahm einen weißen Anzug von der Stange. »Ach, herrje, wie scheußlich.«

»Das ist ein Leinenanzug im Palm-Beach-Stil, schätzungsweise Dreißigerjahre, eines meiner ältesten Stücke. Vermutlich nicht das Richtige für eine Beerdigung, selbst wenn man die Finger vom Schwarz lassen will.«

Er nickte und hängte den Anzug weg. »Ich wette, du würdest nie einen Palm-Beach-Anzug anziehen, Kätzchen, was? Wie heißt du denn?«

»Einfach nur Kätzchen«, erwiderte Lily. »Und ich heiße Lily.«

»Ich habe die Flyer gesehen, die Sie überall in der

Stadt aufgehängt haben. Offenbar hat sich das kleine Kätzchen gut eingewöhnt.«

»Wenn ihr Besitzer sich meldet, geht sie wieder nach Hause.«

»Ich glaube, sie ist schon zu Hause. Ich bin Rupert, die Leute, die mich lieben, nennen mich Rupe.« Er griff nach einem dunkelvioletten Anzug von Jarvis. »Der ist optimal. Die Farbe der Könige. Willy Wonka aus *Charlie und die Schokoladenfabrik,* Exzentrik, Wagemut und so weiter.«

»Sind Sie sicher, dass Violett das Richtige ist?«

»Warum nicht? Was für ein Anzug ist das genau?«

»Ein Dreiteiler, Knöpfe mit Stoff überzogen, Polyester in einer leichten Popelin-Webart.«

»Müsste meine Größe sein.« Während er den Anzug anprobierte, wartete die Katze wie immer draußen vor der Kabine.

Rupert kehrte zurück. Violett stand ihm erstaunlich gut. »Was meinen Sie?« Er zupfte an den Schultern. »Michael hat gesagt, ich soll besser zu einem Herrenausstatter gehen, weil die wissen, wie so etwas sitzen muss. Aber ich bin nicht sicher.«

»Ich kann den Anzug für Sie änden.« Lily fragte sich, wer Michael war. Vermutlich waren Rupert und Michael ein Paar, dachte sie. Wider Willen war sie ein wenig enttäuscht, obwohl sie nicht die Absicht hatte, eine Beziehung mit jemandem anzufangen.

Rupert sah sie zweifelnd an. »Michael sagt, ein Herrenschneider kann das besser.«

»Ich kenne mich auch ein wenig aus. Sie wollen nicht,

dass die Jacke an den Achseln kneift. Die Schulterpolster sind genau richtig. Die Jacke ist tailliert, und die Länge stimmt auch. Sie darf nicht bis hinunter zum Oberschenkel reichen.«

Rupert, der gerade in den Spiegel sah, zog eine Augenbraue hoch. »Sie haben wirklich Ahnung. Ich bin beeindruckt. Und Ihre Preise sind auch in Ordnung.«

Endlich konnte sie sich vorstellen, dass es in ihrem Laden von Menschen wimmelte, die ihren Nähkünsten und ihrem Wissen über Stoffe und Änderungsarbeiten trauten. »Sie müssen sich überlegen, welche Schuhe Sie zur Beerdigung tragen wollen oder wenigstens jetzt mal welche anziehen, die ähnlich sind.«

»Dann suchen Sie mir ein Paar heraus. Ich habe Schuhgröße fünfundvierzig.«

»Und Sie können nicht dieses T-Shirt darunter tragen.«

Ihn im Anzug zu vermessen, während er ein richtiges Hemd und die passenden Schuhe anhatte, war wie ein fließender Tanz mit Maßband und Stecknadeln.

»Die Ärmel sollten am Handgelenk aufstoßen«, sagte sie. »Eine kleine Falte in der Hose, und sie bricht sich genau oben auf dem Schuh.«

»Brechen«, meinte er. »Das Wort gefällt mir. Wie eine Welle, die bricht. Das erinnert mich ans Surfen.«

»Den Begriff habe ich in der Ausbildung gelernt.« Konnte Florence das auch von sich behaupten? Als Lily damit fertig war, Rupert mit Maßband und Stecknadeln zu umrunden, schauten sie beide aus dem Fenster. Florence hatte das Schaufenster schon wieder umdekoriert. Eine neue Schaufensterpuppe war erschienen, diesmal eine mitten in der Bewegung erstarrte, die sich mit gebeugten Knien nach vorne lehnte. Sie trug eine Wollmütze und einen Parka und hatte Skistöcke in der Hand. Florence stand im Schaufenster und breitete eine Decke aus Kunstschnee aus.

»Kreativ ist sie ja, das muss ich ihr lassen«, stellte Rupert fest, zog das Sakko aus und legte es auf die Theke neben Lilys Kaffeetasse.

Sie zwang sich zu einem Lächeln. »Auf der Insel schneit es nicht allzu oft, oder?«

»Ein paarmal im Jahr, aber es bleibt nich lange liegen. Die meisten Leute fahren rauf auf den Mount Baker oder in ein anderes Skigebiet. Waren Sie schon mal dort?«

»Mir ist Langlauf lieber«, erwiderte Lily und nestelte an dem Preisschild am Sakko herum. »Ich kann das in ein paar Tagen fertig machen. Wir sollten die endgültigen Änderungen in einer zweiten Anprobe festlegen.«

»Eine zweite Anprobe! Sie sind wirklich eine Expertin!«

»Oh, das würde ich nicht behaupten. Aber wenn Sie mit meiner Arbeit zufrieden sind, könnten Sie mir ja einen Gefallen tun und es Ihren Freunden weitererzählen.«

»Das mache ich bestimmt.«

Als Rupert gerade in Straßenkleidung aus der Kabine trat, kam der Postbote, in blaue Regensachen vermummt, in den Laden, warf einen Haufen Kuverts auf die Theke, tippte sich an die Mütze und ging. Oben auf dem Stapel lag eine glänzende Postkarte im Großformat mit dem Logo von »Das Allerneuste«, einem rosafarbenen Kleid an einem Bügel und einer passenden Handtasche darauf. Daneben stand: *Unser neuestes Angebot für Sie: Kommissionsware.* Was zum Teufel sollte das?

Offenbar hatte Rupert bemerkt, dass sie die Postkarte mit finsterer Miene musterte. »Altpapiertonne«, schlug er vor.

»Warum, glauben Sie, tut sie das? Plötzlich verkauft Florence Kommissionsware?« Lilys Stimme wurde schrill. Ihr Laden hatte nicht einmal ein Logo.

»In dieser Wirtschaftslage versucht jeder, sich durchzuschlagen«, erwiderte Rupert tröstend. »Achten Sie einfach nicht darauf.«

»Aber ich dachte, ›Das Allerneuste‹ ...«

»Hören Sie, ich kenne Florence. Ich kenne sie schon mein Leben lang. Sie ist eine gute Geschäftsfrau und probiert gerne etwas aus. Vermutlich verkaufen sich Kleider auf Kommisssion besser als ihre neuen Sachen. Und das ist ein Vorteil für Sie.«

Sich besser verkaufen? Das sollte wohl ein Scherz sein! Was hatte Florence denn zu bieten? Was wusste sie über getragene Klassiker? Wie konnte sie es wagen, in Lilys Revier zu wildern? Aber war es überhaupt richtig, dass Lily versuchte, ihr Territorium zu verteidigen? Schließlich würden zwei Läden vielleicht mehr Schnäppchenjäger anlocken als einer, oder?

Würde Lily nun auch neue Sachen anbieten müssen? Das war absolut unvorstellbar. Sie und Josh hatten oft darüber gesprochen, dass sie ihren Prinzipien treu bleiben wollten.

»Keine Sorge«, sagte Rupert und tätschelte ihr die Schulter. »Diese Welt ist groß genug für uns alle.«

War sie das? Lily beobachtete, wie ein neues Schild im Schaufenster von »Das Allerneueste« erschien, und zwar in demselben Schrifttyp, in dem auch die Postkarte gehalten war: *Ab jetzt auch Kommissionsware.*

Unter der Postkarte lagen nur Rechnungen auf der Theke – Telefon, Strom, Kreditkarte und so weiter. Nachdem Rupert fort war, griff Lily über die Theke nach dem violetten Anzug und stieß dabei mit dem Ellbogen die Kaffeetasse um, sodass sich die Flüssigkeit über die so sorgfältig abgesteckte Jacke ergoss. Konnte der Tag denn noch schlimmer werden? Ja, konnte er. Denn im nächsten Moment betrat eine Frau den Laden, die sie seit zwei Jahren nicht mehr gesehen hatte. Eine Frau, die sie zu Joshs Lebzeiten gekannt hatte. Sie hätte eigentlich nicht damit gerechnet, ihr in diesem Leben noch einmal zu begegnen.

Kapitel 21

Kitty

Als die zierliche Frau über die Schwelle tritt, sonnen sich die Geister im Glanz ihrer Schönheit. Die Allerschönste bin und bleibe zwar immer noch ich, doch für ein menschliches Wesen ist sie ziemlich beachtlich. Sie hat ihr platinblondes Haar zu einer komplizierten Frisur aufgesteckt. Es ist bestimmt nicht einfach, dieses Arrangement sauber zu halten.

Der Mann, der ihr folgt, ist von ihr hingerissen. Er ist quadratisch, als sei er aus verschiedenen Klötzen zusammengesetzt. Außerdem ahnt er nicht, dass die Frau Geheimnisse hat, und er hat selbst welche. Die Gerüche haften ihren Kleidern und Haarwurzeln an und halten sich unter ihren Fingernägeln. Ihre Geschichte klebt an ihren Schuhsohlen. Die Frau riecht nach Gehwegen, Kaufhäusern, Arztpraxen und Parfüms. Der Mann nach Rasierwasser, Abgasen und anderen Frauen.

Als sie die Tür schließen, weht ein kalter Luftschwall hinter ihnen herein. Lily tut, als sei sie damit beschäftigt, die nassen Kleider zum Trocknen auszubreiten, doch sie spürt die Eindringlinge mit jeder Faser ihres Körpers.

Der tintenschwarze Geist der alten Frau gleitet auf

den quadratischen Mann zu. Sie hat ihn mit ihrem verschollenen Geliebten verwechselt – dem Kapitän eines gesunkenen Schiffs. Sie berührt sein Haar mit ihrer Phantomhand, nur dass sie ihn nicht wirklich berührt. Sie stellt es sich nur vor. Er fährt sich mit den Fingern durchs Haar. Vielleicht spürt er ihre Nähe. Sein Styling-Spray hat den Kampf gegen den Wind verloren.

Als der Tintengeist versucht, ihn an der Schulter zu fassen, schaudert er. Er klappt den schwarzen Regenschirm zu und stellt ihn in den Schirmständer an der Tür. Lily kann die Besucher nicht länger ignorieren. Also dreht sie sich um, strafft die Schultern und geht ihnen mit einem aufgesetzt fröhlichen Lächeln entgegen.

Die zierliche Frau zieht die weißen Handschuhe aus, erwidert das Lächeln zuckersüß und knöpft den Kragen ihres Mantels auf. Schmuck funkelt an ihrem Hals, und ich bekomme Lust, sie anzuspringen.

»Lily, ich freue mich ja so, dich zu sehen.« Die Frau hält Lily die Hand hin.

»Drew«, erwidert Lily. Ich spüre, wie ihre Gedanken eine rasende Zeitreise in die Vergangenheit unternehmen. »Wow, mit dir hätte ich gar nicht gerechnet. Du siehst spitze aus.«

»Du auch«, schwindelt Drew und zieht die Hand zurück. »Du hast abgenommen. Ich habe gehört, du seist hier oben auf irgendeine Insel gezogen.«

»Ihr habt mich gefunden!« Lily will, dass sie sie wieder verlieren.

Drew wendet sich an den Mann. »Dillon, das ist Lily. Erinnerst du dich? Ich habe dir doch von ihr erzählt.«

»Schön, dich kennenzulernen.« Der Mann nickt, ist aber gedanklich anderswo. Der Tintengeist verschwindet. Ich bleibe in meinem Versteck unter einem Ständer mit schwarzen Kleidern.

»Dillon ist mein Mann«, verkündet Drew.

Lily nickt mit angespannter Miene. »Du hast geheiratet! Glückwunsch.«

»Dillon ist Partner bei Dillon & Reed, du weißt schon, die Kanzlei im Zentrum von Seattle. Ich bin ihm begegnet, als ich hier war, um meine Cousine zu besuchen. Es war Liebe auf den ersten Blick.«

»Ich verstehe.« Ich merke Lily an, dass sie noch nie von Dillon & Reed gehört hat. »Und was führt dich hierher?«

»Mach nicht so ein erstauntes Gesicht!«, entgegnet Drew. Von meinem Platz aus kann ich die zarte Unterseite ihrer Nase, ihre schlanken Beine und die hochhackigen, glänzend schwarzen Gummistiefel sehen. »Ich habe dich gesucht. Es hat eine Weile gedauert. Du wohnst ja ziemlich abgelegen.«

»Mit der Fähre ist es ein Katzensprung«, erwidert Lily.

»Du bist so weit weggezogen, ohne es jemandem zu verraten.«

»Hätte ich eine Anzeige in die Zeitung setzen sollen?«

»Nun, nein, aber … ich hatte gehofft, dass wir in Kontakt bleiben.«

»Tut mir leid, mein Versäumnis.«

»Ach, kein Problem, jetzt habe ich dich ja gefunden. Dillon und ich wollen in der Eastside ein Haus kaufen. Momentan wohnen wir zur Miete, aber das ist ziemlich teuer. Wir möchten gerne häuslich werden, mit einem Garten und so, für eine ganze Familie.«

»Klingt wunderbar.« Lilys Ton verrät, wie sehr sie möchte, dass sie verschwinden, doch Drew versteht es einfach nicht.

Sie dreht sich wieder zu Dillon um. »Lily war mit Josh Vilmont verheiratet, dem Designer, bei dem ich gearbeitet habe.«

»Oh, *Vilmont!* Wow.« Dillon zieht die Augenbrauen hoch.

Lily schluckt, ihre Körperhaltung ist starr. »Und was machst du inzwischen? Abgesehen davon, dass du in Seattle wohnst?«

»Ich habe meine eigene Firma«, antwortet Drew. »Ich beschäftigte drei Designer. Drew Galt Designs. Vielleicht hast du von uns gehört.«

»Könnte sein«, lügt Lily. »Wie schön.«

»Ich habe auch einen Laden, siebenhundert Quadratmeter, und das ist der wahre Grund meines Besuchs.« Drew löst sich von Dillon, lässt ihn zurück wie ein Boot, das in einem fremden Ozean treibt, und gleitet auf ein funkelndes Abendkleid zu. »Mein Laden ist in der Gegend von Green Lake. Ich könnte eine fähige Geschäftsführerin gebrauchen, jemanden, der sich um die Buchführung und alles andere kümmert. In Joshs Firma hast du das sehr gut gemacht.«

»In *unserer* Firma.«

»Natürlich, so habe ich es auch gemeint. Also, was denkst du?«

Lily schweigt. Der Mann schiebt die Hände in die

Manteltaschen, Aufbewahrungsorte für seine Geheimnisse – Zettel und Visitenkarten mit geheimnisvollem Tintengekrakel darauf, denen noch der Geruch von Parfüm und Versprechen anhaftet.

»Du möchtest mich anstellen«, erwidert Lily. »Doch wie du siehst, habe ich einen eigenen Laden.«

»Natürlich, ein reizendes kleines Geschäft.«

»Ich habe alle Hände voll zu tun.« Inzwischen ist Lily zu einer steinernen Statue erstarrt.

Drew kehrt zu Dillon zurück, um ihn zu retten, und fasst ihn an der Hand. »Warum überlegst du dir mein Angebot nicht wenigstens? Du würdest einen viel größeren Laden mit mehr Laufkundschaft mitten im Zentrum leiten …«

»Danke für das Angebot, aber ich glaube, ich möchte nicht schon wieder umziehen.«

»Hast du vielleicht einen anderen Grund, hierzubleiben? Einen neuen Freund, einen Verlobten?«

»Nein, nichts dergleichen.«

»Aber du amüsierst dich doch ein bisschen, oder? Ich weiß, wie schwer es war, Josh zu verlieren. Wir haben ihn alle geliebt. Du möchtest sicher, dass das Leben weitergeht.«

»Es geht weiter.«

»Triffst du dich mit jemandem? Ich habe gehört, im Internet kann man heutzutage leicht Bekanntschaften schließen.«

»Ich halte nicht viel von Computern.«

Dillon betrachtet seine Nagelbette. Aus meinem Blickwinkel kann ich sehen, dass er Haare in der Nase hat.

»Oh, mein Gott! Was ist das für ein Ding?« Drew hat mich entdeckt, oh, nein. Sie lässt Dillons Hand los und erbleicht. »Da ist ein Tier in deinem Laden.«

»Das ist eine Katze«, erwidert Lily.

»Du hast eine Katze?« Drew kommt näher und mustert mich stirnrunzelnd. Ihr Parfüm bringt mich zum Niesen, und ihr Gesicht bekommt ein paar Speicheltröpfchen ab. Sie weicht zurück und wischt sich über die Wange.

»Es ist ein Weibchen«, sagt Lily, und ein Lächeln spielt um ihre Lippen. »Sie ist eine sehr gute Ladenkatze.«

Ich verhalte mich ganz still und versuche, nicht mehr zu niesen.

Drew hat sich wieder im Griff. Allerdings ist das Make-up auf ihrer Wange ein wenig verschmiert. »Ladenkatze, natürlich. Ich war nur … überrascht.«

»Du würdest in deinem Laden nie eine Katze dulden, stimmt's?«, fragt Lily.

Drew tätschelt ihre Frisur und rümpft das erstaunlich zarte Näschen. »Ich habe keinen wirklichen Bezug zu Tieren, doch das ist bei vielen Leuten anders. Sehr ungewöhnliche Augen. Irgendwie dämonisch.«

»Ich finde, dass sie wie ein Engel aussieht«, entgegnet Lily.

Dillon kommt, um mich zu betrachten. Die fremden Gerüche an ihm werden stärker, als er sich nähert.

»Ein grünes Auge und ein blaues«, verkündet er und mustert eindringlich mein Gesicht. Das ist meine Chance. Ich springe hoch und schlage nach seiner Manteltasche. Meine Krallen bleiben hängen und holen das heraus, was ich dort vermutet habe.

»Kätzchen, nein!« Lily läuft auf mich zu. »Es tut mir so leid. Natürlich ersetze ich den Schaden an deinem Anzug.«

»Kein Problem. Zerbrich dir nicht den Kopf darüber.« Dillon greift nach dem Zettel, den ich ihm aus der Tasche gezogen habe. Das Beweisstück liegt auf dem Boden. Doch Drew bückt sich blitzschnell danach und steckt es selbst ein. Ihre Miene verhärtet sich, aber sie scheint nicht überrascht. Diese Taktlosigkeiten sind ihr nicht neu, und dennoch …

Lily versteht Drews Schmerz nicht, die Kompromisse, die sie immer schließen musste, selbst bevor sie Dillon begegnet ist. Sie war in Lilys Gefährten verliebt, tragisch verliebt in einen Mann, der diese Liebe niemals erwidern würde. Ihre Schönheit hatte nicht genügt, hatte schon damals nicht gereicht, um ihren Vater bei der Familie zu halten, als sie noch ein Kind war. Sie hatte auch nicht dazu geführt, dass ihre Mutter sie lieben konnte, anstatt sie von ihrer Geburt an abzulehnen. Nur wenige Menschen haben je hinter ihre Fassade geschaut. Sie ist sogar neidisch auf mich, ein Tier, das man einfach bedingungslos liebt. Das glaubt sie wenigstens.

»Nun, ich denke, wir gehen jetzt besser«, sagt Drew rasch. »Die Katze ist ein … interessanter Touch.« Sie steuert mit Dillon auf die Tür zu.

»Danke, dass ihr vorbeigeschaut habt«, ruft Lily ihnen nach und folgt ihnen. Sie hasten hinaus. Die Tür fällt ins Schloss.

Lily blickt ihnen nach, als sie den Gehweg entlang davoneilen. Ihre Mundwinkel sind nach unten gebogen.

Ich wünschte, ich könnte ihr erzählen, was ich weiß, und ihr sagen, dass sie Drew nicht um ihr Leben beneiden soll. Denn ganz gleich, wie die Dinge auch von außen aussehen, von innen betrachtet ist es meistens eine ganz andere Geschichte.

»*Drew Galt Designs* also …«, murmelt Lily nachdenklich. Ich erkenne an ihrem Augenausdruck, dass die Begegnung sie aufgerüttelt und verwandelt hat. Es wird sich etwas verändern.

Kapitel 22

Lily

Nachdem Drew und Dillon fort waren, fühlte Lily sich schwindelig, und ihre Gedanken überschlugen sich. Sie hatte geglaubt, der Vergangenheit entfliehen zu können, indem sie San Francisco den Rücken kehrte. Aber Drew hatte sie trotzdem gefunden und ihr unerwünschte Erinnerungen ins Haus gebracht.

Einmal hatte Lily Drew dabei erwischt, wie sie sich im Atelier über den Mittagessenstisch beugte und mit Josh flirtete. Hatte er etwa eine Affäre mit Drew gehabt? Oder hatte er vielleicht das Gleiche für sie empfunden wie sie offenbar für ihn?

Als Lily das Thema beim Abendessen angesprochen hatte, hatte Josh verschnupft reagiert. Was sollte er denn sonst noch tun, um ihr zu zeigen, wie sehr er sie liebte?, hatte er gefragt. Schließlich stelle er seine Zuneigung rund um die Uhr unter Beweis. Sie hatte ihm vertraut und ihm geglaubt. Das tat sie bis heute. Allerdings hatte Drews Schönheit eine unwillkommene Saat des Zweifels keimen lassen. Und als Drew eine Stelle als Designerin in einem anderen Modehaus angenommen hatte, war Lily erleichtert gewesen.

Und dennoch waren sie Drew bei Modenschauen und

Abendeinladungen immer wieder über den Weg gelaufen. Und einmal hatte Lily sie dabei ertappt, wie sie Josh über den Tisch hinweg mit unverhohlener Sehnsucht anschmachtete. Josh war derjenige gewesen, der angeregt hatte, die Party früher zu verlassen, und der zu Lily sagte, er fühle sich beklommen.

Sie war sich ihrer Ehe sicher gewesen. Und dennoch hatte es sie gestört, dass jemand auch nur einen Hauch von Unfrieden stiftete. Wie konnte diese Frau es wagen, hier aufzukreuzen und Salz in offene Wunden zu streuen? Warum ließ sie Lily nicht mit ihren glücklichen Erinnerungen allein? Verabscheute sie Lily wirklich so sehr? Hatte sie ihr tatsächlich eine Stelle anbieten oder einfach nur mit ihrem neuen Leben protzen wollen?

Jedenfalls kochte Lily vor Wut, auch wenn sie nicht genau wusste, warum. Zorn oder Abneigung, spielte das wirklich eine Rolle? Jedenfalls war sie von neuem Tatendrang erfüllt.

Sie hob die Katze hoch und küsste sie auf den pelzigen Kopf. Wie konnte jemand so dreist sein, sie als »Ding« oder auch nur als »Tier« zu bezeichnen? Wer diese Katze beleidigte, beleidigte Lilys Laden. Innerhalb kurzer Zeit war das kleine wuschelige Geschöpf zum nicht mehr wegzudenkenden Bestandteil von Lilys Unternehmen geworden. Viele Leute kamen eigens wegen der Katze, angezogen von ihrer mystischen Ausstrahlung oder vielleicht von ihren seltsamen zweifarbigen Augen. Möglicherweise suchten sie Trost, Beistand oder Hoffnung in einer unberechenbaren Welt.

Das hatte Lily bei ihrer Ankunft auf der Insel auch

gesucht, und dass sie spontan dieses Haus gekauft hatte, war eigentlich eine bewusste Entscheidung gewesen. Sie hatte schon immer ihr Leben ändern und die Stadt verlassen wollen. War Joshs Tod etwa eine Befreiung gewesen, die ihr die Chance eröffnet hatte, ihren Traum wahr zu machen? Hatten sie diesen Traum nicht gemeinsam geträumt? – Oder war es nur Lilys Traum?

Doch ganz gleich, was auch immer zutraf, sie musste sich endlich voll und ganz auf ihre Zukunft einlassen. Sie musste die Katze behalten oder ins Tierheim bringen, dem Laden zum Erfolg verhelfen oder Konkurs anmelden, nach vorne schauen oder für immer auf der Stelle treten, wovor ihre Mutter sie immer gewarnt hatte. Ihre arme Mutter, die weiterhin alle paar Tage anrief, um sicherzugehen, dass ihre Tochter noch lebte und wohlauf war.

Ich bin mehr als wohlauf. Ich fühle mich blendend, dachte Lily. Sie würde die Menschen auf der Insel und die Insel selbst wirklich kennenlernen – oder ihnen für immer den Rücken kehren. Es gab keinen Mittelweg.

Sie betrachtete Joshs Jacke an der Schaufensterpuppe. Die Jacke, die er nie wieder tragen würde. Verdammt, jemand musste dieses Ding anziehen. Wenn sie Dr. Cole passte, sollte es eben so sein. Als sie die Tierklinik anrief, schlug ihr Herz schneller. Sie trat von einem Fuß auf den anderen. Warum war sie nur so nervös? Vielleicht, weil sie jetzt wusste, dass er Single war? Dass jede Frau auf der Insel ihn anhimmelte? Dass er zwar kein Kostverächter war, aber feste Beziehungen mied? Vielleicht weil er seine Frau noch immer über alles liebte?

Es war doch nur eine Jacke an einer Schaufensterpuppe, verdammt.

»Island Animal Clinic«, meldete sich Vanya. »Was kann ich für Sie tun?« Ihre fröhliche, freundliche Stimme beruhigte Lily sofort.

»Vanya, ich bin es, Lily.«

»Oh, hey! Ich habe gerade den blauen Pulli an. Alle sagen, er betont meine Augen.«

»Ein wundervolles Stück von Chanel, das Ihnen ausgezeichnet steht. Achten Sie nur darauf, ihn immer mit der Hand zu waschen und nie in den Trockner zu tun.«

»Das mache ich. Außerdem habe ich allen von Ihrem Laden erzählt. Sie brauchen unbedingt Visitenkarten.«

»Ich gebe sie heute noch in Auftrag. Äh, ich würde gern Dr. Cole sprechen, falls er gerade Zeit hat.« Obwohl sie sich um einen beiläufigen Tonfall bemühte, klang ihre Stimme ein wenig dünn und gepresst.

»Er ist gerade in einer Behandlung. Moment.« Vanyas Stimme klang gedämpft, als sie die Hand über die Sprechmuschel hielt. Im Hintergrund bellte ein Hund, und Lily hätte beinahe aufgelegt, weil sie sich lächerlich vorkam. *Nein, vergiss nicht, du musst nach vorne schauen. Beiß die Zähne zusammen. Das hier ist dein Leben.*

»Möchten Sie ihm eine Nachricht hinterlassen?«, fragte Vanya, als sie wieder an den Apparat kam.

Lily blickte aus dem Fenster. Im Schaufenster von »Das Allerneuste« ging gerade wieder eine Verwandlung vor sich. Zwei Schaufensterpuppen, eine männlich, eine weiblich, standen im Fenster. Offenbar wollte Flo sie neu einkleiden, doch im Moment waren sie noch nackt.

»Richten Sie ihm aus, ich müsste ihn wegen der Jacke vermessen, falls er sie noch will. Ansonsten verkaufe ich sie anderweitig. Er kann mich entweder zurückrufen oder in den Laden kommen.«

»Ich bin sicher, dass er vorbeikommt, sobald er sich aus der Praxis loseisen kann.«

»Danke, Vanya.«

Als Lily auflegte, wurde ihr klar, dass sie gerade eine Schwelle überschritten hatte und dass es vermutlich kein Zurück mehr gab.

Die Katze saß unter einem Hutständer und starrte ins Leere. Plötzlich hatte Lily eine Idee für ein Logo. Eine Katze mit im Wind wehenden Fell, die einen antiken Hut trug.

Sie suchte im Internet nach Bildern, benutzte eines davon als Vorlage für eine Skizze, mummte sich warm ein und eilte, einem verrückten Impuls folgend, in den windigen Tag hinaus zu Fairport Graphics, wo sie einen Logo-Entwurf, Visitenkarten und Postkarten bestellte.

Anschließend entfernte sie die Flyer mit der Aufschrift »Katze zugelaufen« von sämtlichen Pinnwänden, Telefonmasten, schwarzen Brettern und Schaufenstern. *Die Katze würde bleiben.* Was machte es denn aus, dass eine kleine Katze ein paar Kleider zerriss oder mitten in der Nacht Krawall machte? Manchmal schlug das Leben eben seltsame Kapriolen, wie Dr. Cole gesagt hatte. Und das konnte auch durchaus etwas Gutes bedeuten.

Kapitel 23

Kitty

Ich frage mich, was plötzlich mit Lily los ist. Leichten Schrittes und mit geröteten Wangen kehrt sie in den Laden zurück. Zum ersten Mal seit ich hier bin, bekomme ich Lust, wieder zu gehen, frei zu sein, zu sehen, was sie gesehen, und zu fühlen, was sie gefühlt hat. Dann fallen mir die langen Nächte bei Wind und Kälte ein. Und das Magenknurren. Will ich wirklich wieder so leben?

Außerdem kann ich noch nicht weg. Die Trauer hält sich weiterhin in ihrem Herzen, und der Geist von Lilys früherem Gefährten wird stärker. Er verdichtet sich, weitet sich aus, verschwindet und erscheint wieder, als sei er nicht sicher, welche Gestalt er annehmen und was aus ihm werden soll.

Als Paige ihr Kleid abholt, verschmilzt er langsam mit der Wand, als habe er keine Kraft mehr. Doch ich bin sicher, dass er zurückkommt.

In dem geänderten Kleid sieht Paige aus wie die Meerjungfrau, die ich einmal beobachtet habe, als sie bei Ebbe aus dem Wasser kam, um das Mondlicht zu genießen. Sie trug auch etwas Enges, Grünes und Schimmerndes und hatte eine ähnlich blasse Haut.

Paige dreht sich vor dem Spiegel hin und her, betrachtet sich aus allen Winkeln, hebt die Arme, senkt sie wieder und beschreibt eine langsame Pirouette.

»Wahnsinn, Lily. Wie haben Sie das gemacht?«

»Nur ein paar kleine Änderungen.« Lily lächelt, und ich spüre, wie sie von Wärme durchströmt wird.

»Ich fühle mich wie ein neuer Mensch.«

»Schön, dass es Ihnen gefällt.«

Lily schwebt förmlich durch die nächsten Mondzyklen. Sie erzählt mir von den Änderungen, ihren Umsätzen und der neuen Schaufensterdekoration. Der nette Mann, der Rupert heißt, kommt und hilft ihr, eine neue Schaufensterbeleuchtung zu installieren. Wie sich herausstellt, hat er ein Händchen für alles Elektrische. Wenn Lily nicht hinschaut, steckt er mir Leckerchen aus gefriergetrocknetem Huhn zu. Sie hat ihm einen violetten Anzug angepasst. Er lächelt und umarmt sie, und dann fließen ihnen beiden die Tränen über die Wangen.

»Michael findet, dass ich spinne, weil ich diese Farbe trage«, sagt Rupert und bewundert sich in dem Anzug. »Aber seine Meinung interessiert mich nicht. Er kommt nicht mit zu der Beerdigung, weil er gerade wieder sechs Tage Schicht hat und ich morgen nach Virginia fliege.«

»Das ist aber eine lange Zeit, um getrennt zu sein. Vermisst du ihn?«, fragt Lily.

»Ganz entsetzlich. Doch die Passagiere lieben ihn. Er ist einer der wenigen singenden Flugbegleiter, die die Töne richtig treffen.«

Lily nickt geistesabwesend. Sie blickt aus dem Fenster, als hielte sie Ausschau nach jemandem. Ach, jetzt weiß ich, wer es ist. Am nächsten Morgen kommt er ziemlich überraschend herein. Sobald er eintritt, klopft ihr Herz wie wild. Aber äußerlich lässt sie sich nichts anmerken. Der Tierarzt trägt Alltagskleidung. Er bringt kalte Luft und salzigen Meerwassergeruch mit. Diesmal ist er eindeutig nicht meinetwegen hier, sondern wegen der Jacke an der Schaufensterpuppe. Das behauptet er wenigstens. Während er sie anprobiert, zupft Lily an den Ärmeln und am Kragen herum. Er steht nur da und betrachtet sie im Spiegel.

»Nach ein paar kleinen Änderungen passt sie Ihnen wie angegossen«, sagt sie und zupft weiter, ohne ihm in die Augen zu schauen.

Er nickt, zieht sich wieder um und steckt zögernd die Hände in die Taschen. »Ich muss für Bish ein kleines Geschenk besorgen und … habe keine Ahnung, was ihr inzwischen so gefällt.«

»Mit Schmuck können Sie nichts falsch machen. Sehen Sie mal hier.« Sie holt einen mit Samt gepolsterten Schaukasten unter der Kasse hervor.

Joshs Geist schwebt heran und schwebt um sie herum, während Dr. Cole sich über den Schmuck beugt. Lily zeigt auf eine silberne Halskette mit weißen Perlen.

»Das ist Sterlingsilber.« Sie reicht Dr. Cole die Kette. »Man nennt so etwas einen Choker. Er sitzt über dem Schlüsselbein. Wie gemacht für Bish.«

Ich sitze an der Kante der Theke, peitsche mit dem Schwanz und blicke zwischen Lily und dem Tierarzt hin und her.

»Wie Sie meinen«, erwidert er. »Mir gefällt sie.«

»Vielleicht habe ich noch eine Schachtel da.« Als sie sich vorbeugt, rutscht ihr die Kette aus dem Pulli, sodass der goldene Ring und das Röhrchen mit der Asche deutlich sichtbar vor ihrem Gesicht baumeln.

Dr. Cole weicht einen Schritt zurück.

Lily steckt die Kette wieder unter den Pulli. Ihre Wangen sind feuerrot.

»Ich brauche keine Schachtel«, sagt Dr. Cole. Inzwischen hält er Abstand zu ihr.

»Kein Problem.« Rasch drapiert Lily die Silberkette in einer Geschenkschachtel und verstaut diese in einer kleinen Papiertüte. »Bish wird begeistert sein.«

»Ganz bestimmt.« Er nimmt die Tüte und wendet sich in Richtung Ausgang. Ich darf nicht zulassen, dass er geht. Nicht, während Lilys Herz klopft wie wahnsinnig. Als er die Tür öffnet, mache ich einen Satz, taumle ein paar Schritte und stoße einen erstickten, schrillen Schrei aus, bevor ich – eine oscarreife Darbietung – auf dem Teppich zusammenbreche.

Kapitel 24

Lily

Was könnte dem armen Kätzchen fehlen? Lilys schlimmster Albtraum war gerade wahr geworden. Kaum hatte sie das kleine Geschöpf ins Herz geschlossen, schon fiel das alte Kätzchen um und starb. Schreckensszenen liefen vor Lilys geistigem Auge ab. Die Katze hatte einen Schlaganfall erlitten, einen Herzinfarkt, eine Arterie war geplatzt. Oder vielleicht war ihr winziger Körper einfach aufgebraucht. Möglicherweise starben alte Katzen eben so – jahrelang hielten sie durch und brannten dann einfach aus wie Glühbirnen.

Das hast du davon, wenn du wieder jemanden liebst und noch dazu noch eine hinfällige alte Katze. Lily war vor Angst wie betäubt, als sie sich neben die Katze auf den Teppich kniete. Die Katze lag auf der Seite und atmete flach. »Was hat sie? Könnte es wieder ein Haarballen sein, diesmal ein größerer, der ihr in der Kehle stecken geblieben ist?«

»Das glaube ich nicht. Haben Sie gesehen, was passiert ist?« Als Dr. Cole sich neben Lily kniete, hörte sie ein Knacken, vielleicht seine Gelenke. »Gerade eben war noch alles in Ordnung.«

»Ich habe keine Ahnung. Sie ist einfach umgefallen.

Sie haben es ja selbst gesehen! Sie haben sie ja eben noch gestreichelt.«

»Und dann habe ich mich umgedreht.« Er legte das Ohr an Kittys Brust und zog dann ihre Oberlippe zurück, um das Zahnfleisch zu untersuchen. »Kein Sauerstoffmangel. Sehen Sie? Ihr Zahnfleisch ist rosa. Sie atmet. Und ihr Herzschlag ist auch in Ordnung.«

»Aber offenbar fehlt ihr etwas. Was tut sich da? Unternehmen Sie etwas! Sie sind der Tierarzt.« Lily stand zwar kurz vor einem Panikanfall, doch irgendetwas in ihr war auf Abstand gegangen und beobachtete alles aus sicherer Entfernung.

Dr. Cole warf ihr einen zweifelnden Blick zu, ließ sich aber nicht aus der Ruhe bringen. »Was genau ist eben geschehen? Ist sie gefallen?«

»Sie fällt nicht. Sie ist vom Tisch gesprungen. Das macht sie ständig. Er ist ja nicht hoch. Sie kann noch viel weiter springen, ohne sich zu verletzen.«

Er nahm eine winzige Taschenlampe aus der Tasche und leuchtete Kitty in die Augen. Sie blinzelte, und ihre Pupillen zogen sich zusammen. »Hier ist auch alles in Ordnung. Ihre Reaktionen sind normal.«

Lily ließ die letzten Tage Revue passieren. »Könnte es die Zuckermelone gewesen sein?«

»Sie haben sie mit Zuckermelone gefüttert?«

Toll, jetzt hatte sie die Katze mit einem Stück Obst umgebracht. »Hoffentlich wirkt die bei Katzen nicht giftig. Sie hat so gebettelt, also dachte ich …«

»Ein bisschen Honigmelone ist in Ordnung, aber nicht zu viel.«

»Ich habe ihr nur einen Löffel voll gegeben.«

Er betastete ihren Bauch. »Ich kann nichts Ungewöhnliches an ihrem Unterleib entdecken. Doch sie sollte geröntgt werden.«

Lily wurden die Hände taub. Das letzte Mal war das kurz nach Joshs Unfall passiert, als das Traumazentrum angerufen hatte. Sie hatte befürchtet, die Fahrt zum Krankenhaus nicht zu überleben, hatte es aber irgendwie geschafft. Nun stieg sie in Dr. Coles Pick-up, die halb bewusstlose Katze in eine Decke gewickelt in den Armen. Die Zeit hatte nicht gereicht, den Tragekorb zu holen.

Dr. Cole raste durch die Innenstadt und überfuhr eine rote Ampel, während Regen gegen die Windschutzscheibe peitschte. Trotz ihrer Panik nahm der distanzierte Teil von Lily das Innere des Wagens zur Kenntnis. Im Gegensatz zu Josh war Dr. Cole ganz und gar kein Ordnungsfanatiker. Überall im Führerhaus herrschte ein Chaos aus Papieren und Taschentüchern. Auf dem Sitz lag eine Jacke, achtlos hingeworfen, neben einem Bibliotheksbuch.

An der Tierklinik angekommen, hasteten sie ins Gebäude. Am Empfang war es still und dunkel. Dr. Cole schnappte sich die Katze, machte im Vorbeigehen Licht und ließ Lily zurück, um sie eine Ewigkeit warten zu lassen. Es kostete sie all ihre Selbstbeherrschung, nicht an den Nägeln zu kauen.

Eine Viertelstunde später kam er zurück. Die Katze lag reglos in seinen Armen. Das durfte nicht wahr sein! Schließlich war er Tierarzt, und es war seine Pflicht, kleinen Tieren in Not zu helfen. Das Universum erlaubte sich einen perversen und grausamen Scherz mit ihr. Der Raum begann, sich zu drehen, das Blut sackte ihr in die Beine, und sie spürte, dass sie gleich in Ohnmacht fallen würde.

Kapitel 25

Kitty

Der Arzt setzt mich vorsichtig ab. Natürlich kann ich nicht anders, als auf meinen Pfoten zu landen. Aber ich wanke ein wenig und tue so, als müsse ich mich von einem schrecklichen Schock erholen. Zittrig und langsam schleiche ich durch das Wartezimmer. Mein Schwanz peitscht hin und her, und ich schnuppere alle Ecken ab.

»Es fehlt ihr also nichts?«, fragt Lily mit bebender Stimme. Sie ist blass, fast grau im Gesicht.

»Es scheint alles in Ordnung zu sein«, erwidert Dr. Cole. »Brauchen Sie ein Glas Wasser?«

»Nein, alles bestens. Sie ist also nicht krank. Sie hat ausgesehen … ich meine …«

»Soweit ich feststellen kann, fehlt ihr nichts.«

Ich trotte zu Lily hinüber und reibe mich schnurrend an ihren Beinen.

»Du blöde Katze! Ich bring dich um!« Lily versucht zu klingen, als wäre sie sauer, doch ihr Tonfall verrät mir, wie erleichtert sie ist. Sie drückt mich so fest an sich, dass sie mir fast die Lunge zerquetscht. »Du hast mich beinahe zu Tode geängstigt!«

Zu Tode ist wohl ein bisschen übertrieben. Sie ist noch ziemlich lebendig, was bei mir sicher nicht mehr lange der Fall sein wird, wenn sie mich weiter so kräftig drückt. Sie küsst mich auf den Kopf. »Es ist wie ein Wunder. Vielen, vielen Dank. Wie haben Sie sie gerettet?«

Als sie mich auf den Boden setzt, schüttle ich mich gründlich und fange dann an, mich zu putzen.

Als Dr. Cole lächelt, erhellt ein Lichtstrahl die Dunkelheit, die in ihm herrscht. »Sie hat sich ganz von allein wieder erholt. Bemerkenswert.«

»Ob es an der Ruhe hier liegt?«

Dr. Cole schaut sich um, als nehme er die Stille zum ersten Mal wahr. »Es ist wirklich recht ruhig. Die Hunde in den Zwingern machen keinen Radau.«

»Haben Sie Zwinger?«

Er weist mit dem Daumen in den hinteren Teil der Klinik. »Ich kann sie Ihnen gerne zeigen, falls Sie das interessiert.«

»Ja, das interessiert mich sehr.«

Die beiden sehen einander an, und im nächsten Moment hebt er mich hoch und klemmt mich unter den Arm. Lily folgt uns durch eine Schwingtür in einen Flur. Er veranstaltet eine vollständige Führung durch das Medikamentenzimmer, den Pausenraum, das Behandlungszimmer und deutet dann auf den OP. Lily späht durch das winzige Fenster in der Tür. »Es muss eine Weile gedauert haben zu lernen, wie man all diese Instrumente benutzt.«

»Wir müssen uns im Studium mit fünf Spezies befassen, nicht nur mit einer.«

»Ist Ihnen je ein Tier auf dem Operationstisch gestorben?«

»Das passiert nicht oft, doch wir hatten vor ein paar Jahren einen Kater, der die Narkose nicht vertragen hat. Wir haben versucht, ihn wiederzubeleben, leider vergeblich. Aber das kommt selten vor.«

Das Erlebnis ist in ihm haften geblieben, so wie all die anderen Erinnerungen und die Dunkelheiten, die in ihm toben.

»Wie schrecklich. War es schlimm?«

»Ja, es hat mich sehr getroffen. Und dabei praktiziere ich schon seit über zwanzig Jahren.« Er krault mich am Kopf. »Emotionaler Burnout, Hauptgrund, warum Menschen diesen Beruf aufgeben.«

»Und sind Sie ausgebrannt?«

»Ein bisschen. Ich überlege mir, ob ich auf Teilzeit gehen und meinem Kollegen die zusätzlichen Stunden geben soll.«

»Was machen Sie zur Entspannung?«

»Ich wandere, spiele Gitarre, lese. Aber mein Beruf ist manchmal auch sehr befriedigend, wenn ich einem Tier helfen kann. Erst gestern hat eine verzweifelte Klientin ihren Papillon vorbeigebracht. Der Hund hatte seit zwei Tagen nichts gefressen. Eine Ultraschalluntersuchung ergab ein Problem mit der Gallenblase, an dem er gestorben wäre. Doch wir haben sofort operiert und ihm das Leben gerettet.«

»Das muss ein wundervolles Gefühl sein«, sagt Lily.

Er nickt und hält mich weiter unter seinem Arm. »Manchmal kann es auch zu viel werden. Dann versuche ich, rauszugehen und frische Luft zu schnappen.«

Er öffnet die Tür zu einem Hinterzimmer mit Betonboden, in dem einige große Käfige stehen. Der Geruch nach Hund hier drin ist zu viel für mich. »Das sind die Zwinger. Wir haben vor einer Weile aufgehört, Katzen hier unterzubringen. Früher hatten wir sie gegenüber von den Hunden.«

Lily nickt, aber sie runzelt die Stirn. Wir gehen hinaus, und zwar keinen Moment zu früh, und dann einen weiteren Flur entlang, der zurück in den vorderen Teil des Gebäudes führt.

»Ich bin gleich wieder da«, sagt er an einer Bürotür. »Ich muss einen Klienten zurückrufen. Es dauert nicht lang.« Er übergibt mich Lily und verschwindet im Büro. Allerdings kann sie noch einen Blick auf das Foto auf seinem Schreibtisch erhaschen. Es zeigt Dr. Cole, den Arm um eine schöne Frau gelegt. Sie hat langes rotes Haar – eine ältere Version von Bish.

Lily weicht zurück und macht innerlich zu. Sie trägt mich den Flur entlang. An einer Pinnwand hängen Fotos von Hunden und Katzen neben Zetteln mit geheimnisvollen Kritzelzeichen darauf. Lily liest laut vor:

»›Dr. Cole hat Toby das Leben gerettet. Wir werden ihn immer lieben.‹« Dann noch eine Karte: »›Dr. C., danke für die Sterilisation meiner Katze.‹« Sie betrachtet eine hölzerne Plakette. »Die Stadt hat ihn wegen seines Engagements für verschiedene Organisationen und seine ehrenamtliche Mitarbeit beim Naturschutz in dieser Gegend ausgezeichnet. Oh, schau, das sind die Karten von Leuten, deren Tiere gestorben sind.« Ich sehe ein Foto von einer getigerten Katze mit grünen Augen. »›Dr. Ben Cole ist ein wundervoller Arzt.‹«

Als sie sich umdreht, lässt sie mich vor Überraschung beinahe fallen. »Ich habe Sie gar nicht bemerkt«, sagt sie.

Dr. Cole steht dicht hinter uns. Das hätte ich ihr gleich sagen können.

»Ich wollte Sie nicht erschrecken.«

»Sie haben so vielen Menschen geholfen.« Sie ist wirklich beeindruckt, mauert aber noch.

»Das ist eben mein Beruf.« Er steckt die Hände in die Taschen seines Arztkittels.

»Danke, dass Sie Kitty das Leben gerettet haben.«

»Das hat sie selbst gemacht.«

»Aber sie haben ihr dabei geholfen.«

Sie betrachten einander, und trotz all der Mühe, die ich mir gegeben habe, um sie zusammenzubringen, erhebt sich wieder eine unsichtbare Wand zwischen ihnen. Sie sind beide Gefangene ihrer ganz persönlichen Dunkelheiten.

Kapitel 26

Lily

Auf der Rückfahrt wurde kein Wort gewechselt. Lily versuchte, das Gefühlschaos zu ordnen, das sich in ihr verknäulte wie Flüsse, die sich vereinten, trennten und dann wieder trafen. Sie drückte die in eine Decke gewickelte Katze an sich und erfreute sich an ihrem Gewicht, ihrer Wärme und dem Schlagen ihres winzigen Herzens. Vielleicht hatte ja eines ihrer neun Leben sie gerettet. Wie viele davon waren noch übrig?

Oder es war doch Dr. Coles Verdienst. Er schien zu den Menschen zu gehören, die in aller Stille Wunder bewirkten, ohne große Worte darum zu machen. Welches Kunststück war ihm im Behandlungszimmer geglückt?

Lily hatte noch immer Mühe, ihren ersten Eindruck von einem mürrischen Eigenbrötler mit dem Bild in Einklang zu bringen, das seine Klienten von ihm hatten. Und damit, wie er auf dem Foto ausgesehen hatte – jung, lächelnd, das Gesicht sonnengebräunt und die Augen strahlend. Seine Frau und er hatten gewirkt wie ein glückliches und absolut unzertrennliches Paar, so als bestünde ihre Liebe aus Sternenstaub, der über sie gestreut worden war, um seinen Zauber zu verbreiten.

Zusammen strahlten sie eine Atmosphäre von unvergänglicher Freude aus.

Vor dem Haus stoppte Dr. Cole am Straßenrand. Die Katze schnurrte und schien die Autofahrt gut vertragen zu haben. Vielleicht verabscheute sie ja nur das Eingesperrtsein im Transportkorb. Lily drehte sich lächelnd zu Dr. Cole um. Seine Gesichtszüge wirkten grob und kantig im schummrig orangefarbenen Licht der Straßenlaterne.

»Vielen, vielen Dank«, sagte sie. Ihre Stimme klang vor Rührung belegt. »Inzwischen bedeutet das Kätzchen mir so viel. Ich liebe diese kleine Katze. Das hört sich verrückt an, ich weiß …«

»Nein, überhaupt nicht. Ich finde es sogar sehr vernünftig.«

»Wirklich, ich habe keine Ahnung, was da passiert ist. Aber wenn Sie nicht da gewesen wären … wenn Sie nicht sofort in die Klinik gefahren wären. Sie hätte sterben können.«

»Glauben Sie mir, ich habe nichts getan. Sie hat sich selbst gerettet.«

Die Katze schnurrte lauter, als stimme sie ihm zu. Draußen hatte es aufgehört zu regnen. Die Nacht war ruhig.

»Wie Sie meinen«, erwiderte Lily, »aber ich muss mich trotzdem bedanken.« Sie beugte sich vor und küsste ihn zart auf die Wange. Er wich nicht zurück.

»Gern geschehen«, antwortete er und wendete sich zu ihr um. Sein Gesicht war ganz nah an ihrem, und einen verrückten Moment lang glaubte sie schon, er würde sie gleich küssen. Sie rutschte zur Seite und fummelte am Türgriff, den anderen Arm noch um die Katze gelegt.

»Ich mache das«, sagte er. »Sie halten die Katze fest. Lassen Sie sie bloß nicht los. Wir hätten den Tragekorb mitnehmen sollen …«

»Wir hatten es eilig.«

Kurz darauf öffnete er die Beifahrertür. Sie stieg aus und eilte zur Veranda. Gleichzeitig dachte sie daran, wie sie noch vor wenigen Wochen versucht hatte, die Katze aus dem Laden zu scheuchen. Und jetzt umklammerte sie ihr kleines Kätzchen, voller Angst, es zu verlieren.

Dr. Cole schloss die Tür auf. Im Laden setzte Lily die Katze auf den Boden. Das flauschige Tierchen schüttelte sich und trippelte, den Schwanz in die Luft gereckt, davon, als wäre nichts geschehen.

Dr. Cole blieb auf der Schwelle stehen. »Alles in Ordnung?«

»Bestens«, erwiderte Lily. »Es ist wirklich ein Wunder. Noch mal vielen Dank.«

»Sie können mich jederzeit anrufen, Tag und Nacht«, sagte er.

»Ich werde versuchen, Sie nicht zu wecken.«

Er betrachtete seine Schuhe. »Danke für den Anzug. Ich weiß, dass er Ihnen viel bedeutet hat. Ihrem Mann.«

Die Wörter »Ihrem Mann«, sorgten dafür, dass sich ihr Herz zusammenkrampfte. »Ich kann mich nicht für immer daran klammern«, entgegnete sie.

Er nickte. Draußen hatte sich der graue Himmel türkisfarben verfärbt, und die Dämmerung schien zu leuchten. Worauf wartete er noch? »Die Haushaltsauflösung«, bemerkte er.

»Oh, die, die ich in *The Monthly* eingekringelt hatte.«

»Ich weiß, dass Sie nicht hinfahren wollten, aber Bish freut sich schon so darauf. Ihre Mutter und ich haben uns vor einer Weile getrennt.«

»Vanya hat es mir erzählt. Das tut mir leid.«

Er zögerte und nickte wieder. »Bish hat die Sache sehr belastet. Ich habe mir überlegt, ob Sie sie nicht mitnehmen könnten.«

Also war sein Zögern dieser Bitte geschuldet. »Gut, in Ordnung. Aber sie muss um sieben hier sein, was sehr früh ist. Um zehn muss ich den Laden öffnen.«

»Sie wird begeistert sein. Vielen Dank.« Er lüpfte einen imaginären Hut und steuerte auf sein Auto zu.

Lily stand in der Tür und blickte ihm nach. Sie fühlte sich seltsam reglos, in der Zeit erstarrt wie ein in Formalin eingelegtes Insekt.

Kapitel 27

Lily

Am frühen Samstagmorgen stand Bish im kalten Nieselregen auf der Veranda. Sie trug einen blauen Parka, Jeans und Stiefel mit Zebramuster. Ihr Atem stieg in Dampfwolken auf. Sie hatte eindeutig kein Problem damit, sich von der Masse abzuheben. Lily bewunderte sie für ihre Eigenwilligkeit und Offenheit, die sich so sehr von der distanzierten und mürrischen Art ihres Vaters unterschied. Vielleicht war ihre Mutter ja auch so gewesen, in auffallende Farben gekleidet und mit einer kühnen Persönlichkeit ausgestattet. Wenn es so wäre, könnte Lily verstehen, warum Dr. Cole seine Exfrau vermisste.

»Ich ziehe nach Hawaii«, verkündete Bish und klopfte ihre Stiefel an der Fußmatte ab. »Ich habe dieses Mistwetter dermaßen satt. Kommst du mit?«

»Hawaii? Heute? Die Katze würde einsam werden.« Lily zog den Morgenmantel fester um sich und betrachtete den bewegten, zinngrauen Himmel.

»Ich habe gehört, was passiert ist«, erwiderte Bish. »Ist sie … ?«

»Es geht ihr schon viel besser.«

»Oh, gut. Du könntest sie *Miracle* nennen – Wunder.«

»Ich nehme es in die Liste der Namensvorschläge auf.«

Bish tippe auf ihre Mickymausuhr. »Und warum bist du noch nicht fertig? Die guten Sachen gehen sicher schnell weg. Du wolltest doch, dass ich früh komme!«

»Tut mir leid, ich habe verschlafen.« Lily war so wahnwitzig gewesen, am vergangenen Nachmittag einen langen und ziemlich strammen Fußmarsch zu unternehmen, und jetzt hatte sie Muskelkater. Vielleicht hatte sie die innere Anspannung abreagieren müssen.

Sie hatte von Josh geträumt. Er hatte sich real und lebendig angefühlt. Sie waren zusammen im Bett gewesen, und dann hatte sie einen Schatten in der Ecke bemerkt, der sich näherte. Verwirrt und ein wenig erregt war sie hochgeschreckt. Als sie sich mit der Hand über den Körper gestrichen war, hatte sich ihre Haut überempfindlich und prickelnd angefühlt. Sie spürte Joshs Gegenwart noch immer so stark, dass sie ihn beinahe berühren und riechen konnte. Im nächsten Augenblick war sie hellwach und fühlte sich mutterseelenallein in ihrem Zimmer. Selbst die Katze war fort, um irgendwelchen Schatten nachzujagen.

Niemand außer Josh konnte diese brennende Sehnsucht stillen, und die Erkenntnis, dass er für immer fort war und dass kein anderer Mann je in seine Fußstapfen würde treten können, erfüllte sie mit Verzweiflung. Sie hatte Mühe, wieder einzuschlafen. Doch irgendwann war sie in einen unruhigen Schlaf gefallen und erst aufgewacht, als sie ein lautes Klopfen an der Tür hörte.

Bish musterte sie finster, wobei sie ein bisschen aussah wie ihr Vater. »Lily! Was ist los mit dir?«

»Entschuldige, ich bin gleich fertig.« Als Lily zur anderen Straßenseite hinüberschaute, wurde sie von Entsetzen ergriffen. Was hatte Flo mit »Das Allerneuste« vor? Es sah aus, als sei eine Baufirma eingetroffen, um auf der Brachfläche nebenan einen Anbau zu errichten. Im Kies steckten orangefarbene Markierfahnen.

Bish folgte Lilys Blick, und ihre Miene verfinsterte sich noch mehr. »Wo glotzt du denn hin?«

»›Wir erweitern.‹ Ich lese gerade das Schild im Fenster. Sie erweitert? Hat sie denn noch nicht genug Platz? Was hat sie vor? Will sie ihre Kommissionsware in einem separaten Gebäude verkaufen?«

Bish schob die Unterlippe vor und sah Lily strafend an. »Hör. Auf. Da. Rüberzuglotzen.«

»Wie bitte?«

»Entweder gehst du dahin und stellst die Tante zur Rede, oder du hörst auf, da rüberzuglotzen.«

»Jetzt mach aber halblang, junge Frau. Ich kann hinglotzen, wo ich will.«

»Aber es belastet dich doch. Willst du, dass dein Laden läuft, oder hast du etwa vor aufzugeben?«

»Noch bin ich nicht bankrott.« Lilys Laden stand nicht unbedingt vor der Pleite. Die Geschäfte liefen sogar immer besser. Dennoch fühlte sie sich plötzlich wie eine Schwimmerin, die sich bemühte, nicht im eiskalten Meer unterzugehen.

»Dann mach weiter wie bisher«, sagte Bish.

»Was meinst du damit?«

Bish hob ihr Bein und zeigte mit der Stiefelspitze in Lilys Richtung. »Sei du selbst. So wie ich.«

»Du bist klüger, als dir guttut.« Lily lächelte. Eine verschwommene Sonne zeichnete sich am grau verhangenen Himmel ab. »Behalt das Kätzchen im Auge, während ich mich anziehe. Und könntest du sie auch füttern? Die Dosen stehen im Schrank neben der Spüle.«

»Zu Befehl, Boss.«

Zwanzig Minuten später fuhr Lily mit Bish in ihrem Toyota nach Norden zu dem inmitten von Wäldern liegenden Städtchen West Harbor. Unterwegs redete Bish die ganze Zeit über Prüfungen, den Freund ihrer besten Freundin und darüber, dass ihr Dad ihr nicht erlaubte, zum Schulball ein normales Kleid anzuziehen und vor dem siebzehnten Geburtstag den Führerschein zu machen. Lily gab zwar mitfühlende Geräusche von sich, war gedanklich aber anderswo. Was war das in ihrem Traum für ein dunkler Schatten gewesen? Offenbar der eines Mannes.

Trieb sich etwa noch jemand in ihrem Unbewussten herum? Dr. Cole? Als sie Bish ansah, konnte sie nur Ähnlichkeiten mit ihrer schönen Mutter ausmachen. Der Frau von dem Foto auf dem Schreibtisch.

Die Haushaltsauflösung fand am Ende einer von Bäumen gesäumten Sackgasse statt. Obwohl es noch nicht acht Uhr morgens war, strömten schon viele Leute ins Haus. Während Lily den Wagen parkte, betrachtete Bish das imposante hölzerne Farmhaus mit der ringsherum verlaufenden Veranda. Es stand, umgeben von Nebengebäuden, Gärten und hohen Douglastannen, auf einer idyllischen Wiese. Im Rasen steckte ein Schild mit der Aufschrift »zu verkaufen«. Im Nieselregen sah alles grau und dunstig aus. »Also sind alle tot, die hier gewohnt haben?«

»So ähnlich.« Lily berührte den Ring an ihrer Kette.

Für einen Augenblick huschte ein Schatten von Melancholie über Bishs Gesicht. »Und jetzt werden alle ihre Erinnerungen verschwinden.«

Während Lily den Schlüssel in die Handtasche steckte, wurde ihr klar, dass dies eins der Probleme war, das sich durch den Verlust von Josh ergeben hatte: Es lag von nun an allein an ihr, ihre gemeinsamen Erinnerungen zu bewahren. Sie war die Einzige, die noch wusste, wie er die Pizza, mit der belegten Seite nach unten, auf den Gehweg hatte fallen lassen oder wie er einmal mit Rasierschaum auf der Nase aus dem Haus gegangen war.

»Bestimmt wird die Familie die wichtigsten Erinnerungsstücke behalten«, erwiderte sie und zwang sich zu einem Lächeln.

Bish zog den linken Jackenärmel hoch und zeigte Lily ein dünnes Armband aus Jadeperlen an ihrem Handgelenk. »Meine Mom hat mir das geschenkt. Sie trägt auch so eins.«

»Wunderschön.« Am liebsten hätte Lily Bish umarmt, doch das Mädchen war umgeben von einer Fass-mich-nicht-an-Aura.

»Nicht so wichtig.« Bish verzog das Gesicht und krempelte den Ärmel wieder herunter.

»Falls du drüber reden willst …«

»Nein, danke. Lass uns reingehen.«

Im Haus wehte ihnen der Duft von Zedernholz und einem würzigen Duft-Potpourri entgegen. In jedem

Zimmer standen massive Möbelstücke, Geschirrteile und Lampen, die verkauft werden sollten. Die wenigen Kleidungsstücke waren entweder fadenscheinig, rochen muffig oder waren verschmutzt.

Hier und da zeugten Familienfotos von der Vergangenheit – eine zierliche Frau mit lockigem Haar und ihr kräftig gebauter Mann in Uniform, vielleicht kurz bevor er in den Krieg gezogen war. Zwei kleine Töchter. Die Töchter, als sie älter wurden. Dann die Töchter mit ihren eigenen Kindern. Der Mann und die Frau in späteren Jahren, lachend und mit dem Eiffelturm, einem Meer oder einem Wasserfall im Hintergrund. Die Erinnerungsstücke ließen Lily an verpasste Gelegenheiten denken und machten ihr Herz schwer.

Würde von ihr auch nicht mehr als das übrig bleiben, wenn sie starb? Möbelstücke, ein paar getragene Kleider und alte Fotografien? Und die Asche der Katze, die sicher vor ihr sterben würde? Nun wurde sie auch noch sentimental. Schluss damit!

»Lily, schau dir das an!« Bish deutete auf ein glitzerndes blaues Flapper-Kleid, das an einem Schrank hing. »Perfekt für den Schulball. Ist dieses Kleid alt oder so? Eine Antiquität?«

»Ich glaube, das ist ein originales Flapper-Kleid. Offenbar in ausgezeichnetem Zustand. Eine Seltenheit.«

»Ein Flapper-Kleid, hab ich's doch gleich gewusst. Cool.«

»Weißt du überhaupt, was ein Flapper-Kleid ist?«

»So was wie dieses Kleid eben. Es flattert. Deshalb heißt es so.«

Lily lachte. »Das Wort hat eine komplizierte Geschichte. Flapper war eine Bezeichnung für die Frauen, die solche Kleider trugen. Tief angesetzte Taille, ärmellos, ein bisschen ausgeflippt.«

»Genau wie ich!«

»Warum probierst du es nicht an?« Doch als Lily gerade die Hand nach dem Kleid ausstreckte, riss eine Frau es einfach vom Bügel. Sie war groß, hager und elegant und hatte einen blonden Pagenkopf. Entweder hatte sie Lily und Bish nicht bemerkt oder einfach beschlossen, sie zu ignorieren.

Bish schnappte nach Luft. Lily nahm sie am Arm und schob sie sanft weg.

Bish machte sich los. »Hast du *das* gesehen?«

»Lassen wir die Sache auf sich beruhen«, flüsterte Lily.

Bishs Lippen zitterten. »Immer, wenn ich etwas will …«

»Du wirst etwas Besseres finden.«

»Ja, schon gut.« Bish zog sich zurück und nestelte an ihrem Armband herum. Sie sah traurig aus, und Lily wurde klar, dass Bishs Mutter ja fort war und bestimmt nicht zurückkommen würde, um mit ihrer Tochter ein Ballkleid kaufen zu gehen. Und Dr. Cole hatte sicher keine Ahnung von solchen Dingen. Die arme Kleine.

Die Frau mit dem Flapper-Kleid war zum anderen Ende des Raums geschlendert. »Warte hier«, raunte Lily Bish zu. »Bleib stehen und gib mir eine Minute.«

Lily marschierte auf die Frau zu, die sich das Kleid über den Arm gelegt hatte. Was sollte sie zu ihr sagen? Sie hatte keine Ahnung.

»Ein reizendes Kleid, finden Sie nicht?«, begann Lily. *Ich klinge albern,* dachte sie.

Aus der Nähe betrachtet hatte die Frau ein jungenhaftes Gesicht. »Es ist ein Original«, erwiderte sie.

»Hoffentlich hält es auch. Seide kann einen stabilen Eindruck machen, auch wenn sie kurz vor dem Auseinanderfallen ist.« Demonstrativ studierte Lily das Preisschild. »Nicht schlecht für ein beschädigtes Stück. Dieses kleine Loch im Stoff könnte von einem winzigen Parasiten stammen, der mit der Kleidermotte verwandt ist.«

Die Frau zog die Augenbrauen hoch. »Motten?«

»Die Larven fressen Kleidung an. Auch Silberfischchen, Käfer, Küchenschaben oder Termiten ernähren sich von Stoffen, wenn sie Flecken von Lebensmitteln oder Schweiß aufweisen.« Das stimmte.

Die Frau rümpfte die Nase. »Das wusste ich nicht.«

»Die Nähte könnten auf einer Industriemaschine mit billigem, brüchigem Garn nachgebessert worden sein.«

»Danke für die Information.« Die Frau schien Anstalten zu machen, das Kleid zurückzuhängen, zögerte jedoch. Eine Ewigkeit verging. Bish beobachtete die Szene vom anderen Ende des Raums aus und schien lauschen zu wollen. Lily stellte sich vor, dass sie den Atem anhielt.

Aber dann legte die Frau sich das Kleid wieder über den Arm. »Ich werde es riskieren. Aber danke für die Warnung.« Mit diesen Worten stolzierte sie aus dem Zimmer.

Lily und Bish starrten auf die Stelle, wo sie gerade noch gestanden hatte. Mit ihr schien sämtliche Luft den

Raum verlassen zu haben. Doch dann spürte Lily plötzlich, wie eine Idee Gestalt annahm.

»Keine Sorge«, sagte sie zu Bish. »Ich habe ein Kleid, das das richtige für dich sein könnte.«

»Wirklich?« Bishs Miene erhellte sich schlagartig.

»Es hat die gleiche Farbe wie das Flapper-Kleid und war ursprünglich ein Kostüm für die Hauptdarstellerin in *Cinderella.*«

»Ein Cinderella-Kleid, echt?«

»Mein Mann hat es entworfen, aber ich könnte es ändern. Wir mildern es ein wenig ab und machen es passend. Wir könnten sogar dafür sorgen, dass es ein bisschen … sexy aussieht.«

Bishs Wangen röteten sich, und sie blickte sich vorsichtig um, als wären ihre Eltern in Hörweite. Dann senkte sie die Stimme. »Du würdest es extra für mich umarbeiten?«

»Ich versuche es, doch ich kann für nichts garantieren.«

Bish sah auf die Uhr. »Ich muss gleich zum Klavierunterricht, aber ich kann irgendwann in den Laden kommen. Morgen vielleicht?«

»Wann immer du willst.«

Auf der Rückfahrt durch den Regen lehnte Bish den Kopf ans Beifahrerfenster. Als Lily vor Bishs Zuhause, einem Holzhaus mit einem grünen Metalldach auf einem Hügel mit Blick aufs Wasser, hielt, beugte Bish sich zu ihr hinüber und umarmte sie. »Danke, dass du dich für mich eingesetzt und versucht hast, das Flapper-Kleid zurückzuholen.«

»Tut mir leid, dass es nicht geklappt hat.«

»Macht nichts.« Bish machte sich los. Ihre Miene wurde nachdenklich. Dann lächelte sie. »Du kennst dich gut mit diesen alten Sachen aus, wie eine Königin des Wissens. Ich habe so ein Gefühl, dass dein Laden Erfolg haben wird.«

Lily erwiderte das Lächeln, und die Tränen traten ihr in die Augen. »Du bist ein liebes Mädchen.«

»Ich bin nicht lieb. Sag das nie mehr wieder. Ich bin ganz furchtbar böse. Da brauchst du nur meinen Dad zu fragen.«

»Wenn du meinst.«

»Hasta mañana.« Bish stieg aus und rannte den Weg zur Tür hinauf. Eine schwarze Katze erschien auf dem Fensterbrett und schaute mit auffällig grünen Augen nach draußen. Hier also wohnte Dr. Cole. Lily hatte nicht gedacht, dass er einen so üppig grünen Garten mit Rhododendronbüschen, Lavendel und duftender Waldrebe hatte.

Als Bish die Tür öffnete, konnte Lily einen Blick auf einen Mann erhaschen, der mit nacktem Oberkörper im Flur stand. Kräftige Brustmuskeln, breite Schultern. Ihr stockte der Atem. Es war Dr. Cole. Als er ihr zuwinkte, zuckte sie zusammen. Sie winkte zurück, legte dann rasch den Rückwärtsgang ein, rangierte aus der Auffahrt und fuhr auf schnellstem Wege zu ihrem sicheren, gemütlichen Laden.

Kapitel 28

Kitty

Als Lily wieder im Laden ist, packt sie zuerst die Tüten mit den Sachen aus, die sie bei der Haushaltsauflösung gekauft hat. Dann durchsucht sie die Kleider. Dabei redet sie die ganze Zeit mit mir.

»Was ziehen Jugendliche heutzutage an?«, fragt sie mich. »Und sag jetzt nicht briefmarkengroße Minikleidchen, denn dann bringt Bishs Dad mich um.«

Ich folge ihr und lausche mit Engelsgeduld.

»Er sah ganz anders aus als sonst«, murmelt sie, nimmt ein schwarzes Glitzerkleid und hängt es wieder weg. »Glaubst du, er hat trainiert? Ich meine, warum sollte er sonst ohne Hemd an die Tür kommen?«

Ich habe keine Ahnung, was sie meint. So wie immer.

Endlich entscheidet sie sich für ein aufgeplustertes Kleid, ein glänzendes blaues Ding mit breiten Falten. Mir juckt es in den Pfoten, daran hinaufzuklettern. »Perfekt«, sagt sie, und am nächsten Morgen erscheint Bish, um das Monstrum anzuprobieren.

»So habe ich mir die Änderungen vorgestellt.« Lily zeigt Bish ein paar auf Papier gekritzelte Zeichen.

»So ein Kleid hat sonst niemand«, begeistert sich Bish. »Alle werden beeindruckt sein.«

Lily zupft an dem lockeren Stoff unter der Achsel. »Hier muss man es ein gutes Stück einnähen.«

»Könntest du das Kleid auch kürzer machen?« Bish zieht den Saum hoch zu den Knien. »Bis zum Oberschenkel oder so?«

»So kurz möchtest du es gar nicht haben.«

»Aber alle tragen Minis. Ich kann es dir auf Facebook zeigen. Und enger?«

»Wegen der Länge musst du deinen Vater fragen. Und zu eng darf es auch nicht sein.

Bish schiebt sich eine Haarsträhne hinters Ohr. Das Kleid lässt ihr Gesicht noch zarter, ja, beinahe zerbrechlich erscheinen. Ich schlage mit der Pfote nach dem Saum und blinzle sie an.

»Du bist ja so süß, Kitty! Siehst du, sie will es auch kürzer haben.«

Ich will einfach nur an dem Kleid hochklettern. Wenn ich könnte, würde ich mich auf ihren Kopf setzen.

»Ich mache das Kleid keinen Zentimeter kürzer«, entgegnet Lily. »Dein Dad würde mich ermorden, und ich möchte nicht, dass er sauer auf mich wird.« Sie wirft einen Blick auf die männliche Statue.

»Mein Dad ist sowieso immer sauer. Er will eigentlich gar nicht, dass ich zu dem Ball gehe. Dauernd soll ich bloß büffeln. Er ist eine richtige Spaßbremse.«

»So schlimm ist er ganz bestimmt nicht. Er will dich nur beschützen.«

»Er ist die böse Version von Shrek. Ein richtiges Ungeheuer. Ich haue ab von hier, sobald ich kann. Auf dieser Insel hier bleibe ich nur über meine Leiche.«

»Warum? Es ist doch schön hier.«

»Und langweilig.« Bish schiebt in einer Schmollgrimasse die Unterlippe vor.

Lily betrachtet die Baustelle auf der anderen Straßenseite. Die Arbeiten an dem neuen Anbau haben begonnen. Dann dreht sie sich wieder zu Bish um. »Wo möchtest du denn lieber wohnen? Hast du dich schon für einen Studienplatz beworben?«

»Das hätte mein Dad gern. Aber ich werde mir ein Jahr freinehmen und mit meiner Mom reisen. Frankreich, Italien, Deutschland, die griechischen Inseln.«

Schon wieder ein junger Mensch, der in einer Traumwelt lebt.

Ein seltsamer Ausdruck huscht über Lilys Gesicht. »Wenn du ein wenig Abstand gewinnst, kommst du vielleicht darauf, was du aus deinem Leben machen willst.«

»Hast du dir damals freigenommen?« Bish betrachtet Lily im Spiegel. »Oder bist du sofort ans College?«

College, Universität, Schule, Beruf – für mich alles Wörter ohne Bedeutung, doch Menschen finden sie offenbar wichtig.

»Ich bin sofort ans College«, erwidert Lily. »Während des Studiums habe ich weitergearbeitet, und dann habe ich Josh kennengelernt. Ich habe angefangen, seine Firma zu leiten, und es hat prima geklappt.«

»Wo hast du ihn denn getroffen?« Bish nestelt an der Taille des Kleides herum.

»Im Buchladen City Lights in San Francisco. Ich war mit einer Freundin bei einer Dichterlesung, und Josh war auch da. Wir haben einander angesehen, und er hat eine Bemerkung über meine Halskette gemacht. Er wusste, dass es ein antikes Stück von Chanel war.«

Was für eine komplizierte Methode, einen Partner zu finden. Bei uns Katzen kommt man ziemlich schnell zur Sache – und verabschiedet sich genauso schnell wieder.

»Also war es Liebe auf den ersten Blick?«

Lily bekommt wieder diesen entrückten, abwesenden Gesichtsausdruck. »Wahrscheinlich schon.«

»Und du hast keinen Abschluss gemacht?«

»Nein, aber du machst einen, okay?«

»Warum? Ich will mich verlieben.«

»Du kannst doch beides tun. Nimm ein Jahr frei, geh danach ans College, mach deinen Abschluss und dann verlieb dich.«

»Wenn meine Mom das nächste Mal zurückkommt, nimmt sie mich mit.«

Oh Kindchen, hör doch auf zu träumen!

»Wann kommt sie denn zurück?«

»Irgendwann. Woher soll ich das wissen?« Bish streckt den rechten Fuß aus. Ich kann nicht anders, als nach ihrer weißen Stricksocke zu schlagen. »Kitty, nein! Ich brauche Nylonstrümpfe und hohe Absätze, vielleicht sieben Zentimeter.«

»Sieben Zentimeter! Ist das nicht ein bisschen hoch? Du wirst aussehen wie eine …«

»Ich kann in Pumps gehen. Das hat meine Mom mir beigebracht. Wenn wir Verkleiden gespielt haben.«

»Könnten die Absätze nicht ein bisschen flacher sein?«

»Das ist das tollste Kleid, das ich je hatte«, sagt Bish

und lächelt ihr Spiegelbild an. »Aber ich brauche Pumps.«

»Du brauchst Glitzerballerinas. Ich halte die Augen offen.«

»Meine Mom hat mir ein Paar Glitzerballerinas geschenkt, als ich noch jung war«, erwidert Bish. Ich spüre eine Leere in ihr. Ihr Blick wird geistesabwesend. Was sehen Menschen, wenn sie so in die Ferne starren?

»Du bist noch jung«, wirft Lily ein.

»Aber ich fühle mich echt alt.«

Als Bish in die Umkleidekabine geht, höre ich, wie ihr Herzschlag sich damit abmüht, den Schmerz zurückzudrängen. Im nächsten Moment kommt der Tierarzt mit einem klappernden Schlüsselbund herein, und Lilys Herz gerät wieder außer Rand und Band.

»Dr. Cole!«, sagt sie. »Ihre Jacke ist noch nicht ganz fertig.«

»Ich wollte Bish abholen …«

»Sie zieht sich gerade um.«

Er nickt. »Und ich wollte Sie fragen, ob Sie Lust haben, irgendwann abends einen Happen mit mir zu essen.«

»Happen essen?« Sie weicht zurück, als hätte sie ein schwerer Gegenstand getroffen.

»Ja, ein Abendessen.« Er steckt die Hände in die Taschen.

»Äh …«

»Ich könnte Ihnen die Insel zeigen. Am nächsten Samstag vielleicht?«

»Mir die Insel zeigen?«

Warum wiederholt sie denn bloß alles, was er sagt?

»Falls Sie natürlich zu beschäftigt …«

»Nein, nein! Ich habe nur überlegt, wann ich Zeit habe.« Wieder schaut sie an ihm vorbei über die Straße.

»Also passt Ihnen Samstag?«

»Ja, Samstag.«

»Sehr gut. Dann hole ich Sie gegen elf ab.«

Sie nickt und wirkt immer noch wie benommen, als Bish, wieder in ihren bunt gestreiften Sachen aus der Kabine kommt. »Dad! Weißt du was? Lily hat mir gerade das tollste Kleid für den Schulball gezeigt. Es ist ein Cinderella-Kleid und absolut traumhaft. Es ist das allerbeste Kleid in der Geschichte des gesamten Universums.«

Kapitel 29

Lily

Worauf um alles in der Welt hatte sie sich da gerade eingelassen? Ausgehen mit Dr. Ben Cole, dem übellaunigen Vater von Bish, einem verlassenen Scheidungsopfer, das noch immer seiner Exfrau nachtrauerte? Allerdings wusste Lily, dass sie es selbst herausgefordert hatte. *Sie* hatte ihn immerhin gebeten, in den Laden zu kommen, um eine Jacke anzuprobieren. *Sie* hatte Bish das Cinderella-Kleid angeboten. Aber er war so direkt und deutlich gewesen. Fühlte er sich von ihr angezogen? Oder hatte er Mitleid mit ihr? War ihm einfach nur langweilig? Oder war er auf der Suche nach einer neuen Eroberung?

Die Katze im Schlepptau, ging sie nach oben und durchsuchte die Kleidung in ihren Kommodenschubladen. Dann probierte sie verschiedene Blusen, Pullis, Hosen und Röcke an und sortierte die Sachen zu zwei Haufen, die sie auf ihr Bett warf. »*Vielleicht* und *Nein*«, verkündete sie, wobei sie erst auf den einen, dann auf den anderen Haufen zeigte.

Die Katze kletterte auf den *Vielleicht*-Haufen, doch Lily hob sie hoch und setzte sie auf die Überdecke. Prompt kletterte sie auf den *Nein*-Haufen, worauf Lily es aufgab, sie zu verscheuchen.

»Was mache ich da?«, fragte sie.

Die Katze blinzelte sie an.

»Ich bin am Ende. Ich weiß nicht mehr, wie man zu einem Date geht. Und ich will auch gar nicht zu einem Date!« Sie beugte sich über die Frisierkommode und betrachtete ihr Gesicht im Spiegel. Eine abgemagerte Fremde mit großen, ein wenig zu weit auseinanderstehenden Augen und Krähenfüßen blickte ihr mit einem leicht verängstigten und eingeschüchterten Ausdruck entgegen.

»Verdammt, Josh, ich will nicht mit anderen Männern ausgehen. Zwing mich nicht, mich … wieder ins Getümmel zu werfen. Mich schick zu machen, mir die Haare zu richten, darüber nachzudenken, wie jemand mein Aussehen findet.« Sie erinnerte sich an die Abende, die sie sich im Pyjama vor dem Fernseher aneinandergekuschelt hatten, um sich *Masterpiece Mystery* anzuschauen. Sie und Josh waren sich so nah gewesen. Keine Geheimnisse, keine verschlossenen Türen.

»So ungezwungen werde ich mich nie mehr mit jemandem fühlen. Das dauert viel zu lang. Und trotzdem bin ich jetzt wieder im Dating-Modus, obwohl ich das nie wieder wollte. Oh nein, kein Date! Ein Ausflug. Aber mit Abendessen. Was meinst du? Irgendwann muss ich es doch wieder in Angriff nehmen, oder?

Die Katze blinzelte ihr zu und schnurrte.

»Ich sehe zum Fürchten aus. Nein, so schlimm ist es nicht, ich habe ein gut geschnittenes Gesicht, oder?«

Noch mehr Schnurren.

»Ich muss mich schminken. Aber das Zeug in den Behältern ist alles alt und eingetrocknet.« Sie kramte in der obersten Schublade, förderte eine Tube mit Grundierung zutage und trug dann mit einem Pinsel Glitzerpuder auf. Der Puder zerbröckelte. »Das Zeug ist einfach zu alt. Wie sehe ich aus? Wird er es überhaupt bemerken? Will ich das eigentlich?« Sie konnte sich nicht vorstellen, in die Kosmetikabteilung eines Kaufhauses zu gehen und neue Schminksachen zu kaufen. Wahrscheinlich sollte sie sich auch mehr Mühe geben, in ihrem Laden nett auszusehen. Vielleicht wirkte sie ja zu streng, doch andererseits wollte sie ja nicht sich selbst verkaufen, sondern Kleider.

Aber sie wollte doch auch attraktiv sein, oder? Auch wenn sie niemals eine Beziehung mit Dr. Cole eingehen würde? Schließlich handelte es sich nur um einen Ausflug zweier guter Bekannter. Und trotzdem. Er hatte sicher einen Grund gehabt, sie zu fragen.

Sie legte die Schminksachen zurück in die Schublade und betrachtete die beiden Kleiderhaufen. Wann hatte sie aufgehört, sich dafür zu interessieren, was sie anzog, obwohl sie den Tag in einem Laden voller wunderschöner Designklassiker verbrachte? Sie konnte auch etwas aus dem Laden anziehen. Genau, das würde sie tun.

»Ich fühle mich wie ein Teenie. Albern und mit Schmetterlingen im Bauch. Was würde Josh von mir denken?« Plötzlich spürte sie einen kalten Lufthauch und hatte das Gefühl, dass es dunkler wurde. War Josh hier bei ihr? Ahnte er, wie verwirrt und aufgeregt sie war? Dass sich etwas in ihr verändert hatte?

Die Katze schaute zu der Stelle hinauf, wo Wand und

Decke sich trafen. Lily folgte ihrem Blick. »Was siehst du denn? Da ist nichts.« Falls Josh wirklich hier war und von ihrem Date wusste, ließ er sich nichts anmerken. Nichts bewegte sich im Raum, und Lily hörte nur das Schnurren der Katze und das Klopfen ihres eigenen Herzens.

Kapitel 30

Lily

Am Samstagmorgen zog Lily einen malvenfarbenen Rollkragenpulli, Jeans, dicke Socken und Turnschuhe an – nichts Elegantes für einen spätherbstlichen Ausflug mit Dr. Cole auf einer windumtosten Insel. Sie war kaum fertig, als sie ein Klopfen an der Hintertür hörte.

Die Katze sprang vom Bett und rannte durch die Küche, als hätte sie auf ihn gewartet. Als er, mit winddichter Jacke, Wanderhose und wasserfesten Stiefeln regentauglich angezogen, in den Vorraum trat, musste Lily plötzlich daran denken, wie sie ihn ohne Hemd an der Tür gesehen hatte. Merkte er ihr an, was in ihr vorging?

Er zwinkerte der Katze zu, streichelte sie und grinste Lily dann an. »Bereit für eine Inseltour?«

»Alles bestens.«

»Dann wollen wir vorher noch etwas klarstellen«, sagte er stirnrunzelnd.

Oh. »Ja?«

»Schluss mit diesem Dr.-Cole-Getue. Ich heiße Ben und möchte, dass wir uns duzen.«

»Ben. Okay. Der Name gefällt mir.«

»Du hast auch keine andere Wahl. So heiße ich eben.«

»Ich heiße Lily.«

»Schöner Name. Du erinnerst mich an eine Blume.«

»Danke.« Sie errötete.

Er hatte eine schlichte und direkte Ausdrucksweise. Kein Kerzenschein, keine Romantik, aber sie stellte fest, dass seine Worte ihr Herz erreichten.

Sie griff nach ihrer Handtasche. Dann zogen sie ihre Kapuzen hoch und rannten durch den Regen zum Auto. Er hatte aufgeräumt. Das Bibliotheksbuch und die Papiere waren verschwunden. Das war ihr sympathisch.

Er fuhr durch die Innenstadt zu einer abgelegenen Bucht, von deren Existenz sie nichts geahnt hatte. Die Bucht war nicht weit entfernt von der Stadt und mit dem Auto leicht zu erreichen. Der Strand war von Treibholz, Gesteinsbrocken, Muscheln und Rankenfußkrebsen übersät. Die Luft roch nach Meerwasser und Seetang.

»Bish und ich nennen ihn unseren Geheimstrand«, sagte er. »Er hat sicher auch einen Namen, aber den habe ich vergessen.«

»Danke, dass du ihn mir zeigst. Es ist wunderschön hier!«

Sie gingen einen schmalen Pfad hinunter zu einer ebenen Sandfläche, wo Ben über das Wasser hinweg auf einige Lichter in der Ferne zeigte. »Seattle scheint so weit weg zu sein. Wie eine Fata Morgana.«

Sie hielt sich schützend die Hand vor Augen. Der Wind zauste an ihrem Haar. »Ich hätte nicht gedacht, dass bei diesem Seegang so viele Boote draußen sind.«

»Die Schnellboote sind immer unterwegs, während man an einem Tag wie diesem nur wenige Segelboote sieht. Dafür aber Seeadler.« Er wies auf die Klippe hinter sich, wo sich Erdbeerbäume und Kiefern zum Meer hin neigten und sich mit ihren knorrigen Wurzeln an die Felswand klammerten. Ein Adler ließ sich von der Thermik nach oben tragen und stieß einen schrillen Schrei aus.

»Da oben ist ein Nest.« Ben deutete auf eine hohe Föhre. »Ich habe dort vier oder fünf Adler kreisen sehen. Da ist noch einer, und da noch einer.«

Drei Weißkopfseeadler mit einer gewaltigen Flügelspannweite schwebten hoch in der Luft. Ben und Lily folgten ihnen über den Strand und schlängelten sich zwischen Steinen, Muscheln, Rankenfußkrebsen und Seetang durch.

»Vorsicht«, sagte er, als sie sich einer Bootsrampe aus Beton näherten. »Du wärst beinahe auf einen Fisch getreten.«

Lily schaute nach unten und machte einen Satz rückwärts. Auf der Rampe lagen einige große Fischköpfe, einige noch mit der Wirbelsäule daran. Inzwischen konnte sie sie auch riechen. Josh hatte Fischgeruch gehasst und hätte bei diesem Gestank vermutlich zu würgen angefangen. Doch Ben zuckte nicht mit der Wimper. Wie Lily annahm, war er üble Gerüche von Berufs wegen gewöhnt. »Das wäre ein Paradies für die Katze«, sagte sie. »Überall Fisch. Was ist hier passiert?«

»Ein Festmahl für die Seehunde wahrscheinlich.« Er zeigte auf weitere kleine Kadaver im Sand und dann auf einen runden, dunklen Panzer mit stacheligen Auswüchsen. »Ein Seeigel. Man sieht nur selten welche mit intaktem Panzer.«

»Sie machen einen so zerbrechlichen Eindruck.«

»Im Wasser sind die Stacheln ein guter Schutz. Aber wenn sie aus ihrer natürlichen Umgebung geholt und an den Strand geworfen werden, sind sie hilflos.«

»Ich werde mich bemühen, nicht draufzutreten«

»Als Bish klein war, hatte sie Angst vor ihnen. Sie hat sich nicht einmal getraut, im Wasser herumzuwaten.«

Lily stellte sich Bish als Baby und dann als Kleinkind vor, und ein schmerzhafter Stich durchfuhr sie, als sie sich der verpassten Gelegenheit bewusst wurde. Die Seele des Babys, das Josh und sie gemeinsam hätten haben können, würde für immer in der Ursuppe treiben, im Land des Was-wäre-wenn.

»Alles in Ordnung?« Ben musterte sie mit besorgtem Blick.

»Bestens. Ich habe nur nachgedacht ... Bish ist ein ungewöhnlicher Name. Sie hat gesagt, es sei keine Abkürzung ...«

»Ist es doch. Und zwar für Bichon Frisé.«

Sie konnte sich ein Grinsen nicht verkneifen. »Soll das ein Scherz sein? Ihr habt eure Tochter nach einer kleinen, wuscheligen, weißen Hunderasse benannt?«

Er lachte und schüttelte den Kopf, als könne er es auch nicht ganz glauben. »Das war Altonas Idee. Sie wollte alle unsere Kinder nach Hunderassen benennen. Allerdings haben wir es nur zu einem gebracht. Kannst du dir vorstellen, einem Kind den Namen Wolfsspitz, Mops oder Beagle zu geben?«

»Oder Corgi oder Rottweiler?«

»Abkürzung Rotty?«

Sie mussten lachen. »Und wie geht es Bish damit? Lass

mich raten. Sie sagt allen, Bish sei ihr voller Name, so wie sie es bei mir gemacht hat.«

»Ich habe sie gefragt, ob sie ihren Namen offiziell ändern möchte, doch sie hat sich geweigert. Vielleicht tut sie es ja, wenn sie älter ist. Was hätte ich machen sollen? Ich habe Altona geliebt und nachgegeben.«

»Das war bei mir und meinem Mann genauso. Ich habe auch immer nachgegeben. Nicht dass er mich herumkommandiert hätte. Wenn ich etwas von ihm wollte, hat er mir immer gern den Gefallen getan. Es war nur so, dass ich meistens keine klare Meinung hatte.«

»Wolltet ihr Kinder?«

»Von Anfang an.«

»Kanntet ihr euch schon seit der Highschool?«

»Wir sind uns während der College-Zeit begegnet. Und was ist mit dir und deiner Frau? Oder besser Exfrau.«

Er zog gegen den kalten Wind seine Schultern hoch. »Ich kenne sie seit der zweiten Klasse. Wir haben beide die Grundschule in Fairport besucht. Aber sie war schon damals ein Unruhegeist. Das wusste ich.« Ein Muskel zuckte in seinem Kiefer. »Als sie das Jobangebot ihres Lebens bekam, war es uns beiden klar.«

»Sie hat sich entschlossen zu reisen.«

»Internationale Firmen-Eventplanerin, das ist jetzt ihre offizielle Berufsbezeichnung. Als sich ihr die große Chance bot, musste sie zugreifen. Sie ging fort, und ich blieb, um Bish ein sicheres Zuhause zu bieten.«

»Das tut mir leid. Das war sicher sehr schwer für sie.«

»Es war das Schlimmste, was mir je passiert ist. Gut,

abgesehen vom Tod meines Vaters und dem Tag, als ich zehn war und mein Goldfisch plötzlich mit dem Bauch nach oben schwamm.« Er warf einen flachen Stein so in die Wellen, dass er viermal aufschlug, bevor er unterging.

»Für mich war Joshs Tod das Allerschlimmste.«

»Das verstehe ich. Darf ich fragen, woran er gestorben ist?«

»Ein Autounfall.« Wie einfach es war, dieses kurze Wort auszuprechen, während die Erinnerungen aus einem zerbrochenen Mosaik vieler schwarzer Momente bestanden. Die unendlich lange Fahrt in die Unfallklinik, die ewige Warterei, der Arzt mit ernster Miene, der sie an den anderen Patienten vorbeiführte. Das Blut auf dem Boden, und Josh, der so reglos und kalt dalag, ein Laken bis zum Kinn hochgezogen. Und dennoch war es gewesen, als sähen seine halb offenen Augen sie an. Und was war dann geschehen? Offenbar war sie zusammengebrochen. Jemand hielt sie unter den Achseln fest. Jemand brachte ihr Wasser. Leute redeten mit ihr, doch sie legte nur schluchzend den Kopf auf Joshs Brust. Wie unwirklich war es gewesen, seinen Herzschlag nicht zu hören.

»Das tut mir leid«, sagte Ben.

»Danke.« Sie konnte nicht verhindern, dass ihr die Tränen kamen, und ihr wurde klar, wie viele Monate sie es sich nicht mehr gestattet hatte zu weinen.

»Entschuldige, dass ich es angesprochen habe«, fügte er hinzu und reichte ihr ein zerknittertes Taschentuch, das er aus seiner Tasche gezogen hatte.

»Nein, schon in Ordnung. Aber es ist mir jetzt ein bisschen peinlich.«

»Hey, ich sehe in der Klinik dauernd weinende Menschen. Gut, nicht dauernd. Oft sind sie auch froh.«

Sie lachte trotz ihrer Tränen. »Da bin ich sicher.«

»Ich weine auch ab und zu.«

»Du? Unmöglich!«

»Ob du es glaubst oder nicht. Ich habe geweint, als Altona ging. Und manchmal weine ich immer noch, sogar wegen Kleinigkeiten.«

»Ich vermisse auch immer noch die Kleinigkeiten an Josh«, erwiderte sie und schniefte in das zerknüllte Papiertaschentuch. »Er hat mir Nachrichten auf Zetteln hinterlassen. ›Kaffee für dich, mein Liebling‹, hat er geschrieben und den Zettel neben die Kaffeemaschine gelegt. Oder neben meine Zahnbürste im Bad: ›Ich denke an dich.‹ Ich habe alle Zettel in einem Holzkästchen aufbewahrt. Und nach seinem Tod habe ich sie herausgeholt und überall dort verteilt, wo er sie mir hinterlassen hatte, so als wäre er noch am Leben.«

Ben warf wieder einen Stein ins Wasser, der jedoch sofort versank. »Als Altona ihre Sachen gepackt hat, habe ich einen ihrer Pullover versteckt. Einen abgetragenen Wollpulli, der schon fast auseinanderfiel. Sie hat ihn nur noch zu Hause getragen, und ich dachte, sie würde ihn nicht vermissen. Und nachts habe ich ihn neben mich aufs Kissen gelegt und daran geschnuppert.«

»Ich hatte Joshs Hemd unter dem Kopfkissen. Manchmal tue ich es immer noch. Viele seiner Sachen habe ich verkauft, doch ein paar habe ich auch behalten, die, die nach ihm rochen. Ich habe seine Schuhe und Hemden noch im Wandschrank.«

»Ich wollte Altona auch riechen. Doch dann kam sie zurück, um den Pulli zu suchen.«

»Sie ist wirklich deshalb zurückgekommen?«

»Ja, und ich habe ihn ihr gegeben. Ich habe behauptet, er sei hinter den Trockner gerutscht. Verrückt.«

»Wahrscheinlich tun wir alle verrückte Dinge, wenn wir jemanden verlieren. In einer Selbsthilfegruppe habe ich eine Witwe kennengelernt, die sich überall im Haus auf Schiefertafeln Notizen gemacht hat. Sie hat aufgeschrieben, was sie dachte, wie es sich anfühlte, als Witwe zu leben, allein zu sein.«

»Und wie fühlt es sich an?« Er musterte sie mit aufrichtiger Neugier. Diese Offenheit war eine Seite, die sie an ihm mochte. Vielleicht waren Bish und er sich ja ähnlicher, als sie gedacht hatte.

Wie fühlte es sich an? Diese Frage hatte ihr noch nie jemand gestellt. Stattdessen hielten sie ihr Vorträge darüber, was sie zu fühlen hatte, versuchten, sie zu beschwichtigen, oder gaben ihr Anweisungen für ihr zukünftiges Leben. »Es ist, als wäre mir eine Hälfte von mir entrissen worden. Mehr als die Hälfte. Mein Herz, meine sämtlichen Eingeweide, meine Gliedmaßen.«

»Das tut mir leid. Hört sich scheußlich an.«

»Ja, das beschreibt es ziemlich gut. Und was ist mit dir? Und mit Bish? Für sie muss es auch scheußlich gewesen sein, als ihre Mom ging.«

»Bish tut sehr erwachsen – so, als sei sie darüber hinweg. Sie weiß, dass ihre Mom sich nicht zur Mutter eignet. Altona wusste es auch. Aber ein Mädchen braucht seine Mutter.«

»Sie hat überhaupt keinen Kontakt zu Altona?«

»Verdammt, Altona hat sogar vergessen, die Kleine an ihrem Geburtstag anzurufen. Am nächsten Tag hat sie sich gemeldet und sagte, sie sei unterwegs gewesen und habe keinen Empfang gehabt. Bish hat beschlossen, ihr nicht zu glauben. Altona hat sich entschuldigt, und Bish hat getan, als hätte sie ihr verziehen. Was blieb ihr anderes übrig?«

»Die arme Kleine.«

»Sie mag dich, und sie ist ganz begeistert von dem Kleid. Noch nie hat jemand so etwas für sie getan; ein Kleidungsstück für sie maßgeschneidert.«

»Es ist mir ein Vergnügen. Allerdings kann ich für nichts garantieren.«

»Du machst das sicher ganz toll.«

»Danke, aber die Jury hat noch nichts entschieden.«

»Nein, ich meine es ernst. Du *bist* toll.«

»Du bist auch nicht gerade ein Unsympath.«

Sie verfielen in Schweigen und lauschten dem Wind, der Brandung und den Schreien der Möwen. Wie hatte Bishs Mutter ihre Familie im Stich lassen können? Wie brachte sie es fertig, sich so aus dem Leben ihrer Tochter auszuklinken?

In der Ferne trieb ein Schwarm Kormorane auf den Wellen. Die feuchtkalte Luft holte Lily in die Wirklichkeit zurück und versetzte sie in Alarmbereitschaft. Als der Himmel sich verdunkelte, rannten sie zurück zum Auto – gerade noch rechtzeitig, bevor der Nieselregen in einen Wolkenbruch überging.

»Ich habe noch eine Idee, wo wir jetzt hinfahren können«, sagte Ben, die nassen Hände am Lenkrad. »Ein Ort auf dieser Insel, den man gesehen haben muss. Außerdem ist es drinnen.«

»Gut, wenn es drinnen ist, bin ich mit allem einverstanden.«

Er fuhr eine Landstraße entlang, die durch sanft geschwungene Hügel und Ackerland und vorbei an alten viktorianischen Farmhäusern führte. Die offene, freie, idyllische Landschaft tröstete Lilys Seele, sodass sie wieder frei atmen konnte.

Ben parkte den Pick-up auf einem mit Gras bewachsenen Hügel mit Blick aufs Meer. »Es hat gerade aufgehört zu regnen. Wir sollten uns beeilen.«

»Wohin gehen wir?«, erkundigte sie sich auf dem Weg über eine Wiese. Aus dem Dunst tauchte ein weißes Gebäude auf. Das silbrige Licht brach sich im Glas seiner geschwungenen Fenster, und ein weißer Turm ragte in die Wolken hinauf.

»Ein Leuchtturm!«, rief sie aus.

»Ich wollte dir den Leuchtturm zeigen. Man muss eine Wendeltreppe aus Eisen hinaufsteigen, aber oben ist die Aussicht sensationell.«

Sie nickte und schluckte den Kloß in ihrer Kehle hinunter. Als sie mit Ben durch das nasse Gras und den Regen lief, wollte sie unbedingt mit ihm auf diesen Turm steigen. Aber wie sollte sie ihm eröffnen, dass sie an Höhenangst litt und vermutlich schon auf der zweiten Stufe der Wendeltreppe vor Angst erstarren würde?

Kapitel 31

Lily

Inzwischen wird der Leuchtturm von Freiwilligen betrieben«, erklärte Ben und wurde langsamer, damit Lily ihn einholen konnte. »Die Öffnungszeiten sind beschränkt, aber ich kenne Leute, die hier arbeiten, und habe einen Freund gebeten, herzukommen und uns aufzuschließen.«

»Mann, du hast das alles geplant?«

»Es war nur ein Anruf nötig.« Er führte sie die Stufen hinauf in den Leuchtturm, wo es nach altem Holz und Staub roch. »Das ist einer der wenigen noch existierenden gemauerten Leuchttürme im Nordwesten. Die modernen bestehen meistens aus Beton. Das Original war aus Holz gebaut, wurde aber schon vor langer Zeit abgerissen.«

»Ich wusste nicht einmal, dass es ihn gibt«, bemerkte Lily und folgte ihm in den Hauptraum des winzigen Museums. In der Mitte des Raums stand eine alte Laterne in ihrer Glashülle. »Die Originallaterne ist verschwunden«, sagte Ben. »Niemand weiß, wo sie abgeblieben ist. Doch die hier wurde benutzt, als noch Segelschiffe durch die Meerenge kamen, um für die Fahrt nach Süden Wind aufzunehmen.«

»Wie nimmt man Wind auf? Beschleunigt das Segelboot hier und fährt dann, angetrieben von dem in den Segeln gefangenen Wind, weiter nach Süden?«

»Gute Frage. Keine Ahnung.« Er lächelte sie an. Im Gebälk heulte der Wind. »Hallo, Dirk?«, rief er.

Ein grauhaariger Mann mit gesunder Gesichtsfarbe erschien. Er wirkte sportlich und trug Fleecebekleidung. »Souvenirladen« stand auf dem Schild über der Tür des kleinen Raums, aus dem er kam. »Hey, Ben, schön, dich zu sehen.«

Die Männer schüttelten einander die Hand. »Das ist Lily«, sagte Ben. »Sie ist neu auf der Insel. Ich führe sie herum. So betrachte ich meine Heimat mit neuen Augen.«

»Da hast du recht.« Dirk schüttelte auch Lily die Hand. Seine Finger waren kräftig und warm, und sie fühlte sich, als sei sie gerade in einen Geheimbund aufgenommen worden. »Sie können öfter was mit ihm unternehmen, wenn das Ergebnis ist, dass er dann alte Freunde besucht. Man möchte meinen, dass man sich auf einer kleinen Insel wie dieser ständig über den Weg läuft, aber Ben verkriecht sich in seiner Klinik.«

»Von irgendwas muss ich ja leben«, protestierte Ben.

»Schon verstanden. Man hat uns gerade die staatlichen Mittel gestrichen. Jetzt sind wir auf ehrenamtliche Helfer angewiesen.«

»Mann, das ist hart.«

»Ja, aber was soll's. Moderne Zeiten eben.« Dirk wies nach oben. »Der Turm ist offen. Nur zu.«

»Danke, dass du für uns aufgeschlossen hast.«

»Ich muss sowieso noch Papierkram erledigen. Gebt mir Bescheid, wenn ihr etwas braucht.« Während Dirk wieder im Souvenirladen verschwand, bedeutete Ben Lily, ihm in den Vorraum und eine steile Wendeltreppe aus Eisen hinauf zu folgen. Nun gab es kein Zurück mehr, immerhin war Dirk offenbar eigens hergekommen, um den Turm für sie zu öffnen.

Lilys Hände wurden feucht, und ihr Herz schlug schneller. Ben ging voraus, drehte sich um und streckte die Hand aus. »Die Treppe ist ziemlich steil.«

»Ich schaffe das.« Sie umklammerte das Geländer und schaute nicht nach unten, während sie eine schmale Stufe nach der anderen hinaufstieg. Wie peinlich wäre es gewesen, jetzt vor Angst zu erstarren. Doch auf der fünften Stufe musste sie sich setzen.

»Was ist los?«, fragte Ben.

Sie sah ihn an. Ihre Knie waren weich wie Gelee. »Mir ist schwindelig.«

Er kehrte zurück und nahm ihre Hand. »Ich helfe dir.«

Sie versuchte noch zwei Stufen, musste sich aber wieder setzen. »Es tut mir echt leid. Ich komme mir so dämlich vor. Es sind die Stufen. Man kann bis nach unten durchschauen …«

Noch ehe sie ausgesprochen hatte, hob Ben sie mit einer blitzschnellen Bewegung in seine Arme, trug sie die letzten Stufen hinauf und stellte sie keuchend oben ab.

»Mann!«, rief sie aus und hielt sich im Lampenraum am Geländer fest. »Danke. Mit so viel Service habe ich wirklich nicht gerechnet.«

»Ist alles in Ordnung?« Ben zog die Augenbrauen

zusammen. »Du bisst ein bisschen blass um die Nase.«

»Wunderbar. Es ist toll hier. Danke.« Sie hatte gar nicht geahnt, dass er so stark war. Als sie sich neben ihn ans Fenster stellte, durchfuhr sie ein kleiner Schauder.

»Das Blinklicht war für die Schiffe von früher wichtig, für diejenigen, die mit Segeln, nicht mit Dampf, angetrieben wurden. Nicht deshalb, weil diese Gewässer gefährlich wären, sondern um sie südlich in die Meerenge zu leiten. An der Westseite der Insel herrscht eine ziemlich starke Strömung.

Links von ihnen am Ufer erstreckte sich eine Reihe quadratischer Betongebäude, die an eine Befestigungsanlage erinnerten. »Was ist das?«, fragte sie und zeigte mit dem Finger darauf. »Die sehen aus wie aus einem Science-Fiction-Film.«

»Dort war früher unser geheimer Militärstützpunkt, ein Ausguckposten. Siehst du die schwarze Kanone da?«

»Ist das eine echte Kanone?«

»Damit wurde unsere Küste verteidigt. Inzwischen ist alles stillgelegt. Die Jugendlichen klettern gerne dort herum. Doch es ist ziemlich steil da, und überall gibt es Schilder mit der Aufschrift ›Ein Sturz kann tödliche Folgen haben‹.«

»Richtig.« Und zwar in mehr als einer Hinsicht. Obwohl ihr allmählich kalt wurde, hatte sie das Gefühl, für immer hier neben Ben stehen und die stürmische Küste betrachten zu können. »Und was ist das Braune da unten im Gras?«

»Das ist eines der vielen Kaninchen, die wir auf der Insel haben. Es gab zwar Versuche, sie einzufangen und zu kastrieren, aber wir erwischen sie einfach nicht alle. Das da muss ein Wildkaninchen sein.«

»Es ist riesig.«

»Sie werden hier recht groß. Ein Jammer, dass Miss Marmalade nicht hier ist, um sie zu jagen. Sie war viele Jahre lang die Leuchtturmkatze. Außerdem hat sie die Geister in Schach gehalten.«

»Geister?«

»Es hieß, dass die Geister der auf hoher See ertrunkenen Seeleute dem Lichtstrahl der Lampe an Land folgen und dann im Leuchtturm herumspuken. Miss Marmalade hat sie vertrieben. Es hatte sicher etwas mit ihrem orangefarbenen Fell zu tun.«

»Miss Marmalade. Ein schöner Name.«

Er kam einen Schritt näher. Nun konnte sie die Bartstoppel an seinem Kiefer, seine Falten und den blauen Schimmer in seinen hellgrauen Augen sehen. Wie gerne hätte sie seine Wange berührt. Sie krümmte ihre Finger zur Faust. Jetzt steckten ihre Hände sicher in ihren Jackentaschen.

Er machte noch einen Schritt auf sie zu. Würde er sie küssen? Wenn ja, würde sie vermutlich in Ohnmacht fallen. Aber nein, er deutete auf etwas in der Ferne jenseits des nördlichen Fensters. »Da drüben in diesen Hügeln verläuft ein wunderschöner Spazierweg die Klippen entlang. Es wurde sogar im *Sunset Magazine* darüber berichtet. Wenn das Wetter schöner ist, zeige ich ihn dir. Die Aussicht ist atemberaubend.« Allerdings galt sein

Blick Lily, nicht der Aussicht. Sein frischer Geruch nach Seife stieg ihr in die Nase. Der Hauch einer Verheißung. *Wenn das Wetter schöner ist, zeige ich ihn dir.*

»Bei schönem Wetter wäre eine Wanderung toll.« Es war eine andere Frau, die da sprach, nicht sie, sondern jemand, der wagemutig und voller Hoffnung war. Nun spürte sie seinen Atem auf ihrer Wange. Alles war möglich. Einfach alles.

Doch dann trat er zurück, weg von ihr, und sie wurde von Enttäuschung ergriffen. Wollte sie denn wirklich, dass er sie küsste? Hatte sie darauf gewartet, dass er es versuchte? Aber ihr wurde klar, dass das nicht geschehen würde. Er würde sie nicht küssen, weil sie für ihn eine trauernde Witwe war. Und weil er noch immer darunter litt, dass seine Frau ihn verlassen hatte.

»Komm, ich will dir noch etwas zeigen«, sagte er und steuerte auf die Treppe zu, wo er auf sie wartete.

»Ich schaffe das allein«, sagte sie.

»Wenn du meinst.« Er blieb auf der obersten Stufe stehen, die behandschuhte Hand auf dem Geländer. Für den Bruchteil einer Sekunde malte sie sich aus, wie er den Handschuh auszog und ihre Wange berührte. Sie durfte sich nicht solchen Fantasien hingeben. Das Gepäck, die sie beide mit sich herumschleppten, hätte gereicht, um das Gepäckband eines Flughafens zuzustapeln.

»Ich möchte gern mit dir zum Friedhof fahren«, erklärte er. »Ein sehr geschichtsträchtiger Ort. Aber vielleicht willst du da lieber nicht hin?«

»Das ist überhaupt kein Problem«, erwiderte Lily. Sie

fragte sich, ob sie dort wohl Josh begegnen würde. Warum war ihr das nicht schon früher eingefallen? Geister fühlten sich doch zu Grabsteinen hingezogen, oder? Er selbst hatte keinen – kein Grab, keinen bestimmten Platz, wo die Familie seiner gedenken konnte. Wenn er irgendwo hingegangen war, nachdem sie ihn auf der Straße gesehen hatte, dann sicher auf den Friedhof.

Kapitel 32

Lily

Der alte Teil des Friedhofs befand sich auf einem von Ackerland umgebenen, sanft geschwungenen Hügel. Zwischen den Feldern standen alte viktorianische Farmhäuser, und durch die Bäume hinter dem Friedhof leuchtete das Meer hindurch. In der Ferne erhoben sich, weiß und schroff, die Olympic Mountains. Ben führte Lily den Pfad entlang und vorbei am neuen Teil des Friedhofs, bis der kurvige Weg an einigen verwitterten Grabsteinen aus Marmor im Schatten knorriger Kiefern, Ahornbäume und Eichen endete.

»Hier findest du die Geschichte der Insel«, sagte er und brachte sie zu einer gut gepflegten Familiengrabstätte, wo Bäume und Blumen wuchsen. Er zeigte ihr die Granitsteine seiner Großeltern. »Ich habe die Sommerferien immer auf ihrer Farm verbracht«, erzählte er. »Und mich um ihre Tiere gekümmert. Eine Weile wollte ich deshalb eine Großtierpraxis eröffnen, und manchmal helfe ich auch aus. Aber ich habe mich dann doch auf Kleintiere spezialisiert.«

»Also war es schon immer dein Traum, Tierarzt zu werden?«

Er nickte. »Und deiner?«

»Ich habe schon immer gerne Mode entworfen«, erwiderte sie und blickte aufs Wasser hinaus. »Ich habe meine Puppen in kleine coole Retro-Outfits gesteckt, die Kleider meiner Barbies aufgetrennt und neue daraus genäht. Meine Freundinnen haben mich für verrückt erklärt. Außerdem habe ich immer ausgeflippte Kleider gezeichnet, so wie aus Science-Fiction-Filmen.«

»Und wie bist du dann in dieser Branche gelandet?«

»Ich habe Design studiert. Aber meine Eltern wollten, dass ich etwas Praktisches mache. Sie sind Einwanderer, meine Mutter aus Indien, mein Dad aus Irland. Sie haben sich hier in Amerika kennengelernt und versucht, es im Leben zu etwas zu bringen. Für sie waren Zeichnen und Design nichts als Spielerei. Dann bin ich Josh begegnet und habe mich in ihn verliebt. Er war so kreativ, dass seine Kreativität meine überschattet hat.«

»Doch jetzt nicht mehr.«

»Jetzt nicht mehr.«

»Wir wissen nie, wie die Dinge sich entwickeln.«

»Zum Beispiel, dass deine Frau dich verlassen hat?«

Er steckte die Hände in die Taschen. »Ja. Sie war eine gute Organisatorin. Offenbar hat sie ihren Abschied schon seit Monaten vorbereitet. Aber ich war blind. Ich habe nichts davon bemerkt. Inzwischen bin ich vorsichtiger geworden.«

»Das kann man dir nicht zum Vorwurf machen.« Nur, dass er laut Vanya nicht vorsichtig, sondern eine Weile ziemlich durchgedreht gewesen war.

Er brachte sie zu den ältesten Gräbern auf dem Friedhof. »Hier ist Captain Fairport begraben«, verkündete er und zeigte auf einen Grabstein, der geformt war wie der Eiffelturm.

»Ist Fairport nach ihm benannt?« Lilys Nase wurde im beißenden Wind gefühllos. Sie zog ihr Kapuzenband fester zu.

»Er wurde von einem Trupp Krieger der Tlingit geköpft. Sie haben sein Haus gestürmt und ihn getötet, als Rache dafür, dass er siebenundzwanzig ihrer Stammesmitglieder umgebracht hat.«

»Ich weiß, dass wir eine gewalttätige Vergangenheit haben. Aber man kann es sich trotzdem nur schwer vorstellen.« Sie schauderte.

»Du frierst ja.« Ben legte den Arm um sie und zog sie an sich. Er fühlte sich stark und verlässlich an. »Wollen wir zurück zum Auto gehen?«

»Nein, es ist alles in Ordnung. Wirklich. Ich möchte noch bleiben.« Es kümmerte sie nicht, dass der Wind ihr Gesicht peitschte, dass der Regen ihre Jeans durchfeuchtet hatte und dass ihre Füße in den Turnschuhen klatschnass und fast taub gefroren waren. Außerdem hatte sie beinahe vergessen, dass sie doch eigentlich hier war, um Ausschau nach Josh zu halten.

»Ein amerikanisches Kriegsschiff hatte einige Angehörige des Tlingit-Stammes getötet«, fuhr Ben fort. »Sie wollten sich einfach nur rächen. Verglichen damit, was damals hier los war, ist das Leben heute hier ziemlich ruhig und friedlich geworden.«

Sie nickte. Ihre Zähne klapperten. Aber seine Nähe lenkte sie ab, sie spürte seine Wärme durch ihre beiden Jacken hindurch. Sein Körper erschien ihr warm wie ein Ofen.

Er führte sie zu einer Reihe weiterer Gräber. In einen Grabstein aus Marmor waren auf beiden Seiten die Namen von Kindern eingraviert. Das eine war mit drei Jahren gestorben, das andere mit sieben. »Sie hatten kaum eine Chance zu leben«, sagte Lily und berührte die eingemeißelten Namen. Ihre kurzen Leben rückten das von Josh plötzlich in eine andere Perspektive. Wenigstens hatte er Gelegenheit gehabt, erwachsen zu werden, einen Beruf zu ergreifen, der Welt seinen Stempel aufzudrücken, sich zu verlieben. Ihr war zumindest ein gemeinsames Jahrzehnt mit ihm vergönnt gewesen.

»Es waren schwere Zeiten«, sagte Ben. »Die Menschen sind damals jung gestorben.«

»Aber nicht alle. Schau, diese Frau hier ist sechsundneunzig geworden. Muriel Racer, Renner. Ob das wohl ihr richtiger Name war?«

»Und der Mann im Grab direkt neben ihr hieß Swift, schnell – Renner und schnell. Die Wirklichkeit ist manchmal seltsamer als ein Roman«, erwiderte Ben.

»Ich wünschte, ich hätte meine Kamera dabei.« Wieder erschauderte sie.

Ben rieb ihr den Arm und zog sie fester an sich. »Du bist ja total durchgefroren. Entschuldige, bis jetzt war das ja nicht unbedingt ein tolles Date.«

»Es ist das ungewöhnlichste Date meines Lebens, aber schön.«

Er grinste. »Hast du Hunger? Ich möchte dich zum

Essen einladen. Das Beste habe ich mir für den Schluss aufgespart.«

»Abendessen? Wo?«

»Das ist eine Überraschung. Ich fahre dich zuerst nach Hause, damit du dir etwas Trockenes anziehen kannst, und dann geht's los.« Er zog sie an sich und legte die Arme um sie. Sie spürte seinen kräftigen Herzschlag. Doch er küsste sie immer noch nicht, sondern nahm ihre Hand und kehrte mit ihr zurück zum Auto.

Kapitel 33

Lily

Mach einen großen Schritt.« Ben stand im Boot und streckte die Hand aus. Lily hielt den Atem an, machte einen Schritt und sprang ihm vom Steg fast direkt in die Arme. Das kleine Motorboot schwankte gefährlich. Der Abend dämmerte, und es fiel ein kühler Nieselregen, aber das Meer war zum Glück ruhig. Dennoch erschauderte Lily, und ihre Zähne fingen wieder an zu klappern.

»Den Puget Sound sieht man sich am besten vom Wasser aus an«, sagte Ben und gab ihr eine orangefarbene Schwimmweste.

»Die Überraschung ist dir geglückt.« Auf wackeligen Beinen folgte sie ihm in die winzige Kabine im Bug. »Bish hat gar nicht erwähnt, dass ihr ein Boot habt.«

»Sie wird schrecklich seekrank. Und seit Altona fort ist, fahre ich nicht mehr oft mit dem Boot raus.«

Der Name Altona setzte dem Abend einen kleinen Dämpfer auf. Doch was hatte Lily denn erwartet? Schließlich hatte sie ja auch das Gefühl, dass Josh ihr ständig über die Schulter blickte.

»Weißt du auch, was du da tust? Was, wenn wir kentern?«, fragte sie, was nicht nur scherzhaft gemeint war.

Als Ben ihr zuzwinkerte, sah sein Gesicht in der Hafenbeleuchtung plötzlich sehr anziehend aus. »Falls das passiert, rette ich dich. Ehrenwort. Ich habe eine Rettungsschwimmerurkunde. Aber im Ernst, ich fahre schon mein ganzes Leben lang hier auf dem Wasser herum. Erst auf den Katamaranen meines Dads, später auf Segelbooten, Schnellbooten, allem, was du dir vorstellen kannst.«

»Da bin ich aber beruhigt.« Sie setzte sich auf eine harte Plastikbank, während er den Motor anließ und das Boot aus dem Hafen steuerte. Der Lärm war ohrenbetäubend, als sie beschleunigten und rumpelnd über die Wellen rasten. Der Wind peitschte ihr Gesicht.

Ben sprach zwar mit ihr, während sie sich weiter vom Ufer entfernten, doch Lily tat nur so, als verstehe sie, was er sagte, da der Motor seine Stimme übertönte. Hin und wieder nickte sie, wenn er auf die bewaldete Küste wies. Obwohl er einen wattierten Parka trug, konnte sie die Konturen seiner Muskeln und der breiten Schultern ausmachen.

»… Tiefenlot«, sagte er und deutete auf eine Anzeige auf dem Armaturenbrett. » … seichte Stellen … man muss wissen, wo man hinfährt.«

Mit jedem Meter, den sie die Küste hinter sich ließen, fühlte Lily sich freier. Es war schön, draußen auf dem Meer zu sein und zu spüren, wie das Boot auf das Wasser prallte und ihre Knochen durcheinanderschüttelte. Sie fühlte sich so lebendig, und das Dröhnen des Motors überdeckte ihre Ängste und Erinnerungen. Bens dunkle, raue Stimme und seine behandschuhte Hand, die sie auf verschiedene Einzelheiten am Ufer hinwies, machten sie froh.

Als sie näher an ihn heranrutschte, blickte er sie an und lächelte überrascht. »Du siehst süß aus mit dieser Schwimmweste«, bemerkte er und legte einen Arm um sie.

Hatte er sie gerade als süß bezeichnet?

»Ich sehe aus wie ein orangefarbener Gorilla«, entgegnete sie.

»Du könntest niemals wie ein Gorilla aussehen. Dazu bist du viel zu schön.« Er hatte den linken Arm am Steuer und den rechten um ihre Schultern gelegt.

Wann hatte sie sich zum letzten Mal schön gefühlt? »Du auch«, antwortete sie. »Das heißt, nicht schön, sondern gut aussehend.«

Als er sie angrinste und ihr zuzwinkerte, war sie erneut verwundert. Sie hätte ihm nie so ein Zwinkern zugetraut. Zu ihrer Erleichterung konnte er im Dämmerlicht nicht erkennen, dass sie errötete.

»Wo fahren wir hin?«, fragte sie.

»Ich sagte doch, es ist eine Überraschung.« Der Blick, den er ihr zuwarf, verhieß alles Mögliche. Sie schüttelte lächelnd den Kopf. Männer waren so unkompliziert, wenn es um die einfachen Freuden des Lebens – Essen, Abenteuer und Sex – ging. Wann hatte sie selbst eigentlich die Liebe zum Leben verloren?

Sie hatte schon lange nicht mehr an Essen gedacht. Doch nun sorgten die kalte Nachtluft, die viele Bewegung und seine Nähe dafür, dass sie mehr als einen großen Hunger hatte. Sie war völlig ausgehungert. Lily drehte das Gesicht in den Wind, während Ben das Boot durch die Bucht lenkte. Die Lichter von Fairport verschwanden langsam hinter ihnen.

Kurz darauf stellte er den Motor ab und navigierte das Boot in einen kleinen Hafen. Lily sah funkelnde Lichter auf einem Hügel, der sich oberhalb der Küste entlangzog. »Wo sind wir hier? Ist das noch Shelter Island?«

»Das ist West Harbor«, erwiderte er.

»Schön, es aus diesem Blickwinkel zu sehen.«

»Hier befindet sich das beste Restaurant auf der Insel. Aber mit dem Auto bräuchte man eine Ewigkeit.«

»Wirklich?«

»Na ja, nein, das stimmt nicht wirklich. Doch mit dem Boot ist es romantischer.«

»Ja, das stimmt.« Seine Bemühungen, romantisch zu sein, waren einfach umwerfend. Sie hätte so etwas nie erwartet.

Er lenkte das Boot zum Steg, band es fest und half ihr beim Aussteigen. Dann gingen sie über den Steg und hinauf in Richtung Stadt. Die Atmosphäre in West Harbor war ganz anders als in Fairport – alles hier war neu und modern. Unterwegs schaute Lily in die Fenster von Boutiquen und Restaurants. In einigen Pubs saßen lachende junge Leute beim Bier.

»Nur noch einen Häuserblock weiter«, sagte er und nahm sie am Arm. Er führte sie in ein belebtes Restaurant namens West Harbor Seafood, das einen Blick aufs Wasser hatte. Die Beleuchtung war gedämpft, die Stimmung entspannt und gemütlich. An der Tür wurden sie von einer Gruppe von Gästen beiseitegedrängt, die gerade hinaus auf die Straße strömten.

»Ich wusste gar nicht, dass es dieses Lokal gibt«, sagte sie. »Wo kommen denn die vielen Leute her?«

»Das bestgehütete Geheimnis«, erwiderte er. Wegen der vielen Menschen stand er ganz dicht neben ihr. »Wahrscheinlich sind sie mit dem Boot vom Festland herübergefahren.« Sein Atem roch frisch und nach Pfefferminz. Überhaupt war alles an ihm frisch und einladend. Selbst seine hellgrauen Augen.

»Aber wie sollen wir hier einen Tisch kriegen?«, fragte sie. »Die Restaurantchefin hat diesen Leuten gerade gesagt …«

»Wir haben reserviert«, entgegnete er und schob sie durch das Gedränge hindurch zur Theke. »Ben Cole, Reservierung für zwei Personen«, verkündete er.

Die Restaurantchefin lächelte ihn an und griff nach zwei Speisekarten. »Hier entlang.«

Sie folgten ihr zu einem kleinen Tisch am Fenster. Er stand ein wenig abseits und war mit einem Tischtuch und einer brennenden Kerze gedeckt. Aus dem Entlüftungsschlitz in der Decke wehte sanft eine warme Luft heran. Draußen hatte das Wetter aufgeklart. Der Mond malte weiße Lichtpunkte auf das Wasser.

»Viel Vergnügen.« Die Restaurantchefin reichte ihnen die Speisekarten und ging.

»Es ist wunderschön hier«, sagte Lily, nachdem sie Ben gegenüber Platz genommen hatte. »Einfach ein Traum.«

»Es freut mich, dass es dir gefällt.«

»Ja,das tut es wirklich.« Sie fragte sich, mit wie vielen anderen Frauen er wohl schon hier gewesen war. Auch mit Altona? Sie malte sich aus, wie es wohl wäre, mit Josh hier zu sitzen. Das Ambiente, die Aussicht und die Speisekarte hätten ihm sicher auch gefallen. Er war ein sehr sinnlicher Mensch gewesen. Sie musste aufhören, an ihn zu denken. Lily griff nach ihrer Handtasche. »Entschuldigst du mich einen Moment?«

Als er nickte, eilte sie zur Toilette, einem großen Raum mit Messingarmaturen. Aus unsichtbaren Lautsprechern drang leise Hintergrundmusik. Lily holte tief Luft, um sich wieder einzukriegen.

Beim Blick in den Spiegel rechnete sie eigentlich damit, dass sie zerzaust aussehen müsste. Aber nein, sie war … schön. Waren einige der grauen Haare verschwunden? Wie konnte das sein? Wirkte ihre Haut jünger? Vielleicht lag das ja an der Beleuchtung hier drin.

Sie fuhr sich mit der Bürste durch die verfilzten Locken, wischte den verschmierten Lidstrich weg und benutzte ihren Lippenstift. Im nächsten Moment kam eine Frau herein – es war Paige.

Paige blieb stehen, und ihre Augen weiteten sich vor Erstaunen. »Lily, dass ich *dich* hier treffe. Die Welt ist ein Dorf!«

»Stimmt«, entgegnete Lily. »Wie geht es dir?« Hatte Paige gesehen, wie sie mit Ben das Lokal betreten hatte?

Paige stellte sich neben Lily und sah in den Spiegel. »Hast du ein Date?«

»Irgendwie schon …«

»Das hier ist das beste Restaurant auf der Insel und das bestgehütete Geheimnis. Jetzt kennst du es!«

»Das habe ich auch schon gehört.«

»Mit wem bist du hier? Ben Cole?«

Lily warf Paige im Spiegel einen Blick zu und lief rot an.

»Hab ich's doch gleich gewusst!«

»Es ist nichts Ernstes.« Lily nestelte an ihren Haaren. Allmählich hatte sie den Eindruck, dass so eine kleine Insel vielleicht doch *zu* klein war.

»Dann viel Spaß beim Unernsten.« Paige zwinkerte ihr in den Spiegel zu.

»Er hat mir die Insel gezeigt.«

»Ach, tatsächlich?« Paige senkte die Stimme zu einem Flüstern. »Du musst mir erzählen, wie er so ist. Du weißt schon …«

»Ich habe nicht vor, mit ihm zu schlafen!«

»Oho.« Paige zwinkerte ihr wieder zu.

Lily versetzte ihr einen Rippenstoß. »Und mit wem bist du hier, Schätzchen?«

Paiges Gesicht nahm einen leicht rosigen Farbton an. »Einem Typen, den ich kürzlich kennengelernt habe. Keine große Sache.«

»Spuck's schon aus!«

»Bei Johns Hochzeit. Das Kleid, Lily …«

»Du hast einen Typen auf der Hochzeit von deinem Ex kennengelernt?«

Paige machte eine wegwerfende Handbewegung. »Es ist alles noch ganz frisch und unverbindlich.«

»Halt mich auf dem Laufenden«, erwiderte Lily.

»Wird gemacht!« Während Paige in einer der Kabinen verschwand, eilte Lily zurück zu ihrem Tisch, wo sie hektisch in der Speisekarte blätterte.

»Das hört sich jetzt bestimmt komisch an, aber ich weiß nicht, wie man sich bei einem Date zum Abendessen benimmt«, sagte sie. »Ich war schon seit einer Weile nicht mehr mit einem anderen Mann aus …«

»Ich auch nicht. Mit einer anderen Frau, meine ich.«

Sie lachte ungläubig auf. »Ich weiß ja nicht einmal, was ich bestellen soll.«

»Das, worauf du Appetit hast.«

Sie trank einen Schluck Wasser. »Was für ein Luxus – es ist schon so lange her, dass ich zum letzten Mal mit Genuss gegessen habe.«

»Mach einfach die Augen zu und zeig mit dem Finger drauf.«

»Wirklich?«

»Warum nicht?«

Sie tat es, musste den Versuch aber wiederholen, weil ihr Finger auf Spaghetti mit Shrimps und Knoblauchbutter landete und sie Vegetarierin war. Beim nächsten Anlauf war das Ergebnis ein Garten-Burger. »Den nehm ich«, sagte sie.

»Ziemlich brav, aber meinetwegen.« Er entschied sich für Wildlachs.

Lily hielt Ausschau nach Paige, konnte sie aber nicht entdecken. Wahrscheinlich saß sie außer Sichtweite in der anderen Hälfte des Restaurants.

Während sie aßen und dazu Wein tranken, sprachen sie über ihre Vergangenheit, ihre Interessen und die Insel. Ben war hier aufgewachsen. Sein Vater, ein Anwalt, arbeitete in Seattle und segelte gern in seiner Freizeit. Seine Mutter war Lehrerin. Er hatte zwei ältere Brüder, der eine war Pilot in der Air Force, der andere Geschäftsmann in Montana.

Ben erzählte ihr Anekdoten aus seinem Leben und dem Alltag in seiner Praxis.

»Einmal hat eine Tierwahrsagerin eine meiner Klientinnen angerufen und ihr gesagt, ihre Katze wolle sie loswerden. Sie dürfe die Katze nicht behalten. Was sollte ich da bloß machen?«

»Du hast doch nicht etwa zugelassen, dass sie die Katze weggibt, oder?«

»Ich habe ihr erklärt, dass die Wahrsagerin sich irrt. Sie könne unter gar keinen Umständen ihre Katze im Stich lassen, wo schon so viele Millionen von Katzen obdachlos sind.«

»Das mag ich an dir. Du stehst zu deinen Ansichten.«

»Aber ich muss auch Verständnis für meine Klienten haben und darf sie nicht verurteilen.«

»Mich hast du bestimmt verurteilt, als ich zum ersten Mal mit der Katze bei dir war.«

»Tut mir leid, wenn ich unfreundlich rübergekommen bin.«

»Jetzt weiß ich ja, dass du ein Softie bist.«

»So, bin ich das? Dann also auf die Softies.« Er grinste, und sie hoben die Gläser, um einander zuzuprosten.

Nach dem Essen schlenderten sie den menschenleeren Strand entlang und lauschten dem rhythmischen Wiegenlied der Wellen, die an die Küste schlugen. Lily fühlte sich warm und geborgen, als er den Arm um sie legte. In einer geschützten Bucht zog er sie sanft in seine Arme und küsste sie. Seine Lippen waren warm, fest und selbstbewusst. Sie spürte, wie ihr ganzer Körper wieder zum Leben erwachte.

»Gehen wir zu mir?«, fragte er mit belegter Stimme. »Bish übernachtet bei einer Freundin.«

»Ja«, flüsterte sie, ohne zu zögern. Eigentlich hatte sie vorsichtig sein und Abstand halten wollen. Doch als sie vor seinem Haus standen, folgte sie ihm einfach hinein, ließ sich von ihm ausziehen und in ein Wunderland entführen. Er berührte Teile ihres Körpers und Nervenenden, die sie vergessen zu haben glaubte. Und für eine Weile vergaß sie auch Josh.

Kapitel 34

Kitty

Lily kommt erst spät zurück, als der Mond schon hoch am Himmel steht. Sie riecht nach Meer, Dr. Cole, Glück und Schläfrigkeit. Während sie sich die Zähne putzt und die Farbe vom Gesicht wischt, redet sie mit mir.

»Ich hätte bleiben können, aber irgendwie wäre es nicht richtig gewesen. Das heißt, es wäre schon richtig, aber es ging einfach nicht.«

Warum kann sie sich nicht einfach entscheiden?

Sie betrachtet sich im Badezimmerspiegel. »War das wirklich ich? Oder jemand anders?«

Sollte das eine ernsthafte Frage sein?

»Ich lebe noch. Oh, Kitty, ich weiß, es hört sich verrückt an, doch zum ersten Mal seit Joshs Tod glaube ich, dass ich überleben könnte.«

Für mich hört sich alles menschliche Gerede mehr oder weniger grenzwertig bis verrückt an. »Ich glaube, ich war wirklich sicher, dass ich nie wieder richtig werde leben können. Ich meine, fühlen, eine Berührung, den Geschmack von Essen. Doch ich kann es.«

Natürlich kann sie. Sie zieht ein Nachthemd an, legt sich ins Bett und kuschelt sich an mich. Im nächsten Moment ist sie eingeschlafen. Aber am nächsten Tag ist sie wie ausgewechselt. Ihr Herzschlag hat sich verändert – eine winzige Verschiebung.

Bish kommt öfter vorbei, um über Jungs, die Schule, neue Schuhe und andere langweilige Themen zu sprechen. Aber sie ist immer nett zu mir und bringt mir Leckerchen mit.

Auf Lilys Parfüm könnte ich allerdings gut verzichten. Ist es die staubige kleine Flasche, die so lange auf ihrem Frisiertisch stand? Sie hat sie tatsächlich abgewischt und bespritzt ihren Hals mit einem schauderhaft scharf stinkenden Zeug. Warum verlässt sie sich nicht auf ihren eigenen Körpergeruch? Wahrscheinlich, weil sie den gar nicht riechen kann.

Als Paige in den Laden kommt, ändert Lily noch ein Kleid für sie, diesmal ein dunkelrotes mit wundervoll zerkratzbarer Spitze.

Die magere Frau mit ihrem mageren kleinen Sohn schaut auch vorbei. Wieder liest er mir aus einem riesigen Bilderbuch vor. Diesmal schlafe ich nicht ein. Die Geschichte handelt nämlich von einem unartigen Kater, der von zu Hause wegläuft, um sich einer Bande anzuschließen. Doch nach einer Weile vermisst der Kater seinen Menschen, ruft ihn von einer Telefonzelle aus an und miaut, so laut er kann. Daraufhin springt sein Mensch ins Auto und holt ihn ab, und er kehrt wohlbehalten nach Hause zurück. Eine schöne Geschichte. Jetzt müsste mir nur noch jemand erklären, was eine Telefonzelle ist.

Lilys Laden lockt noch andere interessante Kunden an. Zum Beispiel einen Mann, der Jackentaschen voller Sonnenbrillen auspackt, die er allen Leichen in einem Bestattungsinstitut in Arizona abgenommen hat. Eine zierliche Frau bringt ein grünes Kleid mit Reißverschluss und beharrt, es sei über hundert Jahre alt. Aber Lily erklärt ihr, dass es Plastikreißverschlüsse an Kleidern erst seit den Sechzigern gibt. Die Frau marschiert empört hinaus.

Die Leute im Laden unterhalten mich und umgekehrt. Oft jedoch sitze ich im Fenster und erinnere mich an mein Leben draußen. Hin und wieder habe ich Sehnsucht nach ein wenig frischer Luft, doch das geht rasch vorbei.

Die Bauarbeiten am Laden gegenüber dauern an. Und eines Nachmittags kommt die große Frau, die manchmal das Schaufenster drüben dekoriert, den Gartenweg herauf und spaziert direkt in Lilys Boutique.

Kapitel 35

Lily

»Ich wollte mir schon immer mal Ihren Laden ansehen«, sagte Florence und knöpfte ihren Burberry-Mantel auf. Ihre Stimme klang weich, sahnig und dunkel, und sie war makellos gepflegt. Der böige Wind draußen auf der Straße hatte kein einziges Haar ihrer perfekten Frisur in Unordnung gebracht. Allerdings sah sie aus der Nähe betrachtet älter aus. Ihr Gesicht war faltig und ihre Haut müde, und ihre Augen blickten erschöpft drein.

»Schön, dass Sie vorbeischauen.« Lily beschloss, höflich und freundlich zu sein. Kleinliche Eifersüchteleien waren unter ihrer Würde. Dennoch warf sie einen verstohlenen Blick auf ihre Schaufensterdekoration, die Kleiderständer und die Kundinnen. Sie zählte fünf Frauen im Laden. Wie viele waren wohl in Flos Boutique?

»Ich habe ja schon so viel über das Kätzchen gehört.« Flo steuerte auf die Katze zu, die wie eine Sphinx auf einem Tisch mit Schals thronte, und tätschelte ihr den Kopf. »Sie ist ja so niedlich.«

»Ich dachte, Sie wären allergisch gegen Katzen.«

»Hat Chris das behauptet? Ich liebe Katzen. Sie ist diejenige, die Tiere nicht leiden kann. Sie ist meine Nichte und … nun ja, meine Schwester hat viel Geld in das Geschäft gesteckt.« Fast sah es aus, als wolle Flo noch etwas hinzufügen, vielleicht: *Deshalb habe ich Chris ja eingestellt, nicht etwa, weil sie gut in ihrem Job ist.* Aber sie schürzte nur die Lippen.

»Das wusste ich nicht«, erwiderte Lily. »Wenn Sie Lust haben, die Katze zu streicheln, nur zu. Sie können jederzeit vorbeikommen.«

»Sie haben ein paar wunderschöne Stücke hier.« Flo ging zu einem geblümten Hawaiikleid hinüber. »Ist das ein Alfred Shaheen?«

Lily nickte erstaunt. »Woher wissen Sie das?«

»Ich liebe antike Hawaiisachen, aber mir fehlt der Sachverstand, um beurteilen zu können, welche Kleider sich verkaufen würden und welche das Salz in der Suppe nicht wert sind.«

»Wirklich? Ich bin mir manchmal auch unsicher. Es ist ein Vabanquespiel.«

»Wie alles im Leben, stimmt's? Ich sollte, was meinen Warenbestand angeht, risikofreudiger sein. Aber … die Wirtschaftslage ist zurzeit so unsicher.«

»Das kann ich nachvollziehen. Doch wie ich sehe, verkaufen Sie jetzt auch Kommissionsware.«

»Man muss mit der Zeit gehen«, erwiderte Flo und trat an die Theke. »Aber ich weiß nie, ob ich das Richtige tue.«

»Ich auch nicht«, entgegnete Lily.

»Und trotzdem müssen wir nach vorne schauen.«

»Ja, das müssen wir ganz bestimmt.«

Flo schüttelte Lily die Hand. Ihre beringten Finger waren lang, kühl und kräftig. »Es war wirklich überfällig, meine Liebe. Ich hätte mich Ihnen schon längst vorstellen sollen. Aber wenn ich ehrlich bin, habe ich Sie immer schrecklich beneidet.«

»Mich beneidet?«

Flo wedelte mit der Hand. »Ach, Sie wissen schon, dieses reizende altmodische Häuschen, das kleine antike Schild im Garten, das ganze Programm eben, während ich in einem Backsteinkasten direkt an der Straße sitze.«

»Sie haben doch so viel Kundschaft, und der Anbau …«

»Der war nicht meine Idee, sondern die meines Vermieters. Vielleicht plant er ja sogar, mich rauszuschmeißen und mit einem seiner Läden dort einzuziehen. Im Moment tut er noch so, als wolle er mir helfen, den Laden zu erweitern.«

Flo hatte einen Vermieter? »Das wäre aber nicht sehr nett von ihm«, antwortete Lily.

»Möglicherweise kann ich ihn ja zur Vernunft bringen. Eigentlich bin ich recht gut darin, die Leute zu etwas zu überreden. Doch offen gestanden bin ich hier, weil ich einen verrückten Vorschlag habe.«

»Worum geht es?« Lily malte sich schon aus, Flo würde sie bitten, ihren Laden zu schließen und wegzuziehen, oder …

»Wollen wir uns nicht verbünden? Natürlich nicht wörtlich, aber wir könnten unsere Werbemaßnahmen koordinieren, gemeinsame Sonderverkäufe veranstalten … damit könnten wir unseren Umsatz verdoppeln. Ich schicke Ihnen Kunden und umgekehrt. Ich führe Ware von Ihnen und sie von mir?«

Lily starrte sie entgeistert an. Sie hatte damit gerechnet, dass Flo von Selbstbewusstsein strotzend hier hereinrauschen würde, aber zuallerletzt mit so etwas. »Das wäre eine Idee«, erwiderte sie zögernd. »Allerdings sind Sie nur so selten da.«

Flo betrachtete ihre Hände, die zu zittern angefangen hatten. »Ich betreue meine Mutter im Hospiz. Aber … ihr bleibt nicht mehr viel Zeit.« Als sie Lily ansah, standen Trauer und Schicksalsergebenheit in ihren dunklen Augen. »Wenn sie nicht mehr ist, was ziemlich bald sein wird, werde ich wieder mehr Zeit haben.«

»Das tut mir so leid«, sagte Lily mit trockener Kehle. Sie sah sich in ihrem Laden um. All die Mühe, die sie sich mit Beleuchtung, Schaufensterpuppen und Dekoration gegeben hatte, nur um der Eleganz von »Das Allerneuste« zu trotzen. Und die ganze Zeit über hatte sie keine Ahnung gehabt, was sich wirklich hinter den Kulissen tat. »Warum bleiben Sie nicht ein bisschen, damit wir uns unterhalten können? Ich habe Kräutertee da. Dort in der Ecke steht ein weicher Sessel. Sie könnten eine Pause machen und die Füße auf die Ottomane legen.«

Die schicke Florence schlüpfte lächelnd aus ihrem Mantel. »Tee wäre wundervoll, am besten Kamille oder Zitrone. Und falls Sie Honig im Haus haben, hätte ich gern ein Löffelchen.«

Kapitel 36

Kitty

Inzwischen sind Lily und Flo die dicksten Freundinnen. Wenn Flo nicht hier hereingestürmt kommt, um Lily etwas zu bringen oder zu sagen, läuft Lily zum Laden gegenüber. Flo schickt Lily Kundinnen, die etwas geändert haben wollen, Lily empfiehlt Kundinnen »Das Allerneuste«. Es erscheinen immer mehr Leute, die *die Katze* sehen wollen, weshalb ich mich wegen der ständigen Streichelei andauernd putzen muss.

Ich spiele brav meine Rolle, indem ich mit der Pfote an dem richtigen Kleid, Anzug oder antiken Hochzeitskleid zupfe. Dann ringen die Leute nach Luft und glauben, ich sei eine verzauberte Katze, die in ihre Seele blicken und ihnen zeigen kann, was sie brauchen. Damit haben sie natürlich recht, weil ich von der altägyptischen Katzengöttin Bastet abstamme.

Ich sehe auch, was Lily möglicherweise noch bevorsteht, als sie mit der Änderung des blauen Cinderella-Kleides fertig ist. Sie verstaut es in einem Kleidersack.

»Alles erledigt«, sagt sie zu mir. »Bish wird von dem neuen Kleid begeistert sein. Was glaubst du?«

Ich richte mich auf und starre Lily an, um ihr mitzuteilen, was ganz sicher passieren wird. Aber sie dreht sich um und geht hinaus. Was soll ich tun? Also setze ich mich ins Fenster und blicke ihrem Pick-up nach, bis er um die Ecke verschwindet. Manchmal müssen die Menschen der Wahrheit wohl selbst auf den Grund kommen.

Kapitel 37

Lily

Lily hatte das Cinderella-Kostüm in ein königsblaues Kleid in A-Linie mit einer freien Schulter umgearbeitet. Bish würde ein verführerisches Bein zeigen können, obwohl der Saum bis zum Boden reichte wie bei einem klassischen Abendkleid. Das Oberteil und den Träger hatte Lily mit Rüschenblumen verziert und zum Abschluss noch eine fließende Schärpe angenäht. Schlicht und dennoch elegant.

Sie steckte das Kleid in einen Kleidersack und bemühte sich auf der Fahrt durch die Stadt, die Höchstgeschwindigkeit nicht zu überschreiten. Was würde Ben sagen, wenn er ihr gegenüberstand? Er hatte sie am Morgen nach ihrer gemeinsamen Nacht angerufen und gesagt, er vermisse sie und wolle sie wiedersehen, wisse aber nicht, wann er wieder einen Tag freinehmen könne. Jetzt war sie voller Vorfreude und kontrollierte immer wieder ihr Gesicht und ihr Haar im Spiegel.

Als sie vor dem Haus der Coles ankam, war Bens Pick-up nicht da. Stattdessen parkte dort ein fremder Mercedes Impressor mit der Motorhaube direkt vor der Garage. Noch ehe Lily in die Auffahrt einbog, wusste sie, wem der Wagen gehörte. Sie hätte einfach Gas geben und ohne Zögern ins Meer hineinfahren können. Stattdessen stellte sie ihren Wagen hinter dem Mercedes ab, schulterte den Kleidersack und marschierte zur Tür. *Kopf hoch, Schultern gerade, tief durchatmen, kein Grund zur Sorge,* sagte sie sich. Vielleicht hatte Ben sich ja ein neues Auto gekauft. Der Mercedes konnte sein eigener sein oder sonst irgendjemandem gehören – vielleicht einem Freund oder einem Klienten.

Nein, es bestand kein Zweifel. Es war Altonas Wagen. Vielleicht wäre es ja besser, nach Hause zu fahren und wiederzukommen, wenn Altona fort war. Aber Lily läutete an der Tür und wartete. Sie fror an der Nase. Die Sonne spähte hinter einer Schleierwolke hervor. Ihre grellen Strahlen fielen in einem scharfen Winkel über das Dach. Ein trockener Wind wehte abgefallene Tannennadeln über den vermoosten Rasen. Was tat sie eigentlich hier? Sie fühlte sich wie ein Eindringling.

Aus dem Flur näherten sich gedämpfte Schritte. Die Tür öffnete sich einen Spalt weit, sodass die großen blauen Augen einer Frau mit dunklen, gebogenen Wimpern zu sehen waren. Lily hatte nicht damit gerechnet, dass Altona selbst aufmachen würde.

»Kann ich Ihnen helfen?«, fragte sie mit melodischer Stimme und öffnete die Tür ein Stück weiter. Sie hatte volle rote Lippen, war ein gutes Stück größer als Lily und duftete nach Babypuder und Lavendel.

Sei kein Feigling. »Ich möchte zu Bish.«

»Dann müssen Sie Lily sein.« Die Tür öffnete sich ganz, und Altona trat mit einem Lächeln zurück in den Vorraum. Das Haar fiel ihr in einer üppigen mahagonifarbenen Mähne über die Schultern. Sie trug ein kariertes Flanellhemd von Ben – weiß und hellblau, passend zu ihren Augen. Das Hemd reichte ihr bis zu den Oberschenkeln und gab nackte, makellose Barbiepuppenbeine frei, die in wohlgeformten nackten Füßen endeten. Ihre Zehennägel waren in einem glitzernden Rosaton lackiert. Aus der Nähe bemerkte Lily, dass sie überall – an Hals, Unterarmen, Oberschenkeln und Nase – zarte Sommersprossen hatte. Das Hemd war nur bis knapp oberhalb der Brüste zugeknöpft. Irgendwo in einem anderen Raum tickte eine Uhr. Lily roch gebratene Eier und hörte leise klassische Musik – es war eins von Bachs *Brandenburgischen Konzerten,* aber sie wusste nicht, welches. Dazu rumpelte eine Waschmaschine.

»Ist Bish da?« fragte sie unsicher.

»Sie müssten gleich zurück sein. Kommen Sie doch herein«, Altona hielt mit einer Hand die Tür auf, in der anderen hatte sie einen Pfannenwender.»Ich muss mich allerdings wieder um die Eier kümmern.«

»Ich komme lieber später wieder.«

»Warum warten Sie nicht? Bish hat mir schon gesagt, dass Sie vielleicht heute Vormittag vorbeischauen.«

»*Vielleicht?* Ich habe es ihr fest versprochen. Aber ich möchte Sie wirklich nicht stören …«

»Sie stören überhaupt nicht.«

Lily trat ein. In ihren Turnschuhen, der langen Hose und dem Pulli fühlte sie sich wie eine graue Maus, obwohl Altona nicht einmal richtig angezogen war. Sie griff an Lily vorbei, um die Tür zu schließen.

»Wenn Sie Bish einfach ausrichten könnten …«

»Natürlich mussten die beiden noch in der Klinik vorbeifahren. Ben hatte wie üblich einen Notfall.« In ihrem Tonfall schwang Verbitterung mit.

»Ich verstehe.«

»Folgen Sie mir. Sie können in der Küche warten.« Altona schwebte bereits den Flur entlang und winkte Lily mit dem Pfannenwender zu. Lily beobachtete, wie Altonas Wadenmuskeln sich bewegten und wie sie sich leicht in den Hüften wiegte.

»Das riecht aber lecker«, sagte Lily, als sie in der geräumigen Küche stand. Sie bemühte sich, fröhlich zu klingen.

Altona hastete zu der eisernen Pfanne, die auf dem Herd stand, und wendete das Omelette. »Das Geheimnis eines guten Omeletts ist, die Eier kräftig zu schlagen, bevor man sie in die Pfanne gibt. Den Knoblauch und die Zwiebeln muss man in ganz kleine Stückchen schneiden.«

»Sie sind ja ein richtiger Profi.« Verlegen blieb Lily stehen. Das Kleid hing noch immer über ihrer Schulter.

»Davon bin ich weit entfernt. Ich koche nur, wenn ich zu Hause bin.« An Altonas Ringfinger funkelte ein Ehering. Geschah das alles in der Realität? Waren Ben und Altona wieder zusammen? War sie wieder hier eingezogen? »Oh, wie unhöflich von mir. Möchten Sie vielleicht einen Kaffee oder einen Tee?«

»Nein danke.« Plötzlich fühlten sich alle Gelenke in Lilys Körper an wie Gelee.

»Also haben Sie ein Ballkleid für Bish genäht«, stellte Altona fest. »Das ist wirklich nett von Ihnen.«

»Eigentlich wollte sie ein Flapper-Kleid, das wir bei einer Haushaltsauflösung entdeckt haben, aber jemand hat es uns vor der Nase weggeschnappt. Und weil Bish so enttäuscht war, habe ich ihr versprochen, ein anderes Kleid für sie zu suchen.«

»Das hat sie mir gar nicht erzählt.« Altona hielt mitten im Wenden des Omeletts inne, sodass der Pfannewender einen Moment in der Luft schwebte. Dann hob sie die Pfanne an und ließ das Omelett auf einen Teller gleiten.

»Das wollte sie sicher noch tun.«

»Sie vergisst gern etwas. Oh, bis die beiden zurück sind, sind die Eier sicher kalt. Typisch.«

Typisch? War es vielleicht typisch für eine Mutter, ihre Tochter im Stich zu lassen, Monate später zurückzukommen und so zu tun, als wäre nichts gewesen? »Ich gehe jetzt besser. Bish kann mich ja im Laden besuchen, dann werde ich …«

»Warum zeigen Sie mir nicht das Kleid?« Altona schaltete den Herd ab und wusch sich die Hände.

»Jetzt? Hier?«

»Machen Sie schon. Ich sterbe vor Neugier.«

Lily öffnete den Kleidersack und holte das Kleid vorsichtig heraus. Altona rang nach Luft. »Oh, das ist wunderschön. Die ideale Farbe für Bish.«

»Ich will nur sichergehen, dass es passt. Ich habe einiges daran geändert.«

»Die Länge ist gut, aber der Schlitz an der Seite …«

»Man sieht nicht viel.« Lily warf einen Blick auf Altonas nackte Beine. »Die Alternative wäre ein ultrakurzer Mini gewesen.«

»Ach, ich weiß, die sind bei den Mädchen in diesem Jahr groß in Mode.«

»Genau. Und ich dachte, so ist es ein wenig eleganter.«

»Es ist traumhaft.«

»Danke, ursprünglich hat es mein Mann entworfen.«

»Ich habe gehört, dass er gestorben ist. Das tut mir leid.« Sie klang nicht überrascht. Hatte Ben es ihr erzählt? Was hatte er ihr sonst noch gesagt? »Sie haben das richtige Kleid für Bish ausgesucht. Das erinnert mich an etwas, das ich Ihnen zeigen wollte. Kommen Sie.«

Lily folgte ihr in den hinteren Teil des Hauses in Richtung Schlafzimmer. Sie kamen an Bishs Zimmer vorbei, dessen Tür offen stand. Die schwarze Katze lag schlafend auf einer dicken Daunendecke, und Lily konnte einen raschen Blick in das Zimmer eines vielbeschäftigten Teenagers erhaschen: Poster von Teenieschwärmen an den Wänden, unter anderem das eines Jungen mit eindrucksvoller Haarmähne, der in einem bei Jugendlichen sehr beliebten Film einen Vampir spielte. Auf dem Schreibtisch Bücher und ein Computer. Einige Trophäen und Pokale. Herumliegende Kleider und Schuhe.

»Als ich ging, habe ich die Fotoalben nicht mitgenommen«, meinte Altona. Sie öffnete einen Schrank am Ende des Flurs. In den oberen Regalen lagen gefaltete Bettlaken, auf den unteren Fotoalben. Sie fuhr mit dem Finger die Buchrücken entlang und holte ein rotes Album heraus. »Schauen Sie.«

Lily ging zu ihr hinüber. Die Fotos waren in chronologischer Reihenfolge sortiert: Bish als Baby auf dem Arm eines jungen, attraktiven Ben, der sein eingemummeltes

Töchterchen anlächelte. Die Familie im Garten. Bish auf der Schaukel. Bish in der Wanne. Bish, geschoben von Ben, auf einem Fahrrad mit Stützrädern. Es war die Geschichte einer Familie, und man sah, wie Bish größer wurde. Ihr Haar wurde länger. Und schließlich war da ein Foto von Bish in einem wunderschönen schimmernden blauen Kleid.

»Die Abschlussfeier an der Mittelschule«, erklärte Altona. »Es war eher ein Kleid für kleine Mädchen, aber es ist derselbe Blauton. Das war schon immer ihre Lieblingsfarbe. Jetzt passt ihr das Kleid nicht mehr.«

»Sie sieht wunderhübsch darin aus.«

»Ja, das stimmt.« Altona klappte das Album zu und legte es wieder in den Schrank. Dann stand sie da und musterte Lily. »Sie wird von Jahr zu Jahr schöner.«

»Eindeutig. Tja, ich glaube, ich gehe jetzt mal lieber.« Die Atmosphäre war bedrückend geworden, erfüllt von Erinnerungen einer Familie, in die sie nicht hineingehörte. »Bish kann das Kleid ein andermal anprobieren.«

»Morgen vielleicht? Heute wollte ich mit Bish zum Einkaufen fahren«, erwiderte Altona, während sie Lily den Flur entlang folgte.

Lily holte das Kleid aus der Küche. »Sie kann mich anrufen.«

»Reden Sie viel mit ihr? Ich meine, erzählt Bish Ihnen viele Dinge?«

»Wie bitte? Hängt davon ab, was Sie mit *Dingen* meinen.«

»Welche Jungs sie mag, was sie in der Schule so macht. Solche *Dinge* eben.«

Lily schüttelte den Kopf. »Darüber spricht sie wahrscheinlich lieber mit ihren Freundinnen.«

»Spricht sie über mich?«

»Nur, dass sie Sie vermisst.« Das war nicht unbedingt gelogen. Bish hatte Lily das Jadearmband gezeigt. Altona trug angeblich das gleiche, doch Lily sah es nicht an ihrem Handgelenk.

»Ich vermisse sie auch sehr. Manchmal braucht man Abstand von einer Situation, um zu erkennen, dass man etwas vermisst.«

»Mag sein«, erwiderte Lily, während sie überlegte, wie sie wohl am besten die Flucht antreten sollte.

»Ich musste bis nach Hongkong reisen, um zu begreifen, wie sehr ich diese kleine Insel vermisse. Sie ist so still und friedlich. Die Vögel, die saubere Luft.«

»Die Insel ist wunderschön.« *Oh Gott, gib mir Kraft, dass ich heil hier rauskomme.*

»Und dieses Haus. Ich hatte es so satt, verstehen Sie?« Altona presste die Hände an die Schläfen. »Ich habe mich gefühlt, als würde ich gleich platzen.«

»Das kann ich nachvollziehen. Manchmal braucht man eben einen Tapetenwechsel.«

Inzwischen rieb Altona sich die Schläfen. »Aber es war nicht nur das. Es war die Familie. Meine Familie. Es sind die Kleinigkeiten, die einem fehlen. Frühstücken, zum Beispiel.« Sie wies auf die Eier, die auf der Arbeitsfläche kalt wurden. »Ich muss noch an vielem arbeiten und bereue vieles. Wer weiß, ob wir die Zeit zurückdrehen können?«

»Dasselbe habe ich mich auch oft gefragt.« Lilys Stimme zitterte. Nun war klar, dass dieser Weg in Zukunft für sie versperrt sein würde. »Hören Sie, äh, ich muss wirklich wieder in meinen Laden.«

Altona richtete sich auf. »Natürlich. Ich richte Bish aus, dass Sie mit diesem wundervollen Kleid hier waren. Ich bin sicher, dass wir kein besseres finden werden.«

Lily, die schon in der Tür stand, blieb stehen und drehte sich um. »Ein besseres?«

Altona strich mit der Hand über die Vorderseite von Bens Hemd und ihren flachen Bauch. »Für den Schulball. Ich habe ihr versprochen, ihr eines bei Nordstrom zu kaufen. Das perfekte Ballkleid. Das bin ich ihr schuldig. Spitze, Chiffon, passende Pumps, ein Diadem, ein Ansteckstäußchen. Das volle Programm eben.«

»Das volle Programm.« Lily hatte einen faden Geschmack im Mund.

»Aber Sie haben ihr ja schon so ein schönes Kleid genäht. Ich kann mir nicht vorstellen, dass sie ein anderes haben möchte. Warum sollte sie?«

»Ja, warum sollte sie?« Lily rannte zu ihrem Auto und raste so schnell aus der Auffahrt, dass sie in ihrer hastigen Flucht beinahe Bens ankommenden Pick-up gerammt hätte.

Kapitel 38

Kitty

Lily kommt wie ein Wirbelwind in den Laden gestürmt. Sie hat noch immer Bishs blaues Kleid im Kleidersack bei sich. Hat Bish das Ding nicht gefallen? Ich mache ihr keinen Vorwurf daraus. Mit Kleidern konnte ich noch nie etwas anfangen. Ich hätte nichts dagegen, dieses hier in eine warme Kuscheldecke zu verwandeln. Lily nimmt das Kleid aus dem Sack, zückt die Schere und schickt sich an, ein Loch in den Saum zu schneiden. Dann jedoch überlegt sie es sich anders und steckt die Schere zurück in die Schublade.

»Wie konnte ich nur so dumm sein? Warum habe ich gedacht, ich könnte ein Kleid für Bish nähen? Warum habe ich geglaubt, dass Altona nicht mehr zurückkommt? Und was bedeutet das alles?«

Was hat Altona da angezettelt? Was ist da drüben eigentlich passiert? Es muss schlimmer sein, als ich gedacht habe.

Sie hängt das Schild mit der Uhr darauf an die Tür. Das Schild, das bedeutet, dass sie nicht da ist und gleich wiederkommt. Aber sie geht nicht weg. Ich folge ihr nach oben, wo sie sich die Schminke vom Gesicht wischt. Als ich mich an sie kuschle, um sie zu trösten, tätschelt sie mich geistesabwesend. Dann holt sie eine Schachtel aus dem Wandschrank. Ich erkenne das Ding, das sie herausnimmt. Die Menschen nennen es Fotoalbum. Lily blättert die Seiten um und erzählt mir etwas von den Fotos. Also tue ich so, als würde ich sie betrachten, und unterdrücke dabei ein Gähnen.

Das muss ihr Gefährte sein, der, dessen Geist im Laden herumspukt. Auf den Fotos sieht er recht ansprechend aus – für einen Menschen.

»Da waren wir auf dem Mount Rainier«, sagt sie und zeigt auf ein Foto von sich und dem Mann. Im Hintergrund erkenne ich etwas Weißes und einige Bäume. Die beiden lächeln und haben rote Nasen. Jetzt ist ihre Nase auch rot, aber vom Weinen. »Und hier sind wir auf einer Veranstaltung, bei der Geld fürs Theater gesammelt wurde.«

Und so weiter und so fort. Sie ignoriert ihr Mobiltelefon, das unablässig läutet. Es passt so gar nicht zu ihr, nicht ans Telefon zu gehen. Sie achtet auch nicht auf das Telefon im Laden, ebenfalls untypisch. Schließlich wird laut an die Hintertür geklopft, und wir beide laufen nach unten, um aufzumachen. Der Tierarzt kommt herein. Er fährt sich mit den Fingern durchs Haar. Er hat vergessen, eine Jacke anzuziehen. Sein Hemd und seine Hose sind nass.

»Entschuldige, dass wir nicht da waren, als du gekommen bist«, sagt er zu Lily. Warum ist er außer Atem? Sein Auto steht schief am Straßenrand, kein gutes Zeichen.

»Kein Problem«, entgegnet Lily, doch ihr Tonfall verrät, dass sie das Gegenteil meint.

»Ich hatte einen Notfall in der Klinik, ein Hund mit Schürfwunden. Ein Pudel ist auf der Ladefläche eines Pick-up mitgefahren – ohne Tragekorb …«

»Hoffentlich wird der Arme wieder gesund.« Lily weicht vor dem Tierarzt zurück und verschränkt abwehrend die Arme vor der Brust.

Ich frage mich, ob der Hund Fifi war.

»Es war recht ernst, aber der kleine Kerl wird es überleben.«

»Wie schön. Wo ist Bish? Ist sie mitgekommen?« Lily schaut aus dem Fenster. Mit dem Anbau gegenüber geht es in raschen Schritten voran.

Ben betrachtet den Tisch, wo Lily das Kleid ausgebreitet hat. »Ich fand es besser, allein zu kommen, damit wir reden können.«

»Worüber?« Ihr Tonfall ist schneidend, ihr Herzschlag traurig.

»Darüber, dass Altona im Haus ist. Dass du sie dort antriffst, hätte nicht passieren dürfen. Es tut mir leid.«

Herrje, die Exfrau war im Haus? Daher also der fremde Geruch an seiner Haut.

»In gewisser Weise bin ich froh, dass sie da ist. So kann ich wenigstens den Kopf nicht mehr in den Sand stecken«, sagt Lily, starrt aber weiter aus dem Fenster und steckt den Kopf auch nicht in irgendwelchen Sand.

Als Ben einen Schritt auf sie zu macht, weicht sie zurück. »Ich kann nur wiederholen, dass es mir leidtut.«

»Du bist mir keine Erklärung schuldig. Wirklich nicht. Es geht mich nichts an.«

»Altona und ich … wir haben eine Vergangenheit.«

Lily verschränkt die Arme fester vor der Brust, als könnte sie sich so besser schützen. »Das ist deine Familie, dein Leben. Ich habe auch eine Vergangenheit. Bedauerlicherweise ist mein Mann tot. Deshalb kann ich leider nicht ausprobieren, ob es zwischen uns noch klappen würde.«

Ben ist bleich geworden und schlägt die Hand vor die Stirn. »Ich wollte das nicht. Doch sie ist zurückgekommen.«

»Schon gut. Du brauchst mir wirklich nichts zu erklären.«

»Aber ich möchte es trotzdem. Ich will dir nicht wehtun.«

Lily betrachtet die Schaufensterpuppe, die inzwischen einen anderen Anzug trägt, weil sie die alte Jacke ja Ben gegeben hat, und lacht höhnisch auf. »Denkst du wirklich, du könntest mir noch mehr wehtun, als mir bereits wehgetan worden ist? Für wen hältst du dich eigentlich?«

»Du hast recht. Ich weiß. Glaube mir. Sei wütend auf mich. Aber ich hoffe, dass Bish trotzdem das Kleid bekommt.«

Lily mustert das Kleid. »Zuerst wollte ich es zerschneiden, doch dann habe ich es angesehen und mir gesagt, es ist so schön, ich kann es nicht zerstören.«

»Tu es nicht. Bish wird davon begeistert sein.«

»Ihre Mom sollte ihr ein Kleid kaufen. Altona sagte, sie wolle heute mit Bish einkaufen gehen. Sie hat mir ein Foto von Bish in ihrem blauen Abschlussfeierkleid gezeigt und … dann ein Foto von euch dreien an einem Skilift.«

»*Was* hat sie getan?«

»Es ist okay. Ihr beide wart verheiratet. Natürlich gibt's da auch Fotos.«

»Es tut mir leid, dass sie das gemacht hat. Aber ich kann meine Vergangenheit nicht auslöschen. Ich kann nicht alles aufgeben und so tun, als wäre nichts gewesen.«

»Ich auch nicht.«

»Nein, das kannst du nicht. Dein Mann wird immer bei dir sein. Du trägst ihn um den Hals. Wie soll ich denn gegen einen Toten bestehen?«

Lily greift nach dem Röhrchen um ihren Hals. Ihr Gesicht ist inzwischen aschfahl. Bens Gesichtsausdruck zeigt sein Bedauern. Sie starren einander eine Weile an. Dann geht er zur Tür hinaus. Und ich bin absolut machtlos dagegen.

Kapitel 39

Lily

Es war früher Morgen, und Lily lag noch im Bett. In diesen verschwommenen Momenten zwischen Schlaf und Wachsein schien alles möglich zu sein. Josh konnte noch neben ihr liegen. Er konnte gähnend und zerzaust aufstehen und im Bad den Wasserhahn aufdrehen. Sie konnte aufwachen, ihn anlächeln und seine Sachen auf der Kommode sehen – Pennys, zerknitterte Dollarscheine, ein Streifen Kaugummi. Er konnte sich anziehen, alles in seine Hosentaschen stopfen und seine Uhr umlegen. Kaffee aufsetzen. Pläne für den Tag machen.

Sie klammerte sich an diesen Traum von ihm, doch diesmal blieb Josh ein vager Schatten. Es gelang ihr nicht, ein scharfes Bild von seinem Gesicht wachzurufen, und als die graue Morgendämmerung sie in die Wirklicheit holte, löste er sich ganz auf, und die Welt stürmte auf sie ein.

Auf der Kommode sah es noch genauso aus wie am Vorabend – chaotisch vollgestapelt mit Werbepost, Bibliotheksbüchern, einem Paar Socken und einem BH. Und ihr stand ein weiterer verregneter Herbsttag allein in Fairport bevor. Wieder ein Tag, den Ben, nur wenige Häuserblocks entfernt, vermutlich mit Altona verbrachte. Bish war sicher auch da und frühstückte mit ihren Eltern. Lily malte sich aus, wie sie alle bei Frühstücksflocken oder Eiern miteinander lachten. Ben küsste Altona zum Abschied. Altona trug eines seiner langen karierten Hemden – möglicherweise heute ein anderes, rot anstelle von blau.

Hör auf, dich zu quälen, dachte Lily und setzte sich hoch. Sie durfte sich nicht mehr an die Nacht mit Ben erinnern. Während dieser Stunden hatte sie Josh vergessen. Und nun hatte das Universum beschlossen, sie dafür zu bestrafen, dass sie ihn betrogen hatte.

Verdammt, Josh, komm zurück! Sie rieb sich die Augen. Jetzt weinte sie schon wieder, als sei er erst gestern gestorben. Dass die Trauer in festgelegten Phasen ablief, war nichts als leeres Geschwätz. Lily schwankte wild zwischen tiefstem Leid und Momenten der Freude, die völlig unberechenbar kamen und wieder gingen. Schließlich hatte sie ja auch nicht wissen können, was sie in Bens Haus erwarten würde.

Wie lange war es her, dass sie mit dem Ballkleid hingefahren war? Eine Woche? Zehn Tage? Die Stunden und Tage verschwammen miteinander. War der Ball schon vorbei? Nein, der sollte am kommenden Wochenende stattfinden. Bish war nicht im Laden gewesen. Aber warum sollte sie? Sicher hatte Altona ein Traumkleid für sie gekauft.

Ben hatte einige Male angerufen und Nachrichten hinterlassen, doch Lily hatte nicht darauf reagiert. Was gab es noch zu sagen? Stattdessen hatte sie ihren Alltag abgearbeitet, den Laden geführt, mit Florence den Winterschlussverkauf geplant, weitere Kleider geändert, allein einige Haushaltsauflösungen besucht und ihr Schaufenster umdekoriert.

Die Katze war geblieben. Sie tröstete sie zwar und leistete ihr Gesellschaft, konnte aber die Nacht nicht von ihr fernhalten. Die dunklen, stillen Stunden, in denen Lily sich besonders allein und schutzlos fühlte. Wie sollte sie weitermachen? Konnte sie überhaupt in Fairport bleiben? Sie wollte nicht davonlaufen. Inzwischen hatte sie ihr Häuschen und die Stadt ins Herz geschlossen. Sie kannte die Kassiererinnen im Bio-Supermarkt, den Briefträger, die Bibliothekarin und die freiwilligen Helfer vom Verein für Stadterneuerung und im historischen Museum. Sie unternahm Spaziergänge am Strand und durch den Wald. Ja, sie mochte sogar das Prasseln des Regens auf dem Dach und wie die Sonnenstrahlen schräg durch die gewölbten Glasfenster fielen. Mittlerweile wusste sie, welche Dielenbretter knarzten, und hatte sich an das eigentümliche Zischen aus den Heizungsschächten gewöhnt.

Die Katze lag quer auf dem Fußende des Bettes und putzte sich. Dann blinzelte sie Lily schnurrend zu. Wenn das Leben nur so einfach gewesen wäre – essen, schlafen, sich putzen, spielen, schnurren. Würde Lily je wieder lernen, die kleinen Dinge des Lebens zu genießen? Inzwischen frühstückte sie nicht mehr Toast und Kräutertee, sondern gönnte sich hin und wieder einen Milchkaffee im Java Hut, wo sie sich mittlerweile mit dem tätowierten Barista angefreundet hatte. Manchmal aß sie Haferflocken dazu, dann wieder Erdnussbutter oder vielleicht ein Muffin oder Eier. Abends kochte sie sogar zuweilen. Aber die Einsamkeit hielt sich hartnäckig.

Sie war doch nicht in Ben verliebt gewesen, oder? Gut, sie hatte mit ihm geschlafen. Na und? Warum dachte sie dann ständig an ihn? An seine hellgrauen Augen, daran, wie er lächelte, wenn er über Bish sprach? Wie anziehend und entschlossen er am Steuer eines Bootes wirkte?

Er hatte recht mit seiner Äußerung gehabt, sie würde Josh niemals loslassen können. Wie also konnte sie es ihm zum Vorwurf machen, dass er seine Exfrau nicht losließ? Hatte Altona vor, für immer bei ihm zu bleiben? Würden sie wieder heiraten?

Während Lily aufstand und ihr morgendliches Ritual – die Katze füttern, die Zeitung lesen, Tee kochen – absolvierte, fragte sie sich, ob sie sich von Anfang an zu Ben hingezogen gefühlt hatte. Er war so sanft mit der kleinen Katze umgegangen, hatte sich Sorgen um ihr Wohlergehen gemacht und war böse auf Lily gewesen, die sich scheinbar nicht um das Tier scherte. Hatte er sich schon damals für sie interessiert? Sich deshalb über sich selbst geärgert? War er *deshalb* mitten in der Nacht zu einem Hausbesuch erschienen?

Sie wusste es nicht und war völlig orientierungslos. Also hatte sie versucht, Abstand zu gewinnen. Am Tag nach ihrem Besuch bei Ben hatte sie die Fähre nach Seattle genommen. Doch die Menschenmassen, der Verkehr und die Hochhäuser hatten sie überfordert, ein Kulturschock nach so vielen Monaten auf der Insel. Sie war nach Norden in Richtung Green Lake gefahren, wo

Drew Galt ihren Laden in einer hübschen, von Kiefern gesäumten Straße eröffnet hatte. Da Drew nicht da gewesen war, war Lily durch die elegante Boutique gebummelt. Beinahe hätte sie die schlanke Frau hinter der Theke angesprochen, hatte es sich aber anders überlegt und war wieder gegangen. Sie hatte nie ernsthaft in Erwägung gezogen, bei Drew zu arbeiten. Was also hatte sie in dem Laden gewollt? Sie war neugierig auf das gewesen, was Drew zu bieten hatte, hatte aber keine Lust, wieder in der Stadt zu leben.

Welche Alternativen blieben ihr sonst noch? Sie konnte den Laden schließen und wieder zu ihren Eltern ziehen. Das wäre sicher furchtbar lustig. Oder sie konnte weiter versuchen, ihr Leben in dem gelben Häuschen in den Griff zu bekommen. Und so brachte sie einen weiteren Tag im Laden hinter sich, fühlte sich aber am Abend völlig ruhelos. Deshalb packte sie ein paar Blusen, die sie für Paige geändert hatte, in eine Tüte und beschloss, einen Spaziergang zu ihrem Haus zu machen und die Sachen abzugeben, da Paige sie bis jetzt nicht abgeholt hatte.

Paige wohnte in einem original viktorianischen Haus, das noch aus der Blütezeit der Holzindustrie stammte. Die in Reihen angepflanzten Rosenbüsche im Garten wirkten kahl und verloren. »Familie Williams« stand auf dem geschnitzten Holzschild am Tor.

Nachdem Lily an die verschnörkelte Holztür geklopft hatte, machte Paige auf. Sie trug einen geblümten Morgenmantel. »Lily! Ich wollte gerade ins Bett gehen.«

»Entschuldige die Störung. Ich habe frische Luft gebraucht.«

Paige schob ihr Haar zurück. »Komm rein.« Sie machte Platz, damit Lily eintreten konnte. Der Duft von Schokoplätzchen stieg ihr in die Nase. »Das riecht aber gut hier.«

»Ich habe gebacken, ein Jahrhundertereignis, also streich es dir rot im Kalender an. Ich habe gehört, was passiert ist.«

Lily sah Paige an. »Was soll denn passiert sein?«

»Altona ist wieder da.«

»Oh.« Lily starrte auf ihre Turnschuhe. »In einer Kleinstadt gibt es keine Geheimnisse, was?«

»Vielleicht setzt du dich am besten. Ich mache uns Tee …«

»Ich habe deine Änderungsarbeiten dabei.« Lily gab Paige die Tüte.

»Ach ja, die hätte ich schon längst abholen sollen! Ich hatte so viel zu tun.«

»Kein Problem. Du kannst ja bezahlen, wenn du das nächste Mal vorbeikommst.«

»Und was wirst du jetzt tun?«, fragte Paige.

Lily zuckte die Achseln. »Was kann ich denn da schon tun?«

»Die wird nicht bleiben. Altona, meine ich. Das tut sie nie. Eines Tages wird er es kapieren. Das dauert eben seine Zeit.«

»Vielleicht. Aber … ich war eine Idiotin, mich auf ihn einzulassen.«

»Nein, das warst du nicht«, erwiderte Paige. »Du bist schließlich ein Mensch. Und er ist ein netter Kerl. Nur ziemlich konfus.«

»Ich bin auch durcheinander, und ich habe genug.« Lily betrachtete das mit schweren Polstermöbeln eingerichtete Wohnzimmer und die geblümten Rüschenvorhänge. Auf dem Kaminsims drängten sich Familienfotos, und auf dem Sofa hatte sich eine getigerte Katze zusammengerollt.

»Ich glaube, er mag dich wirklich«, fuhr Paige fort. »Ich war mit Vanya beim Mittagessen, und sie hat mir erzählt, er sei nach dem Besuch bei dir ziemlich aufgewühlt gewesen – und launisch.«

»Launisch war er schon immer. Das hier ist wirklich eine Kleinstadt. Am besten gehe ich …«

»Wir sind nicht solche Klatschbasen, wie du glaubst. Okay, vielleicht doch. Aber du darfst nicht aufgeben. Ich habe den schrecklichen Verdacht, du möchtest am liebsten wegziehen, aber wir brauchen dich hier.«

Lily zog die Augenbrauen hoch. »Ihr braucht *mich?*«

Paige nickte.

»Mommy? Wer ist denn da an der Tür?« Ein kleiner Junge in einem mit Feuerwehrautos bedruckten Pyjama kam den Gang entlanggestürmt. Sein Haar war zerzaust, und er hatte rote und blaue Farbflecken im Gesicht. Es war der Junge von dem Foto in Paiges Portemonnaie.

Paige tätschelte ihm den Kopf. »Johnny, das ist meine Freundin Lily.«

»Hallo, Johnny«, sagte Lily. »Schön, dich kennenzulernen.«

Er rieb sich die Augen. »Ich möchte Milch zu den Keksen. Und eine Geschichte!«

»Da wollen wir mal sehen, was sich machen lässt«, erwiderte Paige. »Geh und wasch dich gründlich. Du hast Farbe im Gesicht.«

Nach einem kurzen, leicht argwöhnischen Blick auf Lily rannte er den Flur hinunter.

»Aber nicht nur ein bisschen mit dem Wasser rumspritzen!«, rief Paige ihm nach.

»Ich weiß!« Er verschwand im Bad.

»Wohnt er jetzt hier?«, erkundigte sich Lily.

Ein liebevoller Ausdruck malte sich auf Paiges Gesicht, als sie ihm nachschaute. »Er bleibt ein paar Tage.«

»Wie schön. Ich weiß doch, wie sehr du ihn vermisst hast. Tja, dann gehe ich jetzt mal.«

»Streichle das Kätzchen von mir. Ich bin ihr noch etwas schuldig, weil sie das grüne Kleid ausgesucht hat. Es hat mein Leben verändert, schließlich ist es ja nicht so, dass ich jeden Tag eine zweite Chance kriege.«

»Zweite Chance?«

Paige betrachtete ihre noch immer kurzen Fingernägel. »Ich bin jetzt seit über zwei Jahren clean …«

»Clean?« Wovon, um alles in der Welt, redete sie da?

»Ich habe das Zwölf-Punkte-Programm hinter mir. Anonyme Alkoholiker.«

»Das wusste ich nicht.« Lily konnte in Paiges Gesicht und an ihrem Verhalten keinen Hinweis auf Sucht erkennen. Sah man einem Menschen so etwas nicht immer an?

»Deshalb habe ich ja das Sorgerecht für Johnny verloren. Und ich hatte nicht den Mut, dafür zu kämpfen. Doch dann habe ich auf der Hochzeit einen Anwalt kennengelernt …«

»War das der Typ damals?«

Paige nickte. »Er hilft mir … Es war das Kleid. Er sagte, dass ich schön darin aussehe. Ich werde es für immer behalten und es zu meiner Hochzeit tragen. Aber immer eins nach dem anderen. Wir sind ja erst so kurz zusammen.«

»Mann, Paige, das ist ja spitze.«

Johnny kam aus dem Bad gestürmt, rannte, immer noch im Pyjama, den Flur entlang und klammerte sich an Paiges Bein. »Kann ich jetzt Kekse haben? Ich habe mir das Gesicht gewaschen.«

»Lass mal sehen, Schätzchen.« Paige ging in die Knie, blickte ihm in die Augen und umfasste sein Gesicht mit den Händen. »Jetzt bist du blitzsauber.«

Er grinste breit.

»Dann also tschüss«, sagte Lily. »War nett, dich kennenzulernen, Johnny!« Sie eilte den Gartenweg entlang.

»Wir besuchen dich bald!«, rief Paige.

Der Himmel begann, sich zu verdunkeln und nahm einen blassen Türkiston an. Der Schrei einer Eule war aus den Bäumen zu hören. Lily dachte an Paige auf der Hochzeit ihres Exmanns, strahlend schön in ihrem geänderten smaragdgrünen Kleid. Sie hatte einen Mann kennengelernt. Und ihren Sohn zurückbekommen, wenn auch nur vorübergehend. Außerdem hatte sie sich von der Sucht befreit. Vielleicht war ja doch alles möglich.

Kapitel 40

Lily

Am nächsten Morgen kam Rupert mit einem hochgewachsenen, gut angezogenen Mann herein, den er als Michael vorstellte.

»Schön, dass ich dich endlich kennenlerne«, sagte Lily und schüttelte Michael die Hand.

»Ich habe schon viel von dir gehört«, erwiderte Michael.

Rupert grinste. »Ich habe Michael erzählt, wie du mir mit dem Anzug geholfen hast.«

»Dem, den ich geändert habe? Das waren doch nur Kleinigkeiten.«

»Nicht nur Kleinigkeiten. Du hast mein ganzes Leben verändert.«

»Ach, jetzt übertreib mal nicht.« Sie betrachtete ihre Schuhe.

»Doch«, beteuerte Michael. »Wusstest du, dass das Ruperts erste Reise nach Virginia war, seit wir zusammengezogen sind? Und wir sprechen hier von mehr als zehn Jahren. Dazu musste erst seine Mutter sterben.«

»Deine Mutter! Es tut mir so leid, Rupert. Das wusste ich nicht.«

Rupert zog die Handschuhe aus und steckte sie ein. »Mach Dir keine Sorgen. Ich habe es dir ja schließlich nicht verraten, sondern dir nur gesagt, dass ich einen Anzug für eine Beerdigung brauche.«

»Aber er war violett!«

Michael lächelte Rupert an. »Die optimale Farbe. Seine Eltern waren nicht sehr glücklich über unsere Beziehung und wollten ihn nie mehr wiedersehen. Doch er ist trotzdem hingefahren. Er hatte den Mut.«

»Das tut mir leid«, sagte Lily. »Hast du es geschafft, dich mit ihnen zu versöhnen?«

»Nein«, entgegnete Rupert. »Mein Vater spricht noch immer nicht mit mir. Mein Bruder auch nicht.«

»Und die restliche Familie?«

»Das war's. Vater und Bruder. Und ein paar Cousins und Freunde. Aber es war wichtig für mich, dass ich dort war. Im Leben ist nichts perfekt. Ich war bei der Trauerfeier meiner Mom und habe Blumen in ihr Grab geworfen. Niemand hat ein Wort mit mir gewechselt, doch ich habe gesagt, was ich loswerden musste. Und ich hatte dabei einen perfekt sitzenden Anzug an. Außerdem in einer Farbe, die mir steht.«

»Rupert, ich …«, begann sie.

Rupert schaute erst in den Spiegel und sah dann Lily an. »Hoffentlich verlässt du uns nicht. Ich habe da Gerüchte gehört.«

Sie lachte auf. »Was für Gerüchte denn?«

»Ich gebe Bish Klavierunterricht«, erwiderte Rupert. »Sie hatte nicht geübt und ihre Bach-Inventionen total vergeigt. Dann hat sie erwähnt, du und ihr Dad hättet euch gestritten. Jetzt glaubt sie, dass du sauer auf sie beide bist.«

»Du gibst ihr Klavierunterricht? Die Welt ist wirklich klein«, antwortete Lily kopfschüttelnd. »Aber wir haben uns nicht gestritten. Ich bin nicht böse auf Bish. Ihre Mom ist zurück. Vielleicht ist sie deshalb emotional aufgewühlt.«

Rupert und Michael wechselten Blicke. »Ihre Mom ist zurückgekommen und wieder gegangen«, sagte Rupert schließlich. »Wobei *gegangen* das Schlüsselwort ist.«

Lilys Herz machte einen Satz. Doch warum interessierte sie das überhaupt noch? »Ach, die arme Bish. Soweit ich weiß, kommt und geht ihre Mom ständig.«

»Ich glaube, diesmal ist sie endgültig gegangen«, erwiderte Rupert. »Ich kann es nicht beschwören, bin aber ziemlich sicher. Während ich wegen Bishs Klavierstunde dort war, hat sie eine Menge Kartons aus dem Haus geschleppt. Es war eine ziemliche Ablenkung, wie ich betonen muss.«

Michael nickte. »Heutzutage hat kein Mensch mehr Respekt vor Klavierlehrern.«

»Empörend«, meinte Lily. Ihre Gedanken überschlugen sich. Aber es ging sie ja nichts an. Es durfte sie nichts angehen. »Wenn du das nächste Mal mit Bish redest, richte ihr aus, dass ich sie gerne sehen möchte. Ich bin nicht sauer auf sie.«

»Das sage ich ihr.« Rupert steuerte auf einen schwarzen Frack zu. »Unsere große Neuigkeit ist, dass wir heiraten. Wir wollten es dir schon seit einer Weile erzählen.«

»Ihr heiratet? Mann! Ich freue mich für euch. Glückwunsch.« Lily umarmte die beiden.

Rupert nahm die Handschuhe aus der Tasche und zog sie wieder an. »Wir möchten, dass du dich um die Kleidung kümmerst.«

»Ich?« Lily sah sich im Laden um. Wie sollte sie eine ganze Hochzeitsgesellschaft ausstaffieren?

»Und wir möchten, dass das Kätzchen auch mit auf die Fotos kommt.« Rupert hob Kitty auf und drückte sie an sich.

»Aber ich habe nur ein paar Fräcke hier und …«

»Du schaffst das schon«, entgegnete Rupert mit einem wissenden Blick. »Wir kriegen das hin. Du kannst das.«

Lily nickte und holte tief Luft. »Okay, Rupert, ja, du hast recht. Ich fühle mich geehrt. Wir kriegen das hin.«

Kapitel 41

Lily

Am frühen Samstagmorgen erschien Bish im Laden. Sie war in einen neuen wattierten weißen Parka gehüllt, der ihr fast bis zu den Knien reichte, sodass er an eine gesteppte Daunendecke erinnerte. Mit ihren Winterstiefeln, der Wollmütze und den winddichten Handschuhen sah sie aus, als würde sie gleich zu einer Expedition zum Nordpol aufbrechen. Ein paar störrische rötliche Haarsträhnen waren unter der Mütze herausgerutscht und umrahmten ihr Gesicht. Ihre Augen wirkten verändert und älter. Außerdem hatte sie ihre grellrote Brille mit einer eleganten schwarzen vertauscht. Auch ihr Verhalten wirkte erwachsener und weltgewandter, und Lily malte sich aus, wie sie wohl mit zwanzig, dreißig oder vierzig sein würde. Oder irgendwann als gebeugte alte Frau, inzwischen mit Gleitsichtbrille, heute noch auf dieser Welt und morgen schon wieder verschwunden.

Lily musste sich beherrschen, um nicht auf sie zuzulaufen und ihr um den Hals zu fallen. Jugendliche zu umarmen, war keine gute Idee. Normalerweise verzogen sie dann das Gesicht und machten sich los. Also blieb Lily hinter der Theke stehen und versuchte, das

Atmen nicht zu vergessen. *Danke, Rupert,* dachte sie, *du bist ein wahrer Freund.*

Bish zog einen Handschuh aus, wischte sich die Nase ab und war plötzlich wieder sechzehn, ein aufgeregtes Mädchen kurz vor ihrem ersten Ball und vielleicht sogar dem ersten Kuss.

Sie klopfte sich die nassen Stiefel an der neuen Fußmatte ab, die Lily gekauft hatte. Sie war mit der Abbildung einer Katze versehen und trug die Aufschrift »Wisch dir die Pfoten ab«. Bish verstaute ihre Handschuhe in der Jackentasche und schaute zum obersten Regal hinauf, wo majestätisch die Katze thronte und ihr Reich betrachtete. »Hey, Kitty! Ich habe dich vermisst!«

»Sie dich auch«, erwiderte Lily.

Zwei Frauen sahen sich die Sachen auf den Ständern mit den Sonderangeboten an. Wochenendtouristinnen vom Festland. Sie blickten kurz auf, lächelten und wandten sich dann wieder den Kleidern zu. Lily vermaß weiter die Ärmel einer roten Jacke von Chanel, die auf dem Schneidertisch lag.

Die Katze sprang vom Regal, wobei sie einen Stapel Schals herunterwarf, und lief auf Bish zu.

»Mann, ist dein Fell aber gewachsen«, rief Bish und hob die Katze auf. »Du würdest in die neue Winterdeko im Schaufenster passen.«

»Die war Ruperts Idee«, sagte Lily.

»Die Schneeflocken sind ein hübsches Detail.«

»Sehen sie nicht aus wie Kopfschuppen?«

»Eher, als ob die Katze in eine Kiste mit Styropor gesprungen wäre und alles hochgewirbelt hätte. Vielleicht solltest du sie Styropor nennen. Oder Schneeflocke.«

»Ich weiß nicht, was ich von diesen Namen halten soll.«

»Wie findest du Schuppe? Oder Flocki?«

»Dito. Rupe sagt, das weiße Zeug ist irgendein topmodernes biologisch abbaubares Material.«

»Ja, wahrscheinlich topmodernes Recyclingpapier. Cooler Bollerwagen.«

»Wir hatten keinen Schlitten, aber der rote Bollerwagen ist antik. Also habe ich improvisiert.«

»Improvisieren ist immer gut.« Bish setzte die Katze ab und schlenderte durch den Laden. Ihre Stiefel polterten auf dem Parkettboden. Sie musterte die Beleuchtung, die umgestellten Kleiderständer und die Mischung aus alten und neuen Sachen. Ihr Blick wanderte über die Schaufensterpuppen, die Hutständer und die Kletterbäume und Kratzpfosten für Katzen.

»Ich wollte schon früher vorbeikommen«, sagte sie. »Aber … mannomann, du hast ja jetzt richtig viele Sachen hier.« Sie steuerte auf den Schneidertisch zu und musterte die Haufen aus Stoffresten und Krawatten, die Stecknadeln und Scheren, die Nähmaschine und die Garnrollen.

»Ich kriege das Chaos einfach nicht gebändigt …«, begann Lily.

»Es ist ein gutes Chaos. Ein bewohntes Chaos. So wie in meinem Zimmer. Nur, dass meine Mom immer aufräumen will. Sie treibt mich damit in den Wahnsinn.«

»War es nett mit ihr?« Warum lange um den heißen

Brei herumreden? »Offenbar hat sie es geschafft, dich warm einzukleiden. Hat sie dir den Parka gekauft?«

»Das ganze Drum und Dran.« Bish musterte ihre arktiktauglichen Stiefel. »Sie hat Dad die Hölle heißgemacht und gesagt, er hätte kein Stilgefühl und ließe mich rumlaufen wie die letzte Pennerin. Und dann ist sie mit mir ganz groß shoppen gegangen. Das sind alles nur Schuldgefühle.«

»Was meinst du mit Schuldgefühlen?«

Bish öffnete ihren Mantel und nahm die neue Wollmütze ab, sodass ihr statisch aufgeladenes Haar abstand wie ein Heiligenschein. »Typisch für Eltern, die immer durch Abwesenheit glänzen. Sie fühlen sich schuldig, weil sie nicht für ihre Kinder da sind, und versuchen, sich freizukaufen.«

Lily rollte das Maßband zusammen und legte es auf den Tisch. »Du bist zu klug für dein Alter, weißt du das? Wo hast du das mit den elterlichen Schuldgefühlen her? Dr. Phil oder Oprah?«

»Oprah kommt tagsüber nicht mehr auf den normalen Sendern. Was hast *du* denn eigentlich in letzter Zeit gemacht?«

»Offenbar nicht ferngesehen.«

»Ich auch nicht. Aber ich kann mir die Sendung gut vorstellen: *Rabeneltern, vom Gewissen gepeinigt: Die bestochene Generation.* Manche Eltern kaufen ihren Kinden gleich ein Haus oder eine Insel. Ich kriege Klamotten. Das mit den Schuldgefühlen stört mich nicht. Ich finde es gut, wenn meine Mom mir Sachen kauft und auch noch welche für meine Freundinnen. Aber sie sollte das Theaterspielen bleiben lassen. Es ist so unglaubwürdig.«

»Was für ein Theater? Dass sie dich liebt? Sie liebt dich. Sie tut ihr Bestes. So wie wir alle.« Warum nahm sie eigentlich Bishs abwesende Mutter in Schutz?«

»Ich denke schon, dass sie mich irgendwie liebt. Doch sie hat keine Lust, hier zu sein und Halloweenkostüme zu basteln und Kuchen zu backen. Sie ist halt nicht so eine Art Mom. Aber inzwischen habe ich mich damit abgefunden, dass sie eben so ist. Es hat eine Weile gedauert, doch mittlerweile bin ich aus der Mutterliebe herausgewachsen. Wenn man älter wird, gewöhnt man sich an vieles. Ich bin ja kein Kind mehr.«

»Ach ja, natürlich, wenn man älter wird …« Lily musste die Lippen zusammenpressen, um ein Schmunzeln zu unterdrücken. Sie hörte aber auch die Trauer, die in Bishs Worten mitschwang. »Du bist uralt. So alt und weise. Mich wundert, dass du noch keinen grauen Star hast.«

»Lass das.« Bish versetzte ihr einen spielerischen Klaps auf den Arm. »Was ist das für eine Jacke auf dem Tisch? Coole Goldknöpfe.«

»Und auf jedem ist das Logo von Chanel, siehst du? CC. Manche dieser Chanel-Jacken kosten bis zu achttausend Dollar. Aber ich verkaufe sie für viel weniger.«

»Willst du sie ändern?«

Lily trat zurück, betrachtete die Jacke und bewunderte die zierlichen Nähte und Taschen. »Manche Dinge sind perfekt, so wie sie sind. Das Geheimnis ist zu wissen, was man ändern muss und wovon man besser die Finger lässt.«

»Und von der da lässt du die Finger.«

»Genau. Wie dein Parka. Er passt ausgezeichnet. Deine Mom hat einen guten Geschmack.«

»Wahrscheinlich schon. Aber ich fühle mich wie ein wandelndes Iglu.«

»Nein, Weiß steht dir. Hast du ein schönes Ballkleid gefunden?«

»Wir haben überall gesucht. Meine Mom shoppt gerne. Sie kauft auch ständig Sachen für sich selbst. Am Schluss haben wir ein sündhaft teures Designerkleid genommen. Tadashi Shoji oder so ähnlich.«

»Klingt wundervoll.«

»Es ist mit lauter komischen Rüschen besetzt. Und ein Cape gehört auch dazu, falls mir kalt wird.«

»Ausgezeichnet. Ich wette, es war toll, äh, mit ihr einkaufen zu gehen. Und was für Schuhe?«

»Hochhackige offene Sandaletten von Kate Spade.«

Lily warf einen Blick auf ihre Reihen getragener Designerschuhe. »Also war es ein erfolgreicher Besuch.«

»Das Kleid passt, aber in den Schuhen kann ich nicht gehen. Ich wollte meiner Mom nur eine Freude machen, sie vor allem nicht enttäuschen. Sie hatte diesen Gesichtsausdruck, als sie in die Kabine kam und in den Spiegel schaute. Mit Tränen in den Augen und so. Und dann fing die Verkäuferin damit an, wie ähnlich ich meiner Mom sehe und wie hübsch wir beide sind. Wie kann ich aussehen wie meine Mom, obwohl ich ganz anders bin als sie? Unsere Persönlickeiten sind total verschieden. Ich bin meinem Dad viel ähnlicher.«

»Du hast sicher Anteile von beiden Eltern. Du bist ehrgeizig wie deine Mutter, stimmt's? Du bist gut in der Schule und hast große Pläne. Du gibst nicht auf.«

»Aber ich ziehe keine Rüschenkleidchen an. In diesem Kleid fühle ich mich wie ein Spitzendeckchen. Die Typen werden ihre Gläser auf mir abstellen wollen, anstatt mit mir zu tanzen!«

»So schlimm ist es doch sicher nicht. Deine Mom hat bestimmt die Wahrheit gesagt, als sie sagte, dass du hübsch darin aussiehst.«

»Ihre Version von hübsch. Doch dieses Kleid passt nicht zu mir. Ich bin nicht kuschelig. Ich bin nicht wie die Katze. Die ist von Natur aus kuschelig. Das gehört zu ihr. Aber ich nicht. Ich bin absolut nicht Dolte und Cabana!« Sie nahm die Brille ab und gestikulierte damit.

»Du meinst Dolce & Gabbana«, erwiderte Lily. »Ist die Brille von denen? Hat deine Mom die auch ausgesucht?«

»Dauernd rutscht das Ding.« Sie setzte die Brille wieder auf und stieß einen theatralischen Seufzer aus.

»Deine andere Brille rutscht auch immer. Und sie stehen dir beide, falls dir das weiterhilft.«

Bish zuckte die Achseln. »Hast du das Cinderella-Kleid verkauft?«

»Oh, nein, das würde ich nie tun. Ich habe noch ein paar Sachen daran geändert und es, äh, hinten in den Schrank gehängt. Ich weiß noch nicht, was ich damit machen soll.«

Bishs Augen leuchteten auf. »Darf ich es mir anschauen?«

Lily holte es aus dem Schrank. Die blaue Seide schimmerte, als sich das Licht darin brach.

Bish hielt hörbar die Luft an. »Das ist das Kleid? Das hast du daraus gemacht?«

»Nur ein paar kleine Änderungen.«

»Soll das ein Scherz sein? Darf ich es anprobieren?«

»Wenn du willst. Aber ich bin nicht beleidigt, wenn du lieber das Kleid anziehst, das du mit deiner Mom gekauft hast. Ehrlich, mach dir keine Gedanken um mich.«

Doch Bish schien sie gar nicht zu hören. Sie steuerte bereits auf die Umkleidekabine zu. Die Katze trottete ihr nach und setzte sich wie immer neben den Dreifachspiegel.

Als Bish zurückkehrte, sah sie aus wie der strahlendste Stern in der Milchstraße.

»Du bist wunderschön«, meinte Lily.

Bish presste die Hände an die Wangen. Dann streckte sie das Bein aus, sodass ein Stück Oberschenkel zu sehen war. Der Schlitz im Kleid war hoch genug, um verführerisch zu wirken, ohne zu viel zu enthüllen. »Das Kleid ist supertoll. Ich finde es einfach fantastisch. Das will ich anziehen. Was meinst du, Kitty?«

Die Katze zog die Krallen ein und stupste mit der Pfote nach dem Kleid. Dann setzte sie sich wieder und blinzelte mit den Augen.

»Siehst du? Es gefällt ihr auch.«

Inzwischen wurde Bish auch von den Kundinnen im Laden beobachtet.

»Aber was ist mit dem Kleid von Tadashi Shoji?«, fragte Lily. »Du solltest es tragen, schließlich hat deine Mom viel Geld dafür ausgegeben.«

»Sie wird es nie erfahren, ob ich damit zum Ball gehe. Ich mache einfach ein Foto von mir mit Kleid und schicke es ihr.«

»Bish!«

»Sie wird nicht hier sein. Sie ist bereits weg und sitzt in einem Flieger irgendwohin. Paris vielleicht, wer weiß?«

»Tut mir leid, dass sie wieder fort ist.«

»Ach, schon gut.« Bish wich zurück. In ihren Augen zeigte sich ein Hauch von Trauer, aber auch Schicksalsergebenheit. »Ich brauche Hilfe mit meinem Make-up und den Haaren. Das volle Programm eben.«

»Ich helfe dir. Gehst du mit einem Jungen zum Ball?«

»Da ist ein Typ, der in der Schulband Saxofon spielt. Er ist echt cool. Er holt mich und meine beste Freundin und ihren Freund mit einer Limousine ab.«

»Das ist ja toll. Ich freue mich so für dich. Äh, passen denn die Kate-Spade-Schuhe zu dem blauen Kleid?«

»Ich muss sie mitbringen.« Bish drehte sich um und begutachtete die geraffte Rückseite des Kleides. Ihr dreifaches Spiegelbild mit der Katze zu ihren Füßen würde Lily für immer im Gedächtnis bleiben.

Im nächsten Moment fiel Bish Lily um den Hals und drückte sie fest an sich. »Das ist das allerwunderbarste Kleid in der Geschichte des gesamten Universums.«

»Äh, danke«, erwiderte Lily, amüsiert über Bishs jugendlichen Überschwang. »Ich freue mich für dich, wie ich mich in der Geschichte des gesamten Universums noch nie gefreut habe.«

Lächelnd machte Bish sich los. »Also, ich möchte, dass du auch meine Freunde kennenlernst. Wollen wir alle zusammen Pizza essen gehen? Oder sollen wir auf dem Weg zum Ball hier vorbeischauen?«

»Na klar.«

»Ich stelle dich als Dads Freundin vor. Ist das okay?«

Lily spürte, wie sie errötete. »Aber …«

»Es stimmt doch, oder? Wirst du meinen Dad heiraten? Ziehst du bei uns ein?«

»Vielleicht stellst du mich besser als deine Freundin vor. Ich bin deine Freundin, Bish, und werde es immer bleiben.«

»Ich weiß, aber ich gehöre nicht zu den Leuten, die lange um den heißen Brei herumreden. Und ich will, dass du Dads Freundin bist. Wenn er über dich redet, lächelt er. Und dann ist er viel netter zu mir. Du musst ihn einfach heiraten.«

»Ich bin ja nicht einmal mit deinem Dad zusammen.«

»Ich mein ja nur.« Bish musterte Lily argwöhnisch. »Du musst hinfahren und mit ihm reden.«

»Immer eins nach dem anderen. Ich glaube, das schaffe ich nicht …«

»Und ob du das schaffst. Heute arbeitet er länger.«

»Du willst, dass ich zu ihm in die Klinik fahre?«

Bish nickte. »Rede mit ihm. Er will wirklich mit dir reden.«

»Ich kann heute nicht in die Klinik kommen, Bish.«

»Warum nicht? Ich habe ihm schon gesagt, dass du um sechs da bist.«

»Aber Bish …«

»Super!« Sie kehrte in die Kabine zurück, kam in ihrer weißen Steppjacke heraus und reichte Lily das blaue Kleid auf seinem gepolsterten Bügel. »Kannst du es noch hierbehalten? Ich komme später mit den Schuhen wieder.«

»Ich kann es kaum erwarten.« Lily wagte es, sich auf Bishs nächsten Besuch zu freuen. Und auf den nächsten gemütlichen Abend mit der Katze.

Auf dem Weg zur Tür drehte Bish sich noch einmal um. »Wehe, wenn du es vergisst. Heute Abend um sechs in der Klinik. Wenn du nicht da bist, gibt's Ärger.«

Kapitel 42

Lily

Lily überlegte, ob sie den Abend durcharbeiten und Bishs Anweisung ignorieren sollte. Doch im Laufe des Nachmittags schienen die Minuten sich immer mehr dahinzuschleppen, und sie war machtlos dagegen, dass ihr Herz vor Vorfreude klopfte. Um halb sechs brauchte sie viel zu lange, um sich umzuziehen und an ihrem Haar herumzunesteln. War sie verrückt, in die Klinik zu fahren? Was hatte Ben ihr zu sagen? Vielleicht wollte er sich ja dafür entschuldigen, dass er sie an der Nase herumgeführt hatte, oder sich für Bishs Kleid bedanken. Möglicherweise hatte es ja auch etwas mit der Katze zu tun.

Sie stellte fest, dass die Tür zur Klinik nicht abgeschlossen war. Am Empfang war es menschenleer und dunkel. Der vertraute leichte Geruch eines Reinigungsmittels mit Fichtennadelduft stieg ihr in die Nase, und aus dem Flur strömte ein diffuses Lichtviereck in den Raum.

»Ben? Bist du da? Ich bin es, Lily!«

»Lily?« Ben kam herein. Er trug seinen Arztkittel und zog ein besorgtes Gesicht. Allerdings konnte er die Freude nicht verbergen, die bei ihrem Anblick in seinen Augen aufglomm. »Was machst du denn hier? Ist mit der

Katze alles in Ordnung? Hatte sie wieder einen Zusammenbruch?«

»Mit der Katze ist alles bestens. Bish hat gesagt, dass ich herkommen soll. Sie meinte, *du* wolltest mit mir reden.«

»Ach ja? Komm rein.« Ben zog den Kittel aus und führte sie in sein Büro. Unter dem Kittel hatte er Jeans und ein weißes T-Shirt an.

Er setzte sich an seinen Schreibtisch und rieb sich die Schläfen. »Es war ein langer Tag. Setz dich.« Er wies auf den zweiten Stuhl, aber Lily blieb stehen. Das Foto auf seinem Schreibtisch war fort.

»Also?« Sie verschränkte die Arme vor der Brust. »Worüber wolltest du mit mir reden?«

Er sah sie an. »Ich habe Bish nicht gebeten, dir etwas auszurichten. Wenn ich mit dir hätte reden wollen, hätte ich dich selbst angerufen.«

Sie schickte sich zum Gehen an. Ihr Herz klopfte. »Entschuldige, dann war das wohl ein Missverständnis.«

»Warte!« Er sprang auf, umrundete seinen Schreibtisch und versperrte Lily den Weg. »Ich bin froh, dass du hier bist. Du hast mich ja nie zurückgerufen.«

»Ich bin nicht sicher, was wir einander noch zu sagen haben.« Es schnürte ihr die Kehle zu, aber sie durfte nicht wieder in Bens Gegenwart weinen.

»Lily, es … es tut mir leid, was passiert ist. Aber Altona und ich haben eine lange gemeinsame Vergangenheit. Jetzt ist es vorbei.«

»Bis zum nächsten Mal?«

»Was ist mit dir? Joshs Schatten begleitet dich auf Schritt und Tritt.«

»Josh ist tot. Er ist fort.« Ihr Mund fühlte sich trocken an. Ihre Augen, ihre Haut und alles andere auch. Der Raum schien ihr zu eng und war bedrückend. »Hättest du was dagegen, wenn ich kurz rausgehe? Ich brauche frische Luft.«

»Begleite mich doch zum Landungssteg. Die Meeresluft tut uns sicher gut. Ich schließe ab.«

»Ich weiß nicht. Ich muss zurück.«

»Lily, bitte, nur dieser eine Spaziergang.«

Als sie nickte, griff er nach seiner Jacke, und sie traten in die kalte Nacht hinaus. Am schwarzen Himmel funkelten die Sterne. Im Mondlicht wirkte das altmodische Städtchen Fairport wie verzaubert. Die Schaufensterscheiben waren dämmrig erleuchtet.

»Wie geht es Bish?«, fragte Lily. »Wie verkraftet sie es, dass ihre Mutter schon wieder weg ist?«

»*Endgültig* weg ist«, entgegnete er. »Sie ist kein sesshafter Typ, das war sie noch nie. Bish schlägt sich recht wacker.«

»Das tut mir leid, Ben.« Sie hatte wirklich Mitgefühl.

»Es ist möglich, etwas zu bedauern und gleichzeitig zu wissen, dass es einfach nicht gepasst hat. Ich könnte nie wieder mit ihr zusammen sein.«

»Bist du ganz sicher?«

»Würdest *du* wieder mit deinem Mann zusammen sein, wenn du könntest?«

»Wir waren sehr verliebt.«

Er nickte verständnisvoll. »Aber er ist fort, und Altona ist auch fort. Wir müssen nach vorne schauen. Das Leben geht weiter.«

Sie nickte ebenfalls. Ihre Augen füllten sich mit Tränen.

Ein paar Möwen saßen leise vor sich hin schwatzend auf dem Holzgeländer. Da Flut herrschte, reichte das Wasser bis an die Pfosten, bedeckte den Strand und schwappte gegen die Felsen neben der Straße.

»Warte einen Augenblick.« Lily blieb auf halber Höhe des Stegs stehen und stützte sich mit den Armen aufs Geländer. »Ich finde es wundervoll hier. Auf der Insel kann ich endlich wieder durchatmen. Ich war in der Stadt, weil ich mir überlegt hatte, ob ich vielleicht wieder davonlaufen soll. Aber es geht nicht.«

Ben stellte sich neben sie. Seine Gegenwart strahlte Geborgenheit und auch noch etwas anderes aus. »Wo fühlst du dich zu Hause?«

»Diese Insel scheint der Ort zu sein, wo ich bleiben will. Allerdings liegt noch ein gutes Stück Arbeit vor mir, bis ich mein Leben wieder im Griff habe.«

»Du wirst es schaffen. Du bist eine Kämpferin.«

»Danke. Hoffentlich hast du recht.« Sie drehte ihr Gesicht in den Wind und dachte an die Freude, die sie beim Zusammensein mit Ben empfunden hatte. Vielleicht würden sie sich ja noch öfter verabreden. Was sprach eigentlich dagegen? In der Ferne funkelten die Lichter von Seattle – ein Blick in die andere Welt.

Wohnte Josh nun auch in einer anderen Welt? Im Himmel? In einem Jenseits, das der Erde ähnelte? Sie wusste es nicht, aber sie spürte ihn nicht mehr in ihrer Nähe. Er hatte sich von ihr entfernt wie ein Boot, das auf den Wellen davongetrieben war. *Lebewohl, Joshua,* dachte sie. *Gute Reise.*

Sie griff sich an den Nacken und öffnete den Verschluss ihrer Goldkette. Dann legte sie Kette, Ehering und das Röhrchen mit seiner Asche wie ein Häufchen in ihre Handfläche. Das war alles, was sie noch von ihm hatte. Nachdem sie den Ring eingesteckt hatte, öffnete sie das Röhrchen, drehte es um und ließ die Asche vom Wind aufs Meer hinauswehen.

Kapitel 43

Kitty

Ich liebe den Frühling in Fairport. Alles ist blitzblank, und ein Hauch von Magie liegt in der Luft. Die Blüten der Blumen explodieren förmlich von bunten Farben, die Schmetterlingssträucher erinnern an gelbe Wasserfälle, und winzige Vögel zwitschern in den Bäumen. Manchmal träume ich davon, ein hübsches, dickes Exemplar zu fangen, aber eigentlich bleibe ich lieber im Haus. Ich habe genug von dem gefährlichen Leben im Freien.

Die letzten beiden Stunden habe ich damit verbracht, auf einem sonnigen Fleckchen im Fenster zu sitzen, die Leute und die vorbeiziehenden Wolken zu beobachten und den Abhang zum Strand hinunter zu betrachten. Lilys Ladenschild schwingt noch immer im Wind, doch sie hat den Namen von »Das Beste von Gestern« zu »Lunas Corner« geändert. Mich hat sie Bella Luna genannt, was »schöner Mond« bedeutet. Sie sagt, ich sei ihr Licht in der Dunkelheit.

Sie redet noch immer ständig auf mich ein, ich kann ihren Monologen einfach nicht entrinnen. Doch inzwischen spricht sie dauernd über Ben und Bish, ihr nächstes Kleiderprojekt und irgendeinen Designwettbewerb, an dem sie teilnehmen will. Ich kann ihre Zukunft sehen, in den Staubflocken, die das Licht eingefangen hat, in den hereinfallenden Sonnenstrahlen und in dem Lächeln auf Bens Gesicht, wenn er vorbeikommt. Sie tuscheln und küssen sich, wenn sie glauben, dass ich nicht hinschaue. Manchmal gehen sie alle drei, Ben, Bish und Lily, zusammen weg, und wenn sie zurückkommen, bringen sie die Gerüche der Welt mit, erzählen mir Geschichten und überschütten mich mit Leckerchen und Liebe.

Manchmal kommen Ben und Lily auch ohne Bish wieder. Wir gehen alle zusammen nach oben, aber dann werde ich aus dem Schlafzimmer ausgesperrt. Nicht dass ich etwas dagegen hätte, das ganze Haus für mich allein zu haben. Doch nach einer Weile kehre ich nach oben zurück, beziehe Posten vor der Tür, jaule oder kratze am Teppich. Ben und Lily lassen mich immer rein. Meistens ist das Bett total zerwühlt.

Der Geist von Josh ist fortgegangen, fragen Sie mich nicht, wohin. Und der zornige tintenschwarze Geist der Frau hat endlich ihren verlorenen Seemann gefunden, der sie auf seinem Traumschiff mitgenommen hat. Manchmal huschen neue Geister durch den Laden oder verweilen kurz in den Kleidern, aber sie verschwinden bald wieder.

Eines Nachmittags kommt Vanya mit einem Bündel in einer Art Schlinge herein.

»Ist das der kleine Sven?«, fragt Lily und läuft ihr entgegen, um einen Blick in die Schlinge zu werfen. »Ist der aber niedlich!«

»Dreitausendachthundert Gramm«, verkündet Vanya. Ein Junges? Ein menschliches? Ich putze mir die Pfote.

»Ich freue mich ja so für dich«, sagt Lily, nimmt Vanya das Baby ab und wiegt es in den Armen.

»Ich habe mir überlegt, ob du nicht Svens Patin werden willst. So etwas wie seine Tante. Er hat sonst keine Tanten, nur Onkel.«

Lily hebt lächelnd den Kopf. »Natürlich. Sehr gern. Es wäre mir eine Ehre.«

»Hast du eigentlich Babysachen?«

»Hinten sind ein paar. Oh, schau! Luna will ihn sich ansehen.«

»Luna ist ein schöner Name«, meint Vanya. »Lily und Luna, ihr seid ein gutes Gespann.«

»Ihr vollständiger Name ist Bella Luna.«

»Noch besser«

Plötzlich sitze ich zwischen Lily und Vanya und betrachte das winzige, ganz in Weiß gehüllte Menschenwesen. Ich stelle mich auf die Hinterbeine.

Lily kniet sich hin, um mir das kleine, haarlose Menschlein zu zeigen. Sein Gesicht ist zwar rot und verschwollen, aber es riecht gut, süß und nach Milch. Kaum zu fassen, dass dieses zappelnde Bündel einmal ein ausgewachsener Mensch sein wird. Ich berühre seine Stirn mit der Nase.

»Ach, wie süß, Luna mag ihn auch. Er ist wirklich ein Goldstück.« Lily küsst das Baby auf die Wange. Und was ist mit mir?

Als ob Lily meine Gedanken gelesen hätte, gibt sie Vanya das Baby zurück und bückt sich, um mich aufzuheben. Glück und Geborgenheit. »Du bist auch ein Goldstück«, sagt sie und setzt mich wieder auf den Boden.

Vanya zeigt auf das schimmernde weiße Kleid an der Schaufensterpuppe neben dem Fenster. »Was für ein traumhaftes Kleid. Kenne ich das schon?«

»Ich habe das Mieder ausgebessert«, antwortet Lily und betrachtet das Kleid. »Das war mein Hochzeitskleid.«

»Deins! Du hast sicher wunderschön darin ausgesehen.«

Lily lächelt wehmütig und seufzt. Obwohl ihr Tränen in die Augen treten, ist ihr Herzschlag jetzt regelmäßig und voller Hoffnung.

Danksagung

Vielen Dank an meinen Agenten Kevan Lyon, meine Lektorin Wendy McCurdy, Katherine Pelz, Leslie Gelbman, Verlegerin von Berkley Books, und all die anderen klugen Menschen bei Berkley sowie an meine treuen Freundinnen aus der Schriftstellergruppe – Susan Wiggs, Sheila Roberts, Elsa Watson und Kate Breslin. Danke auch an Michael Hauge, meinen Schreib-Coach.

Danke an Stephanie Lile und Bryan Sabol wie auch an meine Freunde vom Freitagsteekränzchen. Um ein paar Beispiele zu nennen: Toni Bonnell, Carol Caldwell, Dianne Gardner, Theo Gustafson, Catherine Hickey, Sandi Hill, Terrel Hoffman, Elizabeth Corcoran Murray, Penny Percenti, Gwynn Rogers, Pat Stricklin, Jan Symonds, Dee Marie und Carol Wissman. Und wo wäre ich ohne meine Schwimmfreundinnen, die Schriftstellerin Lois Faye Dyer und die frühere Buchhändlerin Rose Marie Harris?

Dank an Maple Grove Cottage, einen Laden für neue und gebrauchte Designerkleidung in Poulsbo, Washington. Ebenso an Aimee-McWhorter Compton, Pretty Parlor in Seattle sowie Angelica Gehm, eine Designerin mit eigenem Modelabel namens *Kombat Glamour,* und an die beiden Ladenkatzen Vincent und Petunia. Wie Bella Luna hat Petunia ein blaues und ein grünes Auge. Natürlich danke ich auch der Inhaberin des Ladens Anna Lange.

Vielen, vielen Dank an Andrea Hurst und ihre Coupeville-Autorengruppe, unter anderem an Rowena Williamson für ihr Feedback und ihr Wissen. Dank an Deb Lund und Michelle Torrey, an die Garden Isle Guest Cottages in Coupeville, Matthew Sias für seine klugen Kommentare zu den ersten Kapiteln. Mein Dank geht auch an Anjana Gattani – ich liebe ihre Katzengeschichten. Dank an Bill Larson und Carol Ann Morris, Anita LaRae, Christa Sherwood und Judy Hart. Marilyn Lundberg, vielen Dank für die guten Hinweise und die Unterstützung. Dank an Chief Wayne Senter und auch an die Mitarbeiter der Gig Harbor Public Library, die mir ein ruhiges Plätzchen zum Arbeiten zur Verfügung gestellt haben. Dank an Hedgebrook, der mir im Waterfall Cottage und Meadow House ein Wochenende lang die Stimme einer Katze geliehen hat.

Ich danke auch meiner Familie, insbesondere meinem Mann Joseph. Um die Dinge aus Kittys Perspektive zu sehen, brauchte ich die Hilfe der Katzen, die ich geliebt und verloren habe: Shanti, Monet und Alex. Und auch die Hilfe derer, die noch bei uns wohnen und uns immer wieder Freude machen: Cheyenne, Ruby, Simon, Teddy und unsere Bella Luna.